サキュバスに転生したのでミルクをしぼります 1

木野裕喜 illustration 雪月 佳

モンスター文庫

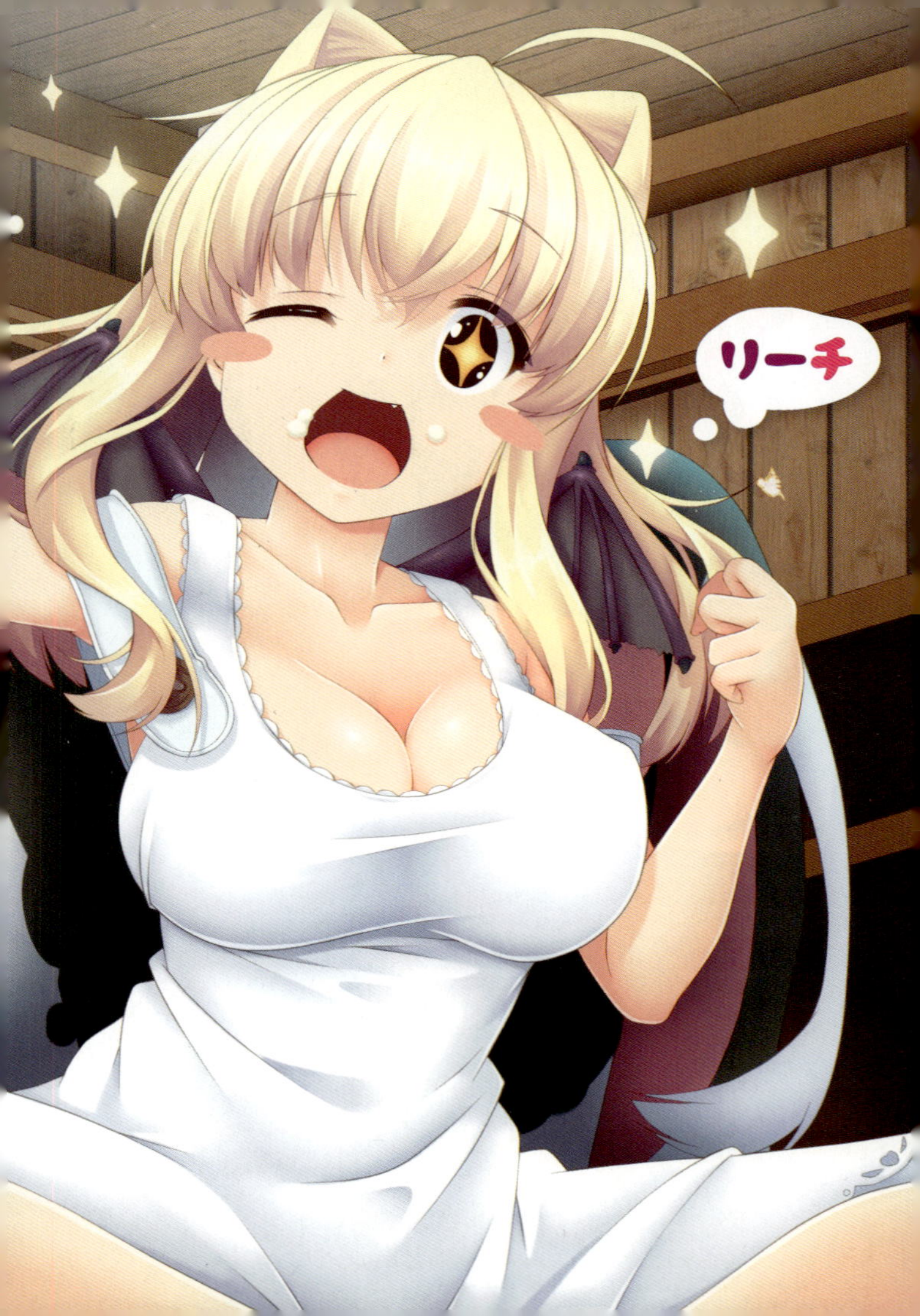
リーチ

「もう一杯！
もう一杯いいかな!?」
ミノコ

スミレナ

「先にアタシがリーチちゃんの背中を洗ってあげるわね」

マリー

「ブラのつけ方は、
アタシが手取り乳取り
教えてあげる」

「これ、メイド服ですよね……」

サキュバスに転生したので
ミルクをしぼります①

木野 裕喜

MONSTER bunko

サキュバスに転生したのでミルクをしぼります 1

Contents

第一搾　適性種族はサキュバスです

「……意味わかんないんですけど」

サキュバス？　動物占い的な何かだろうか。それより、ここどこだ？

気づいた時には、市役所の窓口みたいな所に座らされていた。

カウンターを挟んだ先に、オレと向かい合って座る事務職員風の女性が一人。

三十代……いや、二十代後半ってとこかな。理知的な雰囲気のある眼鏡美人さんだ。

「混乱されていますね。ご自分の氏名、年齢、職業は言えますか？」

状況が飲み込めないオレは、とりあえず相手に従い、出方を窺うことにした。

「蓬莱《ほうらい》利一《りいち》、十七歳。……一応、高校生です」

「一応とは？」

「今はその、自主的に休学中といいますか」

「ああ、引きこもりというやつですか。見るからにイジメられっ子オーラ出てますよね」

「ひ、引きこもってたわけじゃ！　週一くらいで友達と外出だってしてましたし！」

「友達？　バーチャル世界の話ですか？」

「リアルのだし！」

「意識混濁《こんだく》の有無を確認しているだけですので、そんな悲しい嘘をついていただかなくても」

「嘘じゃないしッッ‼」

「まあ、そんなことはどうでもいいとして、受け答えはしっかりできていらっしゃいますね。亡くなられたことにも、そろそろ気づいていただきたいのですが」

「どうでもいいって、自分から訊いたくせ――」

……なんて？

「報告書を拝見しましたところ、今仰ったように、アナタは一週間ぶりに外出。飲食店にて、店内に突っ込んで来た暴走車に巻き込まれて即死、とありますね。お悔やみ申し上げます」

オレの顔写真が貼られた履歴書みたいな物に目を落として言う彼女の口振りは、どこまでも事務的だった。この手のことに慣れている感じだ。

「オレが、暴走車に……」

死因を告げられて、なんとなく思い出してきた。

今も微《かす》かに、鼓膜が痺《しび》れたみたいに耳鳴りが残っている。

そうだ。何かが爆発したような音を聞いたんだ。

そしたら白いトラックが店の壁を突き破ってきて。

相席を許可した覚えもないのに、トラックは真っ直ぐオレの席へ――……

ああ、死んだ。あれは間違いなく死んでいる。

「オレ……死んだのか」

受け入れがたい現実に納得するため、あえて言葉にした。

「……順を追って質問させてもらっていいですか？」

「構いませんが、あと五分で閉庁ですので、できるだけ手短にお願いします」

カウンターの上にデジタルの時計が置かれている。【16：55】とあった。

「まず、ここはどこですか？」

「死役所転生支援課です」

女性が頭上を指差した。【転生支援課窓口】と書かれたプラカードが吊ってある。

重ねて「何をするところですか？」と尋ねると、面倒臭そうに舌打ちをされた。

オレが言うのもなんだけど、社会人がその態度はダメだろ。

「アナタは現在、魂だけの状態にあります。ここでは肉体を失った魂に、新しい肉体を与えて人生の続きをやり直していただくサポートをしています」

それを転生と呼ぶらしい。

女性職員が言うには、転生とは、主に第三者による殺害といった不条理で、不幸にも生涯を終えてしまった者への救済措置なのだという。具体的には人生の続きを別の場所で満喫させ、心置きなく成仏させることを目的にしているのだとか。

とはいえ、この条件でも該当する人はたくさんいるから、転生させる魂はランダムで選んでいるそうだ。オレはまだ運が良かったってことだろうか。

「人生の続きというと？」

「言葉どおり続きです。新生児からではなく、アナタの場合ですと、十七歳相当の別個体に、生前の記憶をそのまま引き継いだ状態で生まれ変わり、改めて余生を過ごしていただきます」

「別の場所というのは？」

「異世界です。アナタの世界には戸籍というものがありますから、存在しなかった人間が突然現れたらいろいろとややこしいことになりますので」

異世界。漫画や小説では聞き慣れた単語だけど、本当にあるんだ……。

「他に質問はありますか？」

「あ、あります！　適性がサキュバスって、まさかサキュバスに転生させられるんですか⁉」

「そうです。適性はこちらが判断し、故人に種族選択の自由は与えられていません」

いや、いやいやいや、待って待って。そうだとしてもだ。

「サキュバスって確か、淫魔ってやつですよね？」

「夢魔とも呼ばれます」

「でもって、オレの記憶違いじゃなければ…………女、じゃなかったです？」

これに女性職員は頷き、男性体の淫魔はインキュバスと呼ぶことを補足した。

「多少ひょろっちいかもですけど、見てのとおり、オレ、男ですよ？」

「多少（笑）。そこを取り違えてはいません。これは非常に珍しいケースですね。一般的には転生後の生活に支障が出ないよう、男性は男性として転生させますから」

だったら、どうしてオレの適性がサキュバスなんてことに……。

「潜在的に、男色の気があったのでしょうか」

「ノーマルですよ！　ちゃんと女の子が好きです！」

　この人、さっきからちょいちょい、オレに何か恨みでもあるのか？

「二次元のですか？」

「適性として選ばれた以上、よほどの理由があるはずなのですが」

「ないですよ！　男に転生するのが一般的だっていうなら、インキュバスにしてください！」

「インキュバスならアリなんですか？　あーはいはい、わかりましたよ。自宅警備に忙しくて女性との出会いがなく、童貞のまま死んでしまった無念を、インキュバスに転生して女の子とヤりまくることで晴らそうというのですね。涙ぐましいです」

「決めつけ！　どうせなら、イケメンに生まれ変わりたいって思っただけです！」

　童貞で何が悪いのさ。三十代ならともかく、オレまだ十七だぞ。

「インキュバスだからイケメンになるとは限らないのですが。なんにせよ、その程度の性欲で淫魔が適性種族として選ばれたのは、確かに不思議です。サキュバスにしろ、インキュバスにしろ、性欲の強さは絶対条件だったはずですから」

　首を傾げる女性職員に、オレは何度も「サキュバスだけは勘弁してください」と懇願《こんがん》した。

「サキュバスでは不満なのですか？」

「当たり前ですよ！　だって、サキュバスって……男の……その、エネルギー的なアレを……いやらしいことをして吸い取ったりするんじゃ」

「セックスや、それに準ずる行為で得られる男性の精気が主食です」

「わざわざ言葉を濁した配慮を汲み取ってくれませんかね！」

「表現を変えたところで精気でも性器でも精液でも大差ないかと。相手の男性が干からびない程度にしぼり取って、ゴックンしちゃってください」

女性相手にこんなこと思いたくないけど、ドン引きだ……。

「大切なことですよ。これを摂取しなければ、サキュバスは生きていけませんから。まさしくアナタにとって、生死を分けることなんです。精子だけに」

「一言多いってよく言われません⁉　それなら、なおのこと変更してください！　十七年間、男として生きてきたオレが、そんなの口にできるわけないでしょうが！」

「下の口からでも構いませんよ？」

おかしいな。オレの知る限り、口って上にしかなかったはずだけど。

「ああ、男性なら口よりも門の方が馴染み深いですか。そちらからでも摂取できるんですが、女性の場合、他にも子宮口というものがありまして」

「説明不要オォォ‼　男とそんなことするくらいなら死んだ方がマシだ‼」

「いやもう死んでいますって。あと、もう少しお静かに願います」

言われて周りを見渡すと、何事だと、他の職員さんや窓口から注目を集めてしまっていた。

「……それくらい嫌だってことです。いっそ、成仏するっていう選択肢はないんですか？」

「天国行きを希望されているのでしたら、難しいですね。生前、親に迷惑をかけていた自覚はおありでしょう？　素直に転生した方がいいですよ」

「でも……。くそ、どうすりゃいいんだ」

「強情ですね。私はわりと好きですよ？　しぼり取るのも、ゴックンするのも」

切実に願う。誰か助けて。

「固まって、どうされました？　もしかして、今の台詞で固まりましたか？」

なんで二回言った？

女性職員が、終業作業にかかる他の職員と時計を気にしながら、埒《らち》が明かないと嘆息した。

「報告書によると、サキュバスへの適性アリと判断されたのは、今際《いまわ》に残した言葉がきっかけだったとありますので、事故直前の記憶映像を観てみましょう。いったいどんな言葉だったんでしょうね。お●んぽしゅきしゅきいいい‼　とか叫んだりしたんでしょうか」

もはや痴女であることは疑いようがない女性職員が、手元のタブレットを操作し始めた。

ありえない。オレの適性がサキュバスだなんて、絶ッッ対に何かの間違いだ。

「それではご覧ください。記憶映像スタート――」

その日の夕方、オレは友人の新垣拓斗《あらがきたくと》と二人で、早めの夕飯を食べに天下逸品《てんかいっぴん》へ来ていた。言わずと知れた、ラーメン業界を代表するチェーン店だ。

「ストップ！　記憶映像一時停止！」

「いきなりですか。自分のモノローグにケチをつけてどうするんです？」

「拓斗！　拓斗！」

「彼がご友人ですか。実在したとは驚きです。エア友達ではなかったのですね」

「それはもういいですから！　あぁ、そうだよ、一緒に飯食ってたんだ。オレが死んだ時、あいつもいたんですけど、事故に巻き込まれなかったんですか⁉　無事なんですか⁉」

「ご友人の安否ですか。少々お待ちを」

拓斗……頼む、無事でいてくれ。

その祈りが届いたのか、ややあって。

「存命されているようですね」

「本当ですか⁉」

「いくら私でも、ここで悪趣味な冗談は言いませんよ」

生きてる。あいつは助かったんだ。よかった……。

「……拓斗は、小学校から付き合いのある、オレの唯一と言っていい友達なんです」

強く、雄々しく、頼もしく。

オレにとって拓斗は、日曜の朝にやっている女児向けアニメから捩《もじ》ってきたようなキャッチコピーが、ピタリと当てはまる存在だった。

別段、正義感に溢れているといったことはない。ただ、頼られたら誰にでも手を差し伸べ、自分の目の届く範囲で筋の通らないことは許さない。ラノベの主人公タイプとでもいうのか、とにかくそんな奴だ。

対してオレは、弱く、女々しく、情けなく。

未来から猫型ロボットがやって来ることもなく、特に目立った成長を遂げないまま高校生になった某少年を想像してほしい。チビで泣き虫で、引っ込み思案な冴えない奴。それがオレ。

拓斗と友達になったのは、家が近所だったとか、好きな漫画がカブったとか、そんな些細なきっかけからだった。性格は全然違うのに、何故か馬が合った。

学力の差で高校は別れちゃったけど、あいつがいてくれなかったら、オレは小、中学校でもイジメに遭っていたと思う。そうならないよう、いつも庇《かば》ってくれていた。

「そこまでご友人のことを気にかけられるなんて、優しいんですね」

女性に優しいなんて言われると、たとえ相手が変態であっても照れてしまう。

「拓斗はオレのヒーローというか、憧れなんです。昔から何をするにもトロくさかったオレをいつも助けてくれて。本人には言えないですけど、すごく感謝してるんです」

もう会えないのは寂しいけど、あいつだけでも助かって、本当によかった。

「そうですか。ただまあ、存命されていると言っても、ご友人もしっかり事故に巻き込まれていますよ。全身強打で意識不明の重体。手の施《ほどこ》しようがなく助かる見込みもないそうなので、そう遠くないうちに亡くなる予定だと書かれています。ぶっちゃけ早いか遅いかですね」

「アンタはもうちょっと言葉を選ぼうか！」

「運が良ければウチの課に送られてくるかもしれませんね。とりあえず、時間がもったいないので、さっさと記憶映像の続きを再生しましょう」

——拓斗と二人で店の扉を開けると、中華独特の、むわっとした熱気と共に、食欲をそそる鶏がらの香りが出迎えてくれた。

オレが注文したのは、こってりスープのラーメン並に、味付け煮卵載せ。あと焼き餃子。

拓斗もこってりスープだけど、こいつはラーメン大に、豚バラチャーシュー載せ。加えて、餃子とチャーハンと唐揚げも頼む。

「つーか、なんで毎週のように、男二人で飯食ってンだかな」

「不満なら彼女でも作りゃいーじゃん」

オレがそう返すと、拓斗は大げさに肩を竦《すく》めた。

「作れるもンなら作りてェよ。なァ、俺ってイケてるよな？」

「自分で言うなよ。まあ、中の上くらいはあるんじゃない？」

「控えめに見ても上の下くらいあるって。ハ～ァ、なんで彼女ができねェのかね」

「ガツガツしすぎとか？　そういうの、女子は引くんだろ」

「俺は普通。オマエが枯れてンだよ」

誰がジジイだ。人並みには興味あるっての。

「利一は性欲より、食欲って感じだよなァ」

「オレの倍は食う奴に言われてもな。拓斗って間食もスゲーしてるじゃん？　食う量も回数も多いくせに、なんでそれでデブらないんだ？」

「誰かさんと違って、俺は育ち盛りだからな。栄養は全部身長と筋肉になってンだよ」

「人の成長を勝手に止めんなし。オレだって、まだまだ大きくなる予定なんだから。そのうち拓斗も抜いてやるから覚悟してろよ。……十五センチ差はでかいけど」

そんな遣り取りをしているうちに、注文したものが運ばれてきた。

箸をつける前に、まずは胸いっぱいに湯気を吸い込み、香りを楽しむ。

「ん〜、いい匂い。やっぱここに来たら、あっさりよりも、こってりスープだよな。見ろよ、この鶏がらスープ。濃くてとろっとろだろ。うっは〜〜。これがまたよく麺に絡み合うんだ。これって、脂じゃなくて、鶏の出汁と野菜のポタージュで作るらしいぞ」

「へいへい。ウンチクはイイから、冷めないうちに食おうぜ」

割り箸を指に挟んで手を合わせ、二人していただきますと声を揃えた。

染み染みになった煮卵を箸で半分に割り、ぱくりと口の中に放り込む。とろりとした半熟の黄身とスープが混ざり合って広がる味は、もう最強と呼ぶしかない。

「それにしても濃いな。カルボナーラでも食ってるみてェだ。でも利一みたいに、この濃さが病みつきになる奴も出てくるわけか」

「麺だってスープに負けてないぞ。やわらかめの方がスープを絡めやすいって人もいるけど、オレはこれくらい太くて硬めの方が、つるつるしこしこの食感が味わえて好みだな」

「好きなのは見てりゃわかるよ。ホント美味そうに食うよな」

「実際美味いんだもんよ。オレ、天下逸品の濃厚ラーメンなら三度の飯にしてもいいかも！」

――我ながら、そのまま遺影にできそうな顔をアップにして、記憶映像は終了した。

「え、ここで終わりですか？」

「なるほど。これは言い逃れできませんね」

「どこが⁉　普通のグルメリポートでしたよ⁉」

「何を言ってるんです？　卑猥《ひわい》なワードのオンパレードだったじゃありませんか。量も回数も多いとか、感触が凄いとか、性徴でまだまだ大きくなるとか、抜いてやるから覚悟しろとか、十五センチはでかいとか、濃くてとろとろが絡み合うだとか、太くて硬いつるつるしこしこの触感が好みだとか、あまつさえ、最高の笑顔で三度の飯にしたいくらいの濃厚ザー●ン好きを宣言してしまったんですから。ここまでくると、サキュバス以外の何者でもありませんよ」

「ラアァァメンだよ‼」

どう聞いたら、ラーメンとザー……を間違えるんだ⁉

「どうやら、多少の食い違いがあったようですね。食べ物の話だけに」

「片方は明らかに食べ物じゃないですけどね⁉」

「当方の職員たちは全員、アナタの暮らしていた世界とは別世界の住人なのですから、全ての事情に精通しているわけではないのです。知識に偏りが出てくるのも、ある程度は仕方のないことかと。ところで、精通していないのにザー●ンの話をするというのも面白いですね」

「そのシワ寄せが、全部丸ごとオレ一人に来てるんですけど⁉」

「残念ですが、既に新しい肉体が用意されているので変更は不可能です。再度発注かけて作り直すとか、そんな無駄な予算はありません。あとはアナタの了承を得れば手続き完了です」

発狂しそう。

「ですが、ご安心を。ただ異世界へ飛ばされるだけじゃありませんよ。転生者には、もれなく特別な力が授けられるんです。異世界転生といったら、チートで無双。これは常識ですよ」

どこの常識？　少なくとも、オレの地元にはありませんでしたけど。

転生の目的は、悔いの残らない人生をやり直させることなので、ある程度の待遇は期待してくれていいと女性職員は続けた。

「基本的には、転生した種族が本来持っている能力を、最大まで高めて再スタートすることになりますね。人間に転生された方の中には、勇者になって魔王と戦い、英雄と崇められた人も過去にいらっしゃいました」

それはなんとなく良さげに聞こえるけど。

「参考までに、サキュバスをチートにすると、どんな感じになるんですか？」

「但し書きには、あらゆる種族の男性を魅了できるようになるとあります。やろうと思えば、世界中の男性を性奴隷にし、逆ハーレム王国を築くことだって可能です。なんて羨ましい能力でしょう。代わってほしいくらいです」

「代わってくれるなら喜んで代わったるわあああああああ‼」

女性職員への不満とか、転生の待遇とか、全部一つにまとめてオレは絶叫した。

「困りましたね。そんなことを言われましても——」

言いかけ、ハッとした女性職員が思い出したように時計を見た。【17：01】とあった。

「ご利用ありがとうございました。明日の開庁は、九時からとなります」

「いやいやいや！　こんな中途半端なところで放り出さないでくださいよ！」

「私では判断できかねますので、日を改めて上に掛け合っていただけますか？」

「お役所仕事か！　だったら、この場で上司に取り次いでください！」

周りからの注目とか、そんなの気にしている場合じゃない。

女性職員がまたもや舌打ちをし、露骨に顔をしかめながら内線電話をかけた。

「あー、もしもし。２番窓口で、ちょっとトラブってるんですけど。はい、適性種族に不満があるとか言って、駄々をこねているクレーマーがいまして。はい」

我慢、我慢だ。

「は？　死民の要望にはできる限り応えろ？　もう勤務時間外なんですけど。残業手当つくんですか？　あー、わかりました。はいはい、わかりましたってば。はい、失礼します」

雑な仕事を上司に怒られたのか、受話器を置いた職員が、はぁ～、と魂まで出ていきそうな深い溜息をついた。しかし、すぐにキリリとした表情を作り、オレの正面に向き直る。

そうやって真面目な態度を取っていれば、仕事ができる人にしか見えないのに。

けど、今度こそまともな応対が期待できそうだ。

「非常に申し上げにくいのですが、アナタの要望は却下されてしまいました」

「嘘つくなあああああ！　できる限り応えろって言われてただろ！　早く帰りたいからって

横着すんな！　ちゃんと仕事しろ！」

「ちゃんと仕事しろとか、引きこもりにだけは言われたくない台詞ですね」

それについてはごもっともで、返す言葉もない。

「結局、サキュバスの何が気に入らないんですか？」

「何がって、何もかもですけど、男の精……アレを摂取しないと生きていけないっていうのが一番困るんです。代わりになる食材とかないんですか？」

「代わりになる食材ですか。まったく、課長に怒られるから検索してあげますけどね。はー、面倒臭いなあ。あー、やだやだ、とんだハズレ客引いたわー」

これ、殴っても許されるんじゃない？

しばらくして、女性職員が眼鏡の位置を正し、タブレットに顔を近づけて眉をひそめた。

「あるにはあるようですが、聞いたことのない食材ですね。牛乳という飲料らしいですが」

「牛乳⁉　牛乳で代用できるんですか⁉」

「ご存じなんですか？　もしかして、アナタの世界では珍しくないとか？」

「超メジャーですよ！」

「というか、この白濁液、精液そのものでは？」

「二度と牛乳が飲めなくなりそうなことを言わないでください！」

「成分表を見ましたところ、精気よりも栄養濃度が希薄なので、一日に五〇〇ミリリットルは飲まないといけないようですけど、これなら飲めるんですか？」

「大丈夫、それくらいだったら余裕です！」

やった。やったぞ。牛乳が代わりになるなら、オレでもなんとか生きていける。

「喜ばれているところに水を差すようですが、牛乳なんて飲料、転生先にはありませんよ？」

「え？　でも、ただの牛の乳ですよ？」

「乳ですか。名称からそうだとは思いましたが。そもそも、これから行く転生先には牛という生き物が存在しませんし、母乳以外、他種族の乳を口にする習慣もありません」

そ、そんな、嘘だろ……。

「だから、ね、もう諦めましょうよ。現地でそういうお店に行けば、きっと親切にレクチャーしてくれますし、お金だってもらえると思いますよ」

「役所の職員が風俗を勧めるな！　サキュバスのチート能力とかいらないですから、代わりに一生分の牛乳をください！　腐ったら困るので定期郵送で！」

「原則として、転生後は介入できない決まりになっています」

「だったら乳を出せる牛をください！」

「牛を？　なるほど、その発想はありませんでした」

問い合わせてみると言って、女性職員は、また内線電話に向かって喋り始めた。

要求しておいてなんだけど、我ながら無茶だと思う。

なんせ、人型よりもずっと大きい生命を、新たに一体用意しろと言っているわけだからな。

無理なら無理でいい。渋って渋りまくって、最終的には種族変更までこぎつけてやる。

「申請が通りました」

「通っちゃったのかよ！」

「通したからには、もうゴネたりしないでくださいね。この場で牛という生き物をメイキングしますので、アナタの記憶から外見を抽出させてもらいます」

マジか。適当に言ったのに、オレ、本気で牛と暮らしていくの？

「おや？　これ、ミノタウロスじゃないです？　いや、四足歩行ですし、別種のようですね。でも顔はそっくりなので、現地で驚かれるかもしれませんよ」

てことは、いるのか。現地にはミノタウロスが……。

「一からデザインを組むのは手間なので、ベースはミノタウロスで作りますね」

「強そうですね……」

「そりゃ、神話にも登場するモンスターですから。あと、外見からではわからない牛の特徴をさっさと教えてください。今日は十九時から半年ぶりの合コンがあるので、一分一秒一コンマでも早く帰って支度しなきゃいけないんです」

雇うなよ、こんな職員。

オレはげんなりしながら、牛の特徴を思い出していった。

「確か乳は、出産後の十ヶ月だったかな。その間しか出ないって聞いたことが。できれば牡《おす》を一頭と、牝《めす》を数頭。小ぢんまりしたものでいいので、それらを養える牧場をください」

「だからそんな予算はありませんってば！　聞いてなかったんですか⁉　一頭で一年中大量に

乳が出るようにすれば問題ないんでしょう⁉　はい解決！　次！」

　この人、少しでも早く帰りたくて必死だ。

「えっと、現地で牛が食べられるエサなんかをリストアップしてもらえると」

「有機物だろうが無機物だろうが、なんでも食べられるようにしておきます！　はい次！」

　新たな生命を誕生させようっていうのに、大雑把すぎない？

「……病気になられると困るんですけど、予防接種とか」

「そんなの【状態異常完全耐性】のオプションを最初に付けとけばいいんです！　もっとこう牛ならではの特徴とかないんですか⁉」

「牛ならでは……。胃が四つあるとか？」

「胃が四つ⁉　つまり【四次元胃袋】ですね！」

　何その超解釈。

「あとは特徴というか、牛は神様の乗り物だっていう逸話があったような」

「神様の乗り物⁉　それって聖属性なんかが備わってるってことですか⁉」

「あー、でも、水牛だと悪魔の乗り物とか言われていたような」

「どっちですか⁉　面倒なので【全属性完全対応】にしときますよ、Ｆ●ｃｋ‼」

　はじめ、理知的な雰囲気の女性だとか思ったの、あれナシでお願いします。

「他にはないですか⁉　ないですね⁉　これで出力しちゃいますよ⁉」

「あ、最後に一つ。牛に死なれると、オレも生きていけないんですけど、もしもそんな事態になった時は、新しい牛を補充してもらえるんですか？」

「予算ないんですってば！　その時こそ諦めて男漁りをしてくださいよ！」

「だから、そんなことするくらいなら死んだ方がマシだって言ったでしょうが！」

「はいはいはいわかりました！　アナタが生きている限り、牛は老いないし死にもしない！　いつもフレッシュな乳をしぼれるようにしておきます！　これで文句ないでしょう⁉」

文句はないけど。この人、合コンのことで頭がいっぱいで、正常な思考能力を失ってる。

「はい、出力完了！　ほらほら、用が済んだらさっさとアナタを転生させますよ！　安全指定区域ならどこでもいいですよね⁉」

「急《せ》かしすぎじゃないですか？　合コンは十九時からなんでしょう？」

「女の子はいろいろと準備に時間がかかるんです！」

「女の子って年でも……。あいや、なんでもないです！　何も言ってません！」

向けられているのは笑顔なのに、目だけ笑っていないのが死ぬほど怖い。

「ふふ、気になさらないでください。あ、そうだ。サキュバスが突然人里に現れたりすると、現地の人たちを驚かせてしまうかもしれません。アナタにとっても、腰を落ち着かせるための時間が必要でしょう。ひとまず、送り先を郊外の【ルブブの森】にしておきますね」

「え、あ、はい。そんな感じでよろしくお願いします」

なんだ、そういう配慮もできる人なのか。最後の最後でちょっと見直したかな。

「オーク出ますけどね」

「今ぽそっとなんて言いました⁉」

「心配には及びません。ここ一、二年におけるデータによりますと、うっかり森に迷い込んだ場合の生存率は、安心の五〇パーセント未満となっています」

それ、どう考えても安全区域じゃなくない？

「ちなみに、向こうで死んでも二度目の転生はありませんので、御了承ください」

「了承できません！　年齢のことに触れたのは本気で謝りますから！」

「ではでは、一名様ごあんなーい。牛はクール便で送っておきますね」

オレの訴えなんて聞く耳持たぬとばかりに、光り輝く幾何学《きかがく》模様が足下に浮かび上がった。

みるみる光量を増し、全身を飲み込んでいく。

「行ってらっしゃいませ。素敵な異世界ライフをお過ごしください」

サディスティックな笑顔と共に、職員が親指を下に振り下ろした。

「お願いします！　一度冷静になって話しアアアアァ――――ッ‼」

オレの悲痛な声を遮るように、眩い光が視界を覆い尽くした。

半笑いでオレを見送る職員の姿も見えなくなり、次第に意識が遠退《の》いていく。

ええと、なんでしたっけ？　悔いの残らない人生をやり直すための転生？

広告詐欺だろ。

初っ端から後悔と不安しかなく、下手すると、あっという間に終わりかねないオレの第二の人生が、こうしてワケのわからないうちに幕を開けた。

第二搾　今までありがとう。そしてさようなら

………朝か。

閉じた目蓋に射す日の光が、目覚まし時計に代わって早く起きろと言っている。

だがしかし、引きこもりの生活リズムと太陽の傾きには、なんの関係性もない。

よって、このまどろみに身を委《ゆだ》ねたまま二度寝する。うつ伏せの状態で身を捩《ねじ》った拍子に、ほんのりと温かく、すべすべとした絨毯《じゅうたん》のような肌触りを頬に感じた。

その感触が心地良くて、オレはぐりぐりと顔を押しつけた。

「ンモォォ～」

腹の奥底まで響く重い音が聞こえたかと思いきや、音を発した何かが、くすぐったいとでも言うようにブルルと身を震わせた。振り落とされたオレはろくに受け身も取れず、尻を地面に打ちつけてしまう。チカチカと視界に星が飛び、一発で目が覚めた。

「わっひゃ⁉」

そうして開いた目に飛び込んできたのは、白黒の斑模様だった。

もう少し引いて全体を見ると、それは四足歩行で、臀部《でんぶ》には垂れ下がった筆みたいな尻尾が揺れていた。その反対側には、ニョキッと二本のツノがそそり立っている。

……牛だ。

これぞＴＨＥ・牛とでも言わんばかりの立派なホルスタイン牛が、穢《けが》れを知らぬ瞳でオレを見下ろしている。どうやらオレは、こいつの背中で眠っていたらしい。

周囲を見渡せば、人の手が一切入っていなさそうな、自然そのものの森が広がっていた。

ああ、そうだった。全部思い出した。本当に来ちゃったのか。

――異世界。

ていうかね。何？　さっきのめちゃくちゃ可愛い声。オレと牛以外にも誰かいんの？

それとも、まさか……。いや、さすがにそんなことありえないって。うん、ないない。

ありえないけど、一応確かめてみるぞ？

ごくりと唾を飲み、オレは渇いた喉を湿らせた。

「……………ォ…………オッス、オラ利一」

…………。

オレの声でしたあああああああああああああああああああああ‼

尻の痛みに続き、今度は羞恥による悶絶で、オレは地面を転げ回った。

こんなにも可愛らしい声が自分から出てきたのかと思うと、ただただ不気味で、キモくて、全身に鳥肌が立ちまくった。

いる。いるよ、こういう声。おっとりゆるふわ天然系が似合いそうなアニメのヒロインに。

他人の声として聞くだけなら嫌いじゃない。むしろ大好きだ。

女友達にいたら（いないけど）、声だけで好感度が五割増しになるくらい。

でもでも。自分の声がそうなるのは違うんだよ。ありがたみなんて全然ないんだよ。

嘆き悲しむ呻き声でさえ、どこまでも可愛らしかった。

地面に手をついて打ちひしがれていると、新たなショックを発見した。

変わり果てた自分の手だ。

白くて、小さくて、指も手首も二の腕も、簡単に折れそうなくらい細い。

「これが、オレの手？」

握ったり、開いたり、日の光にかざしてみたりしても、そこにあるのは見慣れない細腕で、どう見ても男のそれじゃない。元々ごつごつした感じではなかったけども、ここまで変化してしまったなら完全に別物だ。なんとなしに、二の腕の肉を指で摘まんでみた。

プニップニで、ムニッムニだった。

「勘弁してくれぇぇ……」

拓斗みたいな体格に憧れていた。見かけはスラリとしているのに、服の下には引き締まった筋肉質なボディーを隠していやがるのだ。あまりにも羨ましかったので、密かに腕立て伏せと腹筋を日課にしていた。成果はともかく、我ながら健康的な引きこもりだった。

そんな努力を嘲笑《あざわら》うかのように、見事なまでの柔肌になってしまっている。

深刻なダメージを負いながら、よろよろと立ち上がった。

立ち上がったのに、地面が近く感じる。いや、実際いくらか近くなっている。以前の身長も一六〇センチと平均より低くはあったけど、そこからさらに五〜六センチは縮んでいる。

「背は……身長だけは、残しておいてほしかった……」

個人差はあれど、筋肉は頑張れば手に入る。だけど身長は……。

さめざめと泣き入《い》っていると、牛が「ンモォ～」と低い声で鳴いた。

どことなく、「どうした？」と心配そうに尋ねられている気がしなくもない。

「お前、でっかいなあ……」

牛の背中がちょうど目の高さにある。肉付きもガッシリしていて、溢れ出る野生の力強さが見て取れる。なんてこった。牛相手に、本気で羨ましがっている自分がいる。

「オレは縮んじゃったよ。何もか……もぇ？」

例外発見。がっくりと項垂《うなだ》れたことで、それに気づいてしまった。

「なん、じゃ、こりゃ」

縮むどころか、大幅に膨張した部分が一ヵ所だけあった。

服装は、肩剥き出しのノースリーブで、膝下まで丈のある白いワンピース姿になっていた。靴は履いていない。スッポンポンで放り出されなかっただけマシか。

それよりも問題なのは、白い布地を山のように盛り上げている二つの物体だ。

どうして最初に気づかなかったんだというくらい、存在感がハンパない。

「……胸、なのか？」

疑わずにはいられない。だって、山が邪魔になって、真っ直ぐ立つと足の爪先が見えない。

え？　どんだけ？　オレは産まれたばかりの赤ん坊に触れるようにして、布越しにそっと、そーっと、両手で慎重に、膨らみを下から持ち上げてみた。

「うひぁ……」

触れた瞬間、ピリッと電気が走った。今まで無かった部位に備わる感覚がこそばゆい。

指に伝わる感触は、とにかく柔らかく、ズシリと重い。肉に沈む指を押し返してくる張りのある二つの物体は、確かに自分の体の一部であることを主張していた。

「これ、何カップあるんだよ」

高校に入学してすぐ不登校になったからあまり覚えてないけど、少なくとも同学年の女子でこんなに胸の大きな子はいなかったように思う。今のオレは女子の平均……よりも少し小柄な方だろうに、胸だけ不釣り合いなくらい大きい。

オレだって思春期の男子だ。人より少しだけ淡泊かもしれないけど、枯れてるなんてことは絶対にない。胸の大きな女の人が歩いていれば、つい目が行ってしまうし、見られるものなら生で見たい。触れるものなら触ってみたい。

だけど。だけどな。何度も言うけど、これじゃ意味がないんだ。

声と同じだよ。どれだけ大きな胸だとしても、それが自分に付いていては、なんの嬉しさも湧き上がってこない。それどころか、ひたすら違和感と嫌悪感しかない。

「人生で初めて触ったおっぱいが自前とか……。ふぐぅう、ないわぁぁ……」

本気で涙出てきた。本当に、こんな右も左もわからない世界で女になっちゃったのかよ。

髪もいくらか伸びており、さっきから首を動かす度、毛先に肩をくすぐられる。お世辞にもショートカットとは言えない長さだ。そして元の黒髪は、欧米人でも見られないくらい澄んだ黄金色《こがね》に変わっている。日本人ですらなくなったのか。

　不安と心細さでマジ泣きしていると、ざらざらした物が頬を撫でた。

　牛が、オレの顔をぺろっと舐めたのだ。

「……慰めてくれてるのか？」

　いや別に？　とでも言っていそうな屈託のない顔が、なんだかおかしかった。

「オレから触っても大丈夫かな。噛んだり、しないよな」

　恐る恐る牛の額に触れた。牛は目をつむり、じっとしている。

「あは……。よろしくな。オレ、蓬莱利一」

　力なく挨拶すると、ほんの少しだけ、心細さがまぎれた気がした。

「そうだ。名前、つけてやらないと」

　確か、ミノタウロスがベースになってるんだっけ。乳牛なんだし、牝だよな。

　腰を屈めて牛の腹を覗き込むと、でっぷりとした乳房がついていた。

　おお、さすがは乳牛。オレの胸なんて足下にも及ばな――

　だから、なんで牛と比べてるんだよ。一瞬喜んでしまった自分が情けない。

「……牡なら〝ミノタ〟ってつけるところだけど、牝だし〝ミノコ〟にしよう」

　自分でも安直だと思うが、名前なんて必要以上にキラキラさせない方がいい。呼びやすさと覚えやすさ。牝なら、そこに少しの愛嬌《あいきよう》が加わればそれでいい。

さて。これから、このミノコと暮らしていくわけだけど、ここがどういう世界なのかとか、知らなきゃいけないことは山ほどある。でも何よりも優先して確認しなければいけないのが、牛乳を飲まないとオレは生きていけないって話だ。

牛乳だけを飲んでいれば生きていけるのか。

人間同様、炭水化物、たんぱく質、脂質といった栄養も必要なのか。

「命に関わることなんだから、ちゃんと教えてほしかったよな」

あの女性職員のことを思い出すと、苛立ちが再燃焼してきた。

「会ったばかりでいきなりこんなこと言うのもどうかと思うんだけど、ちょっとだけミノコのおっぱいをしぼってみてもいいかな？」

「ンモォ」と返ってきた声は、「ちょっとだけよ」と言ってくれている気がした。

ミノコの側面で膝をつき、四つある乳首の一つに手を伸ばす。

小学生の時、遠足で乳しぼりを体験したことがあるので、なんとなく要領は覚えている。

「えっと、最初の一、二しぼりだけ細菌の心配があるから、捨てた方がいいんだっけ」

手順を思い出しながら、まず、親指と人差し指で乳頭の付け根を押さえて、乳が逆流しないようにする。次に、中指、薬指、小指と、上から順番に指を閉じていく。そうして、下の方に引っ張り出すようにして乳をしぼり出す、と。

「あれ、なんで？　なんで出ないんだ？」

肝心の乳が一滴も出ない。やり方が間違っているのか？

だけど、あの時は一発で上手くできたし、牧場の園長さんにも筋がいいと褒められた記憶がある。何か見落としているのか？　もっとだ。もっとよく園長さんの言葉を思い出せ。

『ボク、い～い手つきだねえ。そうそう、上下に優しくしごくんだよ。上手だねえ。先生には内緒で、後でオジサンのもお願いしちゃおうかな、な～んてね。ほらほら、牛さんのミルクがピュッピュッて出てきたよ。出したばかりのミルクは無菌だから、そのままでも飲めるんだ。さ、オジサンが見ていてあげるから、しぼり立てミルクを上目遣いでゴックンしてみようか』

犯罪者じゃん。

当時は熱心な搾乳《さくにゅう》指導で感心されていたような気もするけど、今にして思えば、やたらと息が荒く、子供――特に少年を見る目が血走っていたような。

……………深く考えないようにしよう。今となっては、考えても詮なきことだ。

乳が出ない原因に頭を働かせていると、ゴギュルルゥ～～～、と体の中に雷様でもお住まいなのかと思うほど豪快な音が、ミノコの腹から聞こえてきた。

「あ、そういうことか。まだ何も食べてないんだもんな。それじゃ乳だって出るわけないか」

そう言うオレの腹からも、キユゥ、と文鳥の鳴き声みたいな音が鳴った。

腹の音まで可愛すぎて、オレは膝を抱えたくなった。

「こんな情けない姿、拓斗に見られたら大爆笑されるな……」

親友の名前を口に出すと、ぎゅっと胸が締めつけられた。

来てくれたら心強い。でもそれは、生と死の狭間で今も頑張っているあいつに、早く死ねと言ってるのも同じだ。そんな身勝手なこと、どんな理由があろうと考えてたまるか。

「今度こそ……」

守られてばかりの自分が嫌いだった。

だから転生したことを、自分を変えるきっかけにするんだ。

「今度こそ、強く生きてやる」

もし拓斗がこの世界に来るようなことがあれば、オレが助けてやれるくらいに。

くよくよしていたって仕方ない。異世界ライフは、とっくに始まっているんだから。

「おし。まずは何か食える物を探すか。森の中だし、果物か木の実なら見つかるかもな」

変態職員が、なんでも食えるようにしておくみたいなことを言ってたけど、ミノコだって、どうせなら美味しい物を食べたいだろう。

よしよしと頭を撫でてやると、ミノコが後ろ脚を曲げて、姿勢を低くした。

「乗れってことか？」

ミノコが尻尾を、ぷらん、ぷらん、と振り子みたいにゆっくり左右に振った。

特別だぞ。そう言っているように思えた。

ありがたい。オレは高鳴る気持ちで、ミノコの背中に飛び乗った。

今の動きで、胸がブルンと揺れた。ちょっと痛かった。

尻の位置を調節してバランスを整えると、ミノコがのっそりと立ち上がった。

「うは、たっけー」

目線の高さが二メートルを超えた。さっきは意識がなかったし、振り落とされたから楽しむどころじゃなかったけど、動物の背中に乗るという体験は、否応なしにテンションが上がる。

ただ、ミノコに跨《また》がった時、新たに気になったことがある。

そんな大したことじゃないんだけど。念のため、服の上から尻をさすってそれを確認した。

うん、やっぱりそうだ。

「これ……パンツ穿いてない」

正真正銘、身につけているのはワンピース一枚だけだった。

いや、いいんだ。これに関しては、むしろホッとしている。

もし、女体への覚悟もままならぬうちから女性用下着をつけさせられていたら、オレの中の自尊心的な何かが、きっと耐え切れずに崩壊していただろう。

あと、胸のインパクトに気を取られてたけど、もっともっと、もーっと深刻なことがオレの体に起こっていた。そうだよな。女になるって、そういうことだよな。

はっきりと触ったり、見たりはしていないけど、間違いなさそうだ。

だって、なんかスースーするもの。絶対的に股間が頼りないもの。

想像すると、また泣きそうになったが、強くなると決めたばかりだ。

だから、涙の代わりに感謝の言葉を贈ろう。

十七年間、ありがとう。そして、さようなら。

オレは上を向いて涙を堪《こら》え、我がムスコに別れを告げた。

………気を取り直して。

股間のムスコが旅立ったと言っても、その跡地は具体的にどうなっているのか。確認するのが怖い。なので、今は確認しない。幸い、生理現象は催していないし。

「そうさ。まだ慌てるような時間じゃない。焦ることなんて全然ないない」

問題の先延ばしだと罵《ののし》りたければ罵《ののし》るがいい。心の準備期間っていうのは必要なんだよ。

ともあれ森の中だ。

ジャングルみたいに鬱蒼《うっそう》とした窮屈さはなく、胸のすくような清涼感があった。

足場は苔生《こけむ》し、生い茂る樹木も緑一色だけど、木々の間から零れてくる柔らかい木漏れ日が色の濃淡を演出していて、妖精が住んでいるとしても不思議じゃない。そんな幻想的な光景を作り出している。

ミノコの背中で大きく伸びをし、しっとりとした森の空気を肺一杯に吸い込んでみた。

美味い。体内の淀みが抜け落ちていくかのようだ。

「【ルブブの森】だっけ。腐海の森って感じじゃないけど、下手に歩き回ると遭難するだけか。というか、既に遭難してると言えなくもないのか」

近くに川でもあれば、とりあえず喉の渇きだけでも潤せるが、それを探し当てるサバイバル知識なんてオレにはない。自力で火をおこすこともできない生粋の現代っ子だ。

いきなり手詰まりになってしまい、唸っていると、ふと、牧場体験で園長さんが牛の特性について語っていたのを思い出した。

『鼻がいい動物と言えば犬が思い浮かぶだろうけど、実は牛も嗅覚が鋭いんだ。匂いにとてもデリケートな生き物で、エサが臭いと食べてくれなくてね。その点、人間は臭い食べ物が好きだよね。チーズとか、納豆とか、OLが丸一日穿いていたストッキングとか。え？　最後のはオジサンだけだって？　いやいや、これが意外といるんだなあ』

あの牧場、ニュースになった記憶はないけど、今も経営しているんだろうか。

余計なことまで思い出してしまったが、どうやら牛の嗅覚は、人間よりもずっと優れているらしい。それなら闇雲に散策するより、進路をミノコに任せた方が賢明かもしれない。

「ミノコの好きに動いていいぞ。食べられそうな物がないか、お前の鼻で探してみてくれ」

おっと。言葉が通じる前提で、普通に話しかけてしまった。

早くも自分の中にある常識の枷《かせ》が外れそうになってきている兆候だろうか。

けど、オレにはミノコが気怠そうに、「ウウンモォ～～」《しかたないなあ》と返事をしたように聞こえた。

ミノコが、のっし、のっし、と歩き出す。

熊に跨《また》がった金太郎にでもなった気分だ。まさしく牛歩の速度だけど、手綱《たづな》や鐙《あぶみ》が付いているわけじゃないから、走ったら振り落とされてしまうだろう。これくらいがちょうどいい。

それにしても。一見、早朝のジョギングコースにしたいくらい爽やかな森なのに。

「迷い込めば、生存率五〇パーセント未満の森か」

原因として考えられるのは、やっぱオークだよな。オレが想像しているとおりのモンスターだとすれば、こんな細腕ではひとたまりもない。野犬一匹にだって負けそうだ。

「遭遇しませんように。なんとか人のいる町を探すなりして、安全を確保しないと」

漫画もゲームもネットも諦めるから、衣食住のある文明人らしい生活がしたい。

そこに辿り着くまでの課題が多すぎて、頭が痛くなってくる。

かしかしと頭を掻いていると——指が、何か硬い物に引っ掛かった。

「え、これって……。えー。げー。うわー。……ツノ生えてる」

ミノコと同じ。と言っても、たけのこの里くらい小さいけど、右と左のこめかみの少し上に一つずつ、人間であれば絶対に存在しない物が突き出ていた。

そっか。オレはとうとう、男でも、日本人でも、そして人間でもなくなったのか。

「……ま、胸に比べたら、それほどショックでもないか」

というか、ツノってカッコ良くない？　爪みたいに伸びてきたりするのかな。

「へへ、ミノコとお揃いだな」

スン、スン、とミノコは鼻をヒクつかせるだけで、特に感想はないようだ。

そんな感じで、ツノについては、わりとあっさり受け入れられた。

他にも何かあるかな。鏡が無いから、見えない部分は手で触れて確認していくしかない。

目と耳と鼻と口は、以前と数も位置も同じ。パーツにおかしなところはない。

第三の眼が額に——‼

とか、ちょっとドキドキしたけど、そんな物は無かった。

だけど手探りじゃ、どんな顔つきをしているのかまではわからない。

「高望みはしないから、せめて人里に下りても目立たない程度に普通であってほしいよな」

などと考えてる間に、人間とは違うところを、もう一個発見。

背中に何かついてる。強引に首を後ろへ捻ると、肩甲骨の辺りに黒い物が見えた。

「これ、翼か⁉」

鳥みたいな羽毛じゃなくて、蝙蝠《こうもり》のような翼だ。

翼があるってことは、もしかして飛べ――そうには……ないな。

ツノもそうだけど、ちんまい。肩幅よりも小さく、とても自重に耐えられそうにない。

試しに肩に力を入れると、ピコピコと翼を動かすことだけはできた。

「飛べないなら、翼なんてあっても邪魔にしかならないっての……」

一瞬でも夢を見てしまった分、がっかり感もひとしおだ。ぐでーとミノコに抱きつくようにしてうつ伏せになると、胸が圧迫されて苦しかったので、余計に気が沈んだ。

そこから、体感で一時間くらい歩き回っただろうか。

収穫は何もなかった。食べ物も人工的な道も見つからない。時折、地面に生えている草木にミノコが鼻を近づけたりはしていたが、一度も何かを食《は》んだりはしなかった。

「うー、腹減った……。天逸《てんいち》のラーメン食いたい。てか、食ってる途中で死んだんだよな」

最後の晩餐《ばんさん》くらい、食い終わるまで待ってほしかった。

「ミノコ、オレに気を遣わなくてもいいからな。食べられそうな物があったら食べちゃえよ。お前の腹が膨れてくれないと、オレも――……て、どうした？」

ミノコの耳がピンと立ち、足を止めて顔を真横に向けた。

つられて、オレもそちらに目をやる。ガサガサと、風も無いのに草葉が動いている。

次の瞬間、体中から、ドッと汗が吹き出した。

密集した樹木の向こうから、ゴフッ、と何者かの荒い息遣いが聞こえたのだ。

オオカミの遠吠えに羊が怯えるように、本能が警鐘《けいしょう》を鳴らしている。リスやウサギみたいな小動物じゃない。生物として、自分よりも圧倒的に強大な何かがそこにいる。

「う、わ」

茂みを掻き分けて現れたのは、森の中では保護色になる緑色の太い腕だった。

人間の首くらいなら簡単にへし折ってしまえるだろう大きな手が樹木の幹を掴み、バキッと抉《えぐ》り取った。そのアクションだけで、心臓が止まりそうになる。

向こうの世界にも、熊だとか、虎だとか、自分の力が絶対に及ばない動物は存在した。だけど、こんな風に檻を隔てるでもなく相対したことなんて、ただの一度もない。だから、全身を射竦《いすく》める本物の恐怖というものに、オレは生まれて初めて直面している。

「あのアラサー職員……恨んでやる」

ゴフゥッ、と白い息を吐きながら、そいつは全身を現した。

目に映る威容に気圧され、オレは瞬きどころか、冗談抜きで呼吸を忘れた。

身に着けているのは、動物の革で作ったと思しきボロの腰巻きのみ。人間のプロレスラーがスレンダーに思える胸厚な上半身は、見せつけるようにして外気に晒されている。

巨漢も巨漢。ミノコに乗っているオレと、目線がほぼ同じ高さにある。

そして腕と同様、禿頭《とくとう》に至るまで全身が緑色。眼光は鋭く、牙は口内に収まらない。温厚な性格を微塵《みじん》も期待できない凶悪極まりない形相。

このモンスターがオークだという確証はないけど、まあ、オークだろう。漫画やゲームだと豚面で描かれたりもしているオークは、この世界では鬼みたいな人相をしていた。強面《こわもて》なのはともかく、多少なりとも豚より人間に近いと言えなくもない。案外世間話が好きで、気さくな性格をしていたりなんてことは——。……ないな。完全に捕食者の目をしていらっしゃる。

「ミ、ミノコ……な、逃げよ。早く」

ミノコの脚で逃げられるかどうか。だからって、あれと戦うなんて選択はありえない。

ぺちぺちと背中を叩くが、ミノコも足が竦《すく》んでいるのか、微動だにしてくれない。

ああ……終わった。やり直したばかりの人生なのに、もう幕を下ろすことになりそうだ。父さん、母さん、先立った先で、息子がさらに先立つ不孝をお許しください。

確実に訪れる死を予感し、そこでふと気づいた。

このオーク、よく見ると怪我をしている。

頭からは赤黒い血を流し、肩の辺りには矢が刺さっている。かなりの深手だ。

誰かに追われているのか？

オークの身なりからして、ある程度の知能は期待できる。ダメ元で話しかけてみるか。

問題は、種《しゅ》の違う相手——しかも、異世界の住人に言葉が通じるかだけど。

オレは努めて明るく、引きつりながらもスマイルを作った。

「こ、こんにちは。その怪我、どうし――」

「グガァアアオッ‼」

無理ぃぃぃ‼

会話無理。超怖い。ごめんなさい。お忙しいところ、話しかけたりしてすみませんでした。どうぞお構いなく。オレのことは放っておいて、どこへなりともお立ち去りください。

たった一咆えで、チワワみたいに震えて縮こまってしまったオレを雑魚《ざこ》だと判断したのか、獲物を見つけたことを喜ぶように、オークが口の端を吊り上げた。

「グフッ、グフゥ……ウマ、ソウナ……メス……」

「めす？」

あ、オレのことか。つーか、喋った。めっちゃ日本語だった。

異世界で日本語が通じるってのも変な話だけど、転生者への待遇がどうのと言っていたし、現地でコミュニケーションが取れるくらいの配慮はされているわけか。これはありがたい。

なんつって。これから食われて死ぬなら、なんの意味もないじゃんか。

「うぅ、ううぅ、死にたくないぃ……」

生きたままボリボリかじられたりしちゃうのか？　嫌だ嫌だ。

見たところ、武器の類は――いや、腰巻きの中に、何かごつい物を隠している。鈍器だろうか。あれで肉を叩いて柔らかくしてから食うとか？　うあ、グロすぎる。

残酷な死に方ばかりが思い浮かんでチビりそうになっていると、オレを値踏みするように、全身に絡みつく粘っこい視線を送っていたオークが、じゅるりと舌なめずりをした。

「メス……喰ラウ……。メス……犯ス……」

んん？　今こいつ、「喰らう」の後、なんて言った？　聞き間違えた？

「え、ちょっと待って。オレ、とんでもない勘違いしてる？」

美味そうって、喰らうって、もしかして別の意味で？

まさかとは思うけど、まさかとは思うんだけど、セクシャルでアダルティーな意味で？

だとすると、オークの股間のとこ、腰巻きをテントみたいに盛り上げてるのって……。

「メス……喰ウ……。孕《はら》ムマデ……犯ス‼」

「こ、こいつ、オレに発情してやがるのか⁉」

冗談じゃない！　そりゃ、乳はでかいかもしれないけど、オレだぞ⁉　中身男なんだぞ⁉

そんな事情なぞ知るかとばかりに——実際知らないんだけど、オークは我を忘れ、ついでに怪我していることも忘れて茂みを飛び越えた。話し合い？　絶対無理。目は血走り、口からは涎《よだれ》を撒き散らし、いろんなところを滾《たぎ》らせて一心不乱に突進してくる。あの勢いのまま地面に叩き落とされたりしたら、それだけで骨が何本か折れる。

しかも、その後に待ち受けているのは——

「ちく……しょうッ」

吐き捨てるように言い、ぎゅっと目を閉じた。オレにできる抵抗なんて、奥歯を噛みしめ、想像も及ばない地獄から目を背けることだけだった。

オレはもう一度「ちくしょう」と吐き、己の不運と無力を呪った。せめてミノコだけでも。オレがオークの注意を引きつけている間に、なんとかミノコだけでも逃がしたい。

………。

…………………あ、れ？

衝撃が……こない。というか、オークの息遣いも聞こえなくなっている。

ビクビクしながら、そろりと目を開けると――――オークの姿が忽然《こつぜん》と消えていた。

前後左右。念のため、空を覆う樹木にも目を凝らしたけど、どこにもいない。

なんだ？　ビビらせるだけビビらせておいて、結局は逃げて行ったのか？

「ワケわかんね……」

襲い掛かる寸前で、オレが普通の女じゃないってことに気がついたんだろうか。

なんにせよ、助かったってことでいいのかな。いいよな。

詰まっていた息を、ぶはっと吐き出した。オークの気が変わって戻って来ないうちに森から出たいが、ひとまず危機が去ったことに安堵《あんど》し、ミノコの頭を撫でてやろうと視線を下げた。

「は？」

ごきゅり。

ごきゅり。

ミノコが何やら頬張っていた。

思わず口元を手で覆ってしまう。信じられない、目を疑う光景がそこにあった。

「…………嘘、だろ」

食っていた。

ミノコの口から、緑色をした、二本の丸太のような何かがぼろんと垂れ下がっている。

何かじゃない。オークの足だ。まだじたばたしているけど、上半身は既にミノコの口の中にすっぽり入っていた。喉が波打つたびに、オークの巨体が少しずつ飲み込まれていく。

「顎《あご》の関節はどこいったんだよ……」

そういう次元の問題じゃない。限界以上に開かれたミノコの口がオークにかぶりついている様子は、まるで蛇が獲物を丸呑みにするかのようだ。

ごきゅり。

ごきゅり。

「全部いっちゃうんだ……」

オークの最期は呆気なく、遺言《ゆいごん》はおろか、断末魔の声すら残せず、ちゅるんと、うどんでもすするようにしてミノコの胃袋へと吸い込まれていった。

「んぐ……モゲぇぇップ」

優に二〇〇キロ以上はあったはずのオーク一匹を完食し、ミノコが特大のげっぷをした。

食べ方も凄まじかったけど、あれだけのサイズが腹に収まるなんて。

強い。と言っていいのかわからない。とにかく普通の牛じゃないのは明らかだ。

オークには悪いが――いや、悪くはないか。情状酌量《じょうじょうしゃくりょう》の余地ナシだ。女を力ずくで犯そうなんてクソ野郎は、牛に食われたって文句は言えない。一応手を合わせてご冥福を祈っておくものの、今だと「ごちそうさま」と合掌しているように見える。

ミノコの横腹をさすってやると、「モ～ゥ」と不満げな声を出した。

「不味《まず》かったって？　はは……肉も硬そうだったしな」

力なく笑ってみせたが、早くも疲労困憊《こんぱい》だ。でも、そんな中で救いが一つ。

腹が膨れたから、今なら乳が出るぞ、とミノコが言った（……と思う）。変換効率すげーな。

お言葉に甘えて早速――といきたいところだけど、よく考えると器も何も無い。

それに、オークが一匹だとは限らない。日もだいぶ傾いてきているし、暗くなる前になんとしてでも森を出たい。空腹も、まだ少しなら我慢できる。

「そういや、さっきのオーク、何かから逃げてた風だったよな」

オークには矢が刺さっていた。矢を使うってことは、相手は人間だろうか。いや、人間だと決めてかかるのは危険だ。なんせ、この世界はファンタジー。何が出るかわからない。

かと言って、なんでもかんでも逃げ腰になっていたら、現状を打開することはできない。

それに……。命が懸っていることなんだから慎重に慎重を重ねるべきではあるけど、ここで動かなきゃ、過去の情けない自分といつまで経っても決別できない気がする。

「……行ってみるか」

オレはミノコに言って、オークが現れた方向へ進んでもらうことにした。

第三捽　その展開は誰もが予想していた

しっかし、オークってなんなの？

凶暴なのはイメージどおりだけど、あんな下半身直結モンスターだとは思わなかった。

オレが知らないだけで、実はそういう生き物？　あいつだけが例外？

どっちにしろ、オレに欲情するとか意味がわからん。

女なら誰でもいいと思ってしまうくらい飢えていたのか？

それとも……。考えたくはないけど、オレってば、オーク好みの顔をしてるとか？

雌オークみたいな？　でなけりゃ、わざわざ種族の違うオレなんて襲わないだろ。

「ああ、自分の顔を見るのが怖い……」

引きこもり気質がまた頭をもたげていると、ミノコが足を止め、耳をピンと立てた。

オークの接近に気づいた時と同じ仕草だ。すかさずミノコに伏せてもらい、オレたちは息を殺して茂みに身を潜めた。……話し声がする。

「──オークめ、どこまで逃げやがったんだ」

「──血の跡は途切れていない。こっちで合っているはずだが」

やった、人間だ！　あの人たちに事情を話せば森を出られるぞ。

四人……いや、五人か。まだこっちには気づいていない。

一人だけ、二足歩行の爬虫類《はちゆうるい》みたいな人がいる。あとは人間の男だ。

人外さんの年齢はわからないけど、全員が三十代から四十代くらいのオッサンだ。日本人と比べると、顔の彫りは若干深いけど、髪の色は黒や茶だし、アジア系と言えなくもない。

前掛けや胸当てなどの防具を身につけ、背には弓と矢筒、手には長物を握っている。木こりというよりは、マタギに近い恰好をしている。そんな彼らの表情は真剣そのものだ。

オレは耳を澄ませ、出て行くタイミングを窺った。

「トカゲ、お前は血の臭いを追って先に行け。可能なら仕留めてこい」

「了解したのである。だが、相手は手負いの獣。グンジョー殿たちも用心を」

「一丁前に、人間様の心配か？　お前は俺たちの言うことを素直に聞いてりゃいいんだ」

「……失言であった。許されよ」

全身が濃い緑色の鱗《うろこ》に覆われた人外さんが飛ぶように駆け出し、一行から離脱した。

オレとミノコには気づかなかったようで、あっという間に見えなくなってしまう。

「よし、オレたちも――」

とはいかず、ミノコが伏せたまま、「モォ～ゥ」と気乗りしない声で鳴いた。

「もう少し様子を見るべき？　そんなことしてたら見失うかもしれないじゃないか」

それでもミノコは首を横に振り、同じように鳴いた。

「相手の素性がわからないうちは危険？　それは……そうかもしれないけど」

でもでも、敵の敵は味方と言うし、あのオークと戦っていたなら正義の味方じゃないか？

結局、オレは渋るミノコを強引に押し切った。

まずは挨拶から。すー、はー、と深呼吸をし、ミノコに乗ったまま茂みを出た。

「……あ、あの！」

「「「――ッ⁉」」」

姿を見せて声をかけた瞬間、男たちは鳩の群れみたいに散開して、各々の武器をオレたちに突きつけてきた。オレは脊髄《せきずい》反射でホールドアップ。消えてしまった金玉が、ヒョッ、と縮み上がるような感覚に襲われた。相手の動きと殺気が本物すぎて漏らしそうだ。

「………こんな森に娘？　いや、それよりも、なんだこの生き物は」

人外さんと話していた男が、ミノコに向けていた怪訝《けげん》な視線をオレに投げた。

「娘、ここで何をしている？」

何をしているのかと問われたら、遭難していると答えるしかない。

「そ、その……散歩してたら、道に迷っちゃいまして……」

やんわりそう言うと、男たちはあからさまに眉をひそめた。無理があったか。

見たところ、一団の中心にいる眼帯のちょびヒゲさんが一番強そうというか、このチームのリーダーっぽい。さっきから表立って喋ってるのもこの人だ。

「その生き物はなんだ？」

どうやらオレよりも、ミノコの方が気になるご様子。

「えと、こいつは牛っていう動物なんですけど」

オークをぺろっと丸呑みにするような動物を牛と呼んでいいのかは疑問だが。

「ウシ？　聞いたことがないな。その面貌《めんぼう》、まさかとは思うが、伝説のミノ――」

「だ、大丈夫ですよ！　ほら、こんなに大人しいんです」

危険はないとわかってもらうため、オレはミノコの頭をわしわしと乱雑に撫でた。

それでもじっとしているミノコを見て、男たちはいくらか警戒を緩めてくれたのか、武器を突きつけるのはやめてくれた。

「お嬢ちゃん、オークを見なかったか？」

「オークなら――」

「ここまで追い詰めたんだ。必ず奴の首を持ち帰り、報奨金を手に入れなくては」

「……あー、見てないです」

「それもそうか。遭遇していたら、お嬢ちゃんが無事で済むはずはないだろうからな」

「で、ですよね……」

オレたち、もしかしてやらかした？　首を持ち帰るのって、討伐した証拠としてだよな。

ミノコが丸呑みにしちゃったんですけど、それって非常にまずい……ですかね。

「あの、オークって一匹だけなんですか？」

「ああ、はぐれだからな。奴は森を通る行商なんかを襲う。そこで俺たち冒険者にギルドから討伐クエストが発注されたってわけだ」

冒険者。ギルド。クエスト。ＲＰＧっぽくて少年心をくすぐられる単語だ。

けど、今は罪悪感しかない。言ったら怒られるかな。言わなきゃバレないかな。

でも説明しないと、この人たちは延々と、いもしないオークを捜し続けることになる。

怒られるかもだけど、説明するしかない。

「お、おい見ろ！　その娘、頭にツノが生えてるぞ！」

ちょびヒゲさんとは別の男が、オレの頭を指差して言った。

「あ、はい。サキュバスですから」

隠すつもりはないので、さらっと答え、身を捩《ねじ》って小さな翼も自分から見せた。

そしたら男たちがすかさず円陣を組み、何やらヒソヒソと密談を始めてしまう。

……なんなの？

まさか、サキュバスは問答無用で討伐対象だとか言わないよな。

「や、オレ、悪いサキュバスじゃないですよ？　人間にも友好的というか、むしろ人間社会で暮らしたいと思っているくらいでして」

ヒソヒソ。

ヒソヒソヒソ。

ぬぐ。簡単には信用できないのかもしれないけど、感じ悪いな。

しばらくして話がまとまったのか、ちょびヒゲさんが、眼帯をつけていない方の目を細め、じろりとオレを睨みつけてきた。

「油断させて、何かしようと企んでるんじゃないだろうな？」

「企んでないです！　本当に迷っちゃって、森を抜ける道を教えてほしいだけなんです！」

高ぶる感情と連動しているのか、無意識に翼がわしゃわしゃと動く。

ちょびヒゲさんの鋭い視線は、真偽を見抜こうと、頭の中まで覗き込んでくるかのようだ。

「他に仲間は？」

「いません！　オレたちだけです！」

こうしていくつもの視線に晒されていると、高校入学初日、上級生に体育館裏に呼び出しをくらい、「ちょっとジャンプしてみろよ」と言われた時のことを思い出してしまう。

「……どうやら、嘘はついていないようだな」

「わかってもらえましたか⁉」

ここでやっと男たちは武器を仕舞い、柔和な笑みを浮かべてくれた。

「いや、脅かして悪かった。なにぶんこんな場所だ。警戒を強めてしまうのも許してほしい。もう疑ってないぜ。お嬢ちゃんは魔物なのに、本当に害意がなさそうだ」

「サキュバスって、魔物とか呼ばれてるんですか？」

「そんなことも知らないのか？　ずいぶんと田舎から出て来たんだな」

ええ、実は別の世界から飛ばされてきたんですよ。

なんて言うと、また怪しまれそうなので、この場は愛想笑いで濁しておく。

「拠点にしている小屋が、少し歩いた所にある。こっちも仕事で来ているんでね。一旦そこで休憩したら、改めて相談しよう。なに、ちゃんと森から出してやる。安心しな」

「ありがとうございます。なんてお礼を言っていいか」

「いいってことよ。それはそうと。おい、あのガキはまだ追いついて来ないのか？」

ちょびヒゲさんが仲間たちに何かを確認をすると、他の三人が揃って後ろを振り返った。

その視線を追うと、森の奥から、よたよたとした足取りで歩いて来る人影が一つ。

「遅いぞ！　オークの餌になりたいのか!?　キビキビ歩け！」

「す、すみま……せん！」

ぜぇぜぇ、と息を荒らげて合流したのは、オレよりも一つか二つ年下と思しき少年だった。

クセのない栗色の短髪に、全体的に線の細い体。ファンタジー世界の住人として、嫌みではない程度に整った顔立ちをしているものの、目元を飾るミニグラスが多少オシャレかなというくらいで、印象には残りにくい。

「――てわけだ。年も近そうだし、移動中、お嬢ちゃんの話し相手をしてやれ」

ちょびヒゲさんから状況を説明された少年と目が合い、見下ろす形で小さく会釈をした。

「えと……一緒に乗る？」

「あ、いえ、お構いなく」

こういう時、自分のコミュ力のなさを痛感する。初対面の相手と何を話していいのやら。

ともあれ、これでどうにか森を出る算段がついた。

安心した途端に空腹感が戻り、キュゥ、と腹の虫が鳴いた。少年にも聞こえたらしく、腰に提げていた鞄から赤い果実を一つ取り出し、「食べますか？」と言って差し出してくれた。

「それ、りんご？」

「りんごです」

食材の名前も向こうの世界と同じ発音で通じるのか。面倒がなくていいな。

ありがたく受け取るが、すぐには口をつけられなかった。

普通の食材を、サキュバスが食って大丈夫なんだろうか。

もしかすると、犬が玉ねぎを食べるみたいに食中毒を起こす、なんてことは……。

考え出すと怖い。毒りんごでも食べようかってくらいの緊張感がある。

でも、確かめなきゃいけないことだ。

オレは意を決し、かしゅっ、とりんごを一齧《かじ》りした。

「もむ、もむ。…………うん、うん！」

咀嚼《そしゃく》すると、覚えのあるりんごの酸味と甘味をちゃんと感じることができた。

味覚は人間の時と変わっていない。思わずガッツポーズを取った。

が、喜びも束の間。飲み込んだ時、やはりオレの体は前と別物になっているのだと知った。

……腹に下りてくる感覚がない。

二度、三度とりんごを齧《かじ》っては飲み込んでみるが、何度やっても同じだった。

味はある。なのに、綿菓子でも食べているみたいに腹にたまらない。

これでは、いくら食べても腹が重くなっていくだけで、空腹感はなくならない。

くそ。くそっ。なんか、また泣きそうだ。

「……そう言えば、さっき別れていた人に、移動することを伝えなくていいんですか？」

草木を掻き分けて先頭を進むちょびヒゲさんに尋ねると、オレに言われるまで忘れていたとばかりに、「ああ」と適当な返事をされた。

「トカゲか。構いやしないさ。オークを見つけて始末してりゃ御の字。仮に逃したとしても、今回は十分な臨時報酬が――おっと……」

ちょびヒゲさんが慌てて口を押さえ、言葉を中断させた。

気のせいか。一瞬だけど、指の隙間から覗く口元が笑みの形に吊り上がっていたような。

「とにかくだ。お嬢ちゃんが心配する必要はない。そうさな。お嬢ちゃんをオーク討伐に巻き込むわけにいかんし、トカゲが戻ってきたら、今日はさっさと切り上げて森を出るか」

「うあ、ごめんなさい。オレのせいで予定を狂わせちゃって」

申し訳なさでいっぱいになるが、オッサン連中が皆して「気にするな」と笑ってくれた。

事故死して、サキュバスなんかに転生させられ、オークに襲われかけ、とことん運がないと思ってたけど、地獄に仏ってやつか。こんな優しい人たちに出会えたことに感謝だな。

それからしばらく獣道を進み、沢を一本跨《また》いだ先に、高原を思わせる見晴らしのいい場所があった。その中に、景観を損なうことなく、ぽつんと建てられた一軒の小屋が見える。

物置みたいなのを想像していたんだけど、予想していたよりも遥かに立派なログハウスだ。

ちゃんとした玄関と、ガラスをはめ込んだ窓もついている。

ミノコから降りて地面に立つと、他の人たちとの比較で自分の小ささが余計に際立った。

女の全部を卑下《ひげ》するわけじゃないけど。

持てた物が持てなくなる。届いた物に届かなくなる。

できたことに制限がかかるという事実に、溜息をつかずにはいられない。

「お嬢ちゃん、顔色が悪いな。疲れたか？」

「すみません。少しだけ」

「そりゃいかん。中にベッドがあるから使うといい」

「本当に何から何まで。落ち着いたら、何かお礼をさせてください」

「お礼か。はは、そいつは楽しみだ。さ、入ってくれ」

ミノコは玄関をくぐれそうにないな。悪いけど、外で待っていてもらうしかない。

言わなくてもわかっているようで、ミノコは自分から脚を畳んで玄関前に伏せた。

ちょびヒゲさんが、ホテルのドアボーイっぽく扉を開けてくれたので、「お邪魔します」とお辞儀をしてから、オレが最初に部屋の中に足を踏み入れた。

そこで不意に、ぶるる、と寒気がした。

なんだろうと思って振り返ると、ちょびヒゲさんをはじめ、オッサンたちがニヤついた顔でオレを眺めていた。上から下までじろじろと、遠慮のない視線が往復する。

「な、なんですか？」

「別にぃ？　ほら、早く入った入った」

ちょびヒゲさんに背中を押され、オレは躓《つまず》きそうになりながら小屋に入って行った。

親切にしてもらっている手前、こんなことを考えるのはどうかと思うけど、それらの表情を見て、気味が悪いと……そんな風に思ってしまった。

あまり使われていないのか、掃除が行き届いているとは言えないが、ログハウスの雰囲気を壊さないよう、イスやテーブル、食器棚なんかは全て木製で統一されている。奥にも扉があるけど、そっちは倉庫かトイレだろうか。ちょっとした別荘を訪れた気分になる。

イスが人数分には足りていないようなので、勧められたとおり、白いマットレスが敷かれたベッドに座らせてもらった。

「おい、俺たちの荷物を奥の部屋へ運んでおけ。今日はここで一泊する」

ちょびヒゲさんが少年に命じた。オレも手伝うと言って腰を上げかけるが、少年に「大丈夫です。お構いなく」と言って断られてしまう。人のことは言えないけど、少年はあまり戦闘で役に立ちそうにないから、こういう雑用が主な仕事なんだろうな。

でも、あれ？

「少し休憩したら、すぐに森を出るんじゃないんですか？」

「ああ、それなんだが、予定は変更だ。今からだと森を抜ける前に夜になる。万全を期して、明朝に発つことにした。心配しなくても、ちゃんと森の外へ連れて出してやるよ」

「そうでしたか。お手数をおかけします」

オレが丁寧に頭を下げると、何がおかしかったのか、オッサン連中が、どっと笑い出した。

不気味――それ以上に、なんだか怖くなってきた。

「くく、笑った笑った。んじゃ、始めるか」

「気をつけろよ。下手に刺激すると、魅了されるかもしれん」

「ツノと翼の大きさを見る限り、大した魔力は持っていないだろうがな」

「念のため、手足は縛っておくか？」

男たちが装備類を外しながら言った。何故か、全員がオレに視線を向けたまま。

また悪寒。それも、大量のムカデが足下から這い上がってくるような怖気《おぞけ》だ。

さっきからなんなんだ、この正体不明な気持ち悪さは。種族が変わったからなのか。性別が変わったからなのか。人間の男だった頃は感じたことのない不快感がつきまとって離れない。

「危険な討伐クエストのはずが、とんだ掘り出し物を手に入れたな」

「オーク討伐の報酬なんざ目じゃねぇって。この体だ。さぞかし値も吊り上がるだろうよ」

「だな。売り払う前に、めいっぱい楽しませてもらうとしようや」

「実は俺、最初にこいつを見た時からガチガチだったんだぜ」

男たちが近づき、ベッドを囲むようにして立った。

「あ、あの？」

話しかけたのに、男たちは何かの順番を決めることに忙しいのか、耳を貸そうとしない。

それなのに、距離だけはやたら近い。

「おっしゃ、俺からだ。後ろがつかえてるからな。一周目は軽く流すとするか」

何をするつもりか、防具を全て脱ぎ捨てたちょびヒゲさんが、ベッドに腰掛けているオレの両太ももを、こじ開けるようにして膝を差し入れてきた。

「え？　なんです？　ちょ、うわっ⁉」

さらに肩を乱暴に押され、仰向《あおむ》けに倒されてしまう。いきなりの仕打ちに、さすがに文句の一つも言ってやろうと思って上体を起こそうとするが、それよりも早く両手首をベッドに押しつけられ、動けないよう固定されてしまった。

「こいつ、まだ自分の状況がわかってないみたいだぜ」

「サキュバスのくせに、えらくおぼこいじゃねえか。まさか初物か？」

「生娘《きむすめ》のサキュバスなんているのか？」

「どっちでもいいさ。早く味見しようぜ」

あ、同じだ。種族は違うけど、男たちの表情が、あの時のオークと同じ、獲物をいたぶろうとするゲス面になっていた。てことは……これ……そういうことなのか？

おいおい。さっきの今だぞ？

「お、やっと自分がピンチだって気づいたみたいだな。顔色が変わりやがった」

鼻と鼻が触れそうになるくらい、ちょびヒゲが顔を寄せてきた。皿に盛られた料理の香りを楽しむみたいに嗅いでくる。生温かい息がかかり、背筋を悪寒が走り抜けた。

「……森から出してくれるんじゃ？」

「出してやるともさ。お嬢ちゃんみたいな変わり種を高く買ってくれるルートがあるんだよ。ただちょっと、出荷前の品質確認をさせてもらおうと思ってな」

オレを見下ろしてくる男たちの厳つい人相が、ドス黒く、醜悪《しゅうあく》なものに見えた。

抜け出そうとするが、固定された腕は溶接されたみたいに動かない。

ベッドの脚が、ギシッ、と二人分の重みで軋んだ。

「大事な商品だ。大人しくしてりゃ、優しくしてやらんこともないぜ」

「フ、フザッケんな！」

怒りで頭が沸騰《ふっとう》しそうになった。感情に任せて股間を膝で蹴り上げてやると、ちょびヒゲが
「おふっ⁉」とくぐもった声を出してベッドから転げ落ちた。

他の連中の注意がちょびヒゲに向く。その隙を突き、オレは出口に向かって駆けた。

その時、奥の部屋にいた少年と目が合う。

「え、どうしたんですか？」

「ガキ、ぼさっとしてんじゃねえ！　お前も女を追いかけろ！」

最悪だ。この世界の雄どもは、婦女暴行をライフワークにでもしていやがるのか？

扉に体当たりをし、転がるようにして外に飛び出した。

日が完全に沈むには、まだまだ時間がかかる。暗くなる前に森を出たいと思っていたのに、
今はクソ野郎どもから身を隠すため、少しでも早く夜が来てくれと祈っている。

慣れない体だからか、足がもつれて、思うように前に進まない。

小屋から数メートルと離れないうちに、追いついてきた男の一人に捕まってしまう。

両腕を乱暴に掴まれ、一瞬遅れて正面に回り込んできた二人が足首を一本ずつ掴んできた。

そこから有無を言わせず、またしても仰向けにされ、地面に押さえつけられてしまう。

ゾッとした。手間取りそうなら足でも射る気だったのか、男たちは弓を持ち出していた。

「は、なせ……放せよ！」

クソ、動け。必死で足掻《あが》いているのに……ビクともしない。こいつら、力が強すぎる。

「おうおう、カワイイ抵抗だな。ほれ、もっと頑張れ」

「へへ、たまんねえ。つーかこいつ、下着つけてないんじゃね？」

……いや、違う。こいつら、大して力なんて入れてない。オレが弱すぎるんだ。

大人と子供——というより、男と女の筋力差か。

「ようし、捕まえたか。たく、ひでえことしてくれるぜ」

痛めた股間をさすりながら、悠々と歩いてきたちょびヒゲが傍らにしゃがみ込んだ。

「よくもやってくれやがったな。金的がどれだけ苦しいか知らねえだろ」

知ってらい。

「諦めな。サキュバスとして生まれついたことを、せいぜい悔やむんだな」

そんなもん、転生した瞬間から悔やみまくってる。そして皮肉なことに、女として襲われているこの状況が、以前と変わらず自分の心は男のままなのだと確信させてくれた。

男だからこそ、男に組み伏されているということに対して、恐怖よりも怒りと屈辱、何より嫌悪感が数段勝る。気持ち悪さで体の内側まで粟立《あわだ》ちそうだ。

どいつもこいつもクソ喰らえだ。世界ごと滅んじまえと、何もかもを呪った。

そんな中で、ただ一人。

「グンジョーさん……まさか、その子に乱暴しようとしているんですか？」

「ああ？　見りゃわかるだろうが」

「馬鹿なことはやめてください！」

最後に小屋から出て来た少年だけが、男たちの蛮行《ばんこう》を諌《いさ》めた。

「ガキが口出しするな。魔物をちょいと懲らしめてやるだけだよ」

グンジョーと呼ばれたちょびヒゲが、しっしっ、と手を振って少年を追い払おうとする。

「懲らしめるって、その子は何も悪さをしていないじゃないですか！　人道に反します！」

「人道だ？　魔物相手に、そんなもん持ち出すんじゃねえ。いいから黙ってろ」

「魔物でも女の子です！　見過ごすわけにはいきません！」

「青臭い野郎だ。ああ、さてはお前、童貞だな？」

少年を馬鹿にするグンジョーの言葉に、他の三人も大笑いした。

カアッ、と顔を赤くした少年が、冷やかしに耐えるように俯いた。

「大人しくしてりゃ、後でお前にも回してやるよ。俺様の熟練の技《テク》を見て学ぶがいいぜ」

得意気に言って、グンジョーが自分のズボンに手をかけた。

その肩を、後ろから少年が掴む。

「仰るとおり、僕は童貞ですが、それとこれとは関係ありません」

微《かす》かに震えながらも少年は退《ひ》かない。対するグンジョーの顔から笑みが消えた。

「やれやれだぜ。どうしてもと言うから、盾くらいにはなるかと思って連れて来てやったが、ここまで歯向かわれると、別の形で教育してやらねえとな」

半脱ぎ腰パン状態のまま、グンジョーが立ち上がって少年に向き直った。

「あんまり言うことを聞かねえようなら、お前だけオークに殺《や》られましたってことにしても、いいんだ、ぜっ！」

グンジョーの拳が、少年の鳩尾《みぞおち》に叩き込まれた。かはっ……と肺から空気が漏れ出すような声を出した少年は、その一発で地面に両膝をつき、崩れ落ちてしまう。

「ガキが。大人の楽しみを邪魔するんじゃねえよ」

さらに、グンジョーが少年の横腹を蹴りつけた。二度、三度と繰り返し。

誰も止めようとしない。それどころか、いい気味だと言って唾を吐いている。

倒れた少年は、グンジョーではなく、オレを見ていた。

その目は、蹴られ続けている間も他人のオレを案じていた。

「に、げ……」

かすれた声を残し、力尽きて気を失うまで。

「ふいぃ。さてと、サキュバスのお嬢ちゃん、待たせたな」

「お前ら、クソ野郎だ……」

「そのクソ野郎に、これから好き放題ヤられちまうんだぜ」

なんで、こんなことになったんだ。

よく知りもしない相手に、ほいほいついて来てしまったから？

それとも、普段の——前世の行いが悪かったから？

親の苦労も考えずに引きこもり、親友の人の良さに付け込んで甘えていた。

だから、これはオレへの罰なのか。

「変な奴だな。怯えているわりに、悲鳴を上げやがらねえ」

「……泣き叫んだら、やめてくれるのか？」

「わはは。やめるわけねえ。けど、泣き叫んでくれた方がこっちは興奮するがな」

「そう、かよ」

前世も含めて、みっともない人生だった。

弱い自分を変えたい。守られてばかりの自分を変えたい。

生まれ変わったことを転機に、ようやく一歩を踏み出せたと思ったのに。


「ほら、泣いてみろ。もっとカワイイ声を聞かせろよ」


これはやっぱり、オレへの罰だ。人生をやり直すチャンスなんかじゃなかった。

いい加減にわかった。思い知った。

その時を頑張れない奴に、明日以降を頑張れるわけがなかったんだ。

頑張らなかった奴に、救いなんてあるわけがなかったんだ。

こんな簡単なことに、ずっと気づけなかった。気づくのが致命的に遅かった。

オレに残された今は、本当にもう、この瞬間しかない。

「……誰が、泣くか」

だから最期くらい。たったの一回くらい。

みっともない自分を変えてみせろ。胸を張って、男らしく散ってみせろ。

何も変えられないまま、また終わってしまうのは、もう嫌だ。

オレは歯を食いしばり、震えを噛み殺して男たちを睨みつけてやった。

「お前らに好き勝手にヤられるくらいなら、舌噛んで死んだ方がマシだッ‼」

「わははは！　小娘が、できるもんならやってみろ！」

心残りがあるとすれば、一つだけ。

——拓斗。

あいつも転生するかもしれないって、あの変態職員が言っていた。

もしこの世界にやって来たら、オレのことを探してしまうかもしれない。

悪い。オレの力じゃ、この世界では生き残れなかった。

先にリタイアするけど、お前はしっかり生き抜いてくれよな。

考えると、目頭が熱くなる。

…………泣くな。目の前の敵に、涙一滴だって見せてたまるか。

ニヤァ、といやらしく口の両端を吊り上げたグンジョーがオレの体に跨《また》がり、馬乗りになって
ワンピースの襟ぐりに指をかけてきた。

オレは自決する覚悟を決め、べ、と舌を出して上下の歯に挟んだ。

せめて、オレの壮絶な死に様を、トラウマになるくらい目に焼き付けやがれ！

「まずは、このでかい胸からだな。くふふ、いただきま――……」

不意にグンジョーの声が詰まり、表情が固まった。

何かに気づいた視線はオレじゃなく、別の一点に注がれている。

頭上に、男たちのものではない、大きな影が差した。

影の主が、「モォ～ゥ」と――言わんこっちゃないと、嘆息するように鳴いた。

「……ミノコ」

「ぬおっ……な、なんだ⁉」

オレの腕を掴んでいた男の両脇を、はむっと甘噛みするようにしてミノコが咥えた。

それは、オモチャ売り場から幼い子供を引き剥がすみたいに。

男をひょいと持ち上げ、ミノコはそのまま首の動きだけで軽々と放り投げてしまう。

この場にいる全員の目が空を向いた。

高く、遠く。大の男が空を舞っている。

重力に従って落下していく中、男はわたわたと手足をバタつかせたが、バランスを取れずに一〇メートルくらいの高さから、ぐしゃりと地面に墜落した。

死ん……ではいない。けど、関節があらぬ方向へ曲がった腕を押さえて悶絶している。

オレだけじゃない。誰も彼もがミノコの剛力に声を失った。

そんな中、最初に我に返ったのはグンジョーだった。

「せ、戦闘配置ぃいいい‼」

オレから飛び退《の》いたグンジョーが叫び、仲間に戦意を喚起した。

即座に他の二人がグンジョーの左右につき、矢を番《つが》えて弓を構える。

対するミノコは、拘束から解放されたオレを庇《かば》うようにして前に出た。

「射殺せッ‼」

間髪《かんはつ》容れず、グンジョーが指示を出した。

的は大きい。さほど距離も離れていない。素人でも当てるのは簡単だ。

矢が風を切る音と命中した音が、ほぼ同時に聞こえた。

オレの位置からではよく見えなかったけど、放たれた矢は間違いなくミノコに当たった。

なのに……。弓を引いた二人が、「「はぇ？」」と揃って素っ頓狂な声を出した。

その原因、当たったはずの矢が――――地面に落ちている。

外したのでも、打ち落としたのでもない。

単純に、当たったのに刺さらなかった。二本のうち一本は、まるでコンクリートの壁にでもぶつかったみたいに、ぽっきりと真ん中で折れている。

風体《ふうてい》からもわかるように、連中も相当な場数を踏んでいる。わずかな攻防で、対峙《たいじ》している生物が異常な力を持っていることを悟ったに違いない。

「その面貌《めんぼう》、まさかとは思ったが、ミノタウロスに縁《ゆかり》のあるモンスターだったのか⁉」

正解を言い当てたグンジョーが、腰に結わえていた布袋から真紅に輝く水晶玉のような物を取り出した。

「言葉は通じるか⁉　通じるのなら心して聞きやがれ！　この魔石には二等級の火属性魔法が封じられている！　対オーク用に用意していた物だが、これ以上俺たちに危害を加えるつもりなら、貴様に魔石を使用する！」

この世界には魔法が存在する。平時なら、その事実に目を輝かせられたのに。

グンジョーが、暗にミノコに対して撤退を呼びかけているのは明白だ。

あの魔石とかいうアイテムは多分、討伐任務で得られる報酬に見合わないほど高価だとか、そんな理由で、できれば使わずにおきたい代物なんだろう。だけど逆に言えば、対オーク用ということもあり、そこそこ強力な性能を秘めているとも考えられる。

でも、当のオークを、あっさりぺろりとたいらげてしまえるミノコなら。

ミノコはグンジョーの牽制も意に介さず、「だからなんだ？」とでも言わんばかりに、森を散策していた時と変わらない足取りで進行を開始した。

「やったれ、ミノコ！　そんな奴ら、軽く人生後悔するくらい懲らしめてやれ！」

「ナ、ナメやがって。なら望みどおり、灼熱の業火で骨まで燃やし尽くしてくれる‼」

ソフトボール大の魔石を、グンジョーはオーバースローで全力投擲《とうてき》した。

どうやら、一発限りの使い切りアイテムのようだ。ミノコの手前に叩きつけられた魔石は、まるでガラスみたいに粉々に砕け散った。同時に、凝縮されていた炎が爆発的に膨れ上がる。

轟轟轟轟轟オォォォッ‼

吹き荒れる大炎が唸りを立てて渦を巻き、空を駆け上る巨大な火柱となった。

「ちょっ……!?」

これが魔法。そこそこなんてレベルじゃない。想像していたよりも百倍過激だ。

山賊めいた輩が使うような物だから、てっきり熊や狼を撃退する護身用アイテムかと思ったのに、こんなのオークどころか、ドラゴンだって焼き殺せるんじゃゃ!?

離れていてもチリチリと肌を焼く熱波は、捕えた者を逃がさず、何者の侵入をも許さない。そんな意思を持っているかのように、炎の勢いは収まらない。

「ミ、ミノコ……ミノコオオォォ!!」

「うわっはは！　奮発して200，000リコもかけた魔石だ！　サキュバスのお嬢ちゃん、覚悟していろよ！　魔石の分まで、その体できっちり払わせてやるからな！」

オレの……せいだ。

ミノコは様子を見るべきだって、止めてくれていたのに。その忠告を聞かなかったから。

「チッ、怪我人が出ちまった以上、悠長に遊んでいるわけにもいかなくなっちまったぜ」

「よくも……よくもっ！」

「魔物のくせに反抗的な目だな。お前は売り物だから生かされているってことを忘れるなよ。まあ、そのあたりは、たっぷりと調教して――…………んなっ!?」

台詞の途中でグンジョーが目を剥いた。オレも数秒遅れてそれに気づく。

渦を巻いて空へと上っていた炎の動きが止まっている。

かと思えば、今度は下方へ向かって逆流していく。

ヒュゴオオオォォォォ‼

業火の中で強力な換気扇でも回しているかのように炎の壁が薄くなっていき、その音はより大きく、より鮮明に聞こえてくる。それに合わせて、火柱がみるみる規模を縮小していく。

もう何度目の驚きだろうか。

渦の中心には、悠然と佇《たたず》む白黒斑模様の巨影があった。

「……生きて……た」

どころか、体毛が防火耐熱仕様にでもなっているのか、焦げ跡すら付いていない。

鼻の奥を突き抜けるような感動に、ふるる、と肩が震えた。

「ミノコの奴、炎を……食って？」

吸って、吸って、吸って、吸い込み続けている。たった一度の吸気が止まらない。ミノコは周囲一帯の空気を根こそぎ吸い尽くさんとするかの如く、荒れ狂う炎を貪り食らっていた。

「胃袋だけじゃなく、肺まで四次元なのかよ」

最終的に、ミノコは一欠片《かけら》の火の粉さえ残すことなく、グンジョーの放った魔法を完食してしまった。炎で温められ、春風のように心地良い風だけが辺りを漂っている。

ごちそうさまを言う代わりに、ミノコは小さなげっぷと一緒に黒い煙を口から吐き出した。

ふと、グンジョーに視線を戻すと、口を馬鹿みたいにあんぐりと開けて呆けていた。

でも、気持ちはわかる。ウチの牛、想像以上にチート生物でした。

炎すら食ってしまうビックリ性能に度肝を抜かれていると、ざっしゅ、とミノコが後ろ脚で地面を掻いた。闘牛なんかが見せる、突進前の予備動作だ。

その後ろ脚が地を蹴った。初めて見せるミノコの疾走は、発射された砲弾のように直線を、ぐん、ぐん、ぐぐん、と目標――グンジョーに向かって加速していく。

「く、来るな、来るなッ!!」

飛び抜けたパワーに対し、スピードは従来の牛と大差ない。

だとしても、ミノコの体重は、どんなに軽く見積もっても八〇〇キロを超える。

「来るなああああああああぐぬぉごっふぶるっぱっっっ!!」

そんな超重量級が、グンジョーのドテッ腹に容赦ないブチかましを喰らわせた。

口から内臓が飛び出そうな声を吐いたグンジョーの意識はそこで途切れている。

が、まだ終わらない。ミノコは額にグンジョーを張りつけたまま、さらに突進を続けた。

馬のように、しなやかに飛び跳ねる走り方じゃない。

だとしても、立ちはだかるものは全て蹂躙《じゅうりん》する。一歩一歩にそんな力強さがある。

そして、それは進行方向にあるログハウスも例外じゃなかった。行儀よく玄関を使ったりはしない。ミノコは、丸太を重ねて組まれている木壁を、勢いのまま突き破って行った。

「う、わぁ……」

自分が死んだ時の状況を、少し思い出してしまった。

ガシャゴシャボキグシャドゴンッ!!

けたたましい破壊音を轟かせながら小屋の中を爆走したミノコは、またもや玄関を使わず、反対側の壁面を粉砕し、豪快に外へ飛び出して来た。

そこで、ようやくブレーキをかける。

ミノコの脚下に、見るも無残なボロ雑巾のようになったグンジョーが、ぼとりと落ちた。しぶとく生きている。血ダルマになってぴくぴくと痙攣《けいれん》し、あちこち骨折して虫の息だが。

ミノコはトドメを刺すつもりも、召し上がるつもりもないようで、グンジョーを捨て置いてオレの所へ戻って来た。食後の軽い運動をしてきたとばかりに、モフ、と欠伸《あくび》をしながら。

「ば、化物だ！」「助け、殺さないで！」

まだ五体満足な男が二人いるけど、みっともなく悲鳴を上げるだけで、戦う気概は既にないようだ。弓を構えることもせず、その場にへたり込んでいる。

オレは男たちに、見せつけるようにしてミノコの頭を一撫でした。

あたかも、オレが意のままに使役していた風を装って。

「大人しくしていれば、付け上がりやがって。よく聞け。お前たちの顔も匂いも全部覚えた。これでどこに隠れていても見つけ出せる。こいつに食われたくなかったら、ここで見たことは他言するな」

口からの出任せだけど、男たちは、自分が頭からむしゃむしゃと齧《かじ》られるところを想像したのか、顔面蒼白になって頻《しき》りに首を縦に振った。

口止めをしたのは、思っていた以上に魔物に対する扱いが悪いことを知ったからだ。

だから決めた。オレは正体を隠す。人間の前では魔物であることを明かさない。

それはそうと、オレの声、マジでなんとかならないのか。精一杯凄んでいるのに、威圧感が半減どころの話じゃないんですけど。

「わかったら仲間を連れて、さっさと消えろ。命があるうちにな」

言い捨てると、男二人は雷に打たれたように立ち上がり、一人はグンジョーを、もう一人はミノコにブン投げられた男を回収して、脱兎《だっと》の如く逃げて行った。

気絶している少年は可哀想に、置いて行かれた。薄情な奴らだ。

結局、森を抜ける道は聞き出せなかったけど、それは少年の目が覚めたらでいいか。

男たちが視界から消えたのを確認し、ようやく警戒を解いた。

立っていられないくらい膝から力が抜け、オレはミノコの腹にもたれかかった。

もう大丈夫。もう悪者はいない。

それを実感できるようになるまで、オレはミノコに抱きついていた。

やがて、張り詰めていた緊張の糸が切れた。

「……ひ、ぐ……ふぐぅぅ……」

感情の抑えが利かなくなり、嗚咽《おえつ》が漏れ出してしまう。

でも、初めてだ。

死ぬほど怖かった。比喩《ひゆ》でもなんでもなく、死ぬつもりだった。

初めて、強い自分に変われた気がした。

第四搾　初めてだから優しくしてね

どれくらいそうしていただろうか。
オレが落ち着くのを待ってくれているのか、ミノコは身じろぎ一つしなかった。
ぐいっと腕で目尻を拭い、ミノコから体を離す。
「助けてくれて、ありがとな」
お礼を言うと、ミノコがぺろりとオレの頬を舐めた。
気にするな。無理するな。
言葉にせずとも、そう言ってくれているのが伝わってきた。
でもまあ、なんだな。
死ぬほど嫌な目に遭いはしたけど、結果的に悪党を懲らしめたわけだし。
終わり良ければ全て良し、とまでは言いすぎか。それでも案外悪くない気分だ。
最後のオレの台詞とか、かなりイケてなかった?
オレにはヒーロー願望なんてないと思ってたのに。うん、勧善懲悪って気持ちがいい。
「ふへへ。ミノコ、よくやったぞ。褒めてつかわす」
なんちゃって。
有頂天になっていると、ミノコがこれみよがしに、モフゥ〜、と溜息をついた。

そのつぶらな瞳が、「他にも言うことがあるんじゃないのか？」と言っている。

はい、そうでした。全ては自分の軽率な行動が原因だったのを思い出したオレは、ミノコの前で平身低頭した。これぞ謝罪の究極形――土下座だ。

「オレが馬鹿で考えなしで愚かだったばかりに、このような事態を招いてしまったことを深く反省いたします。まことに申し訳ございませんでした」

「モォ」

「い、いえ、滅相もないです！　ミノコの、いや、ミノコ様のありがたい忠告を聞かなかったオレにこそ全ての責任があります！」

「ンモ〜ゥ」

「まったくもってそのとおりです！　自分では何一つできない能なしの分際でミノコ様の手を煩わせてしまったばかりか、先の調子に乗った発言は極刑に処されても文句は言えません！」

どっかりと腰を下ろし、説教タイムに入ったミノコが、オレの頭を尻尾の先で、ぺちぺちと叩いてきた。全然痛くはないんだけど、言い訳の余地もないくらい、一から十まで全部オレが悪いので、ただひたすら謝罪するしかできない。

「モゥォ〜ゥ」

「女としての自覚と危機感……ですか。そう言われましても、長年男として生きてきたので、一朝一夕で身につくようなものじゃ――あ、はい！　口答えしてすみません！　善処しろってことですよね!?　オレってば、ホント察しが悪くて！」

この後しばらく、ミノコが機嫌を直してくれるまで、オレは平謝りを続けた。

安心したら、また空腹感が襲ってきた。

少年を外に寝かせたままなのもアレだし、小屋に運ぶくらいはしようと思ったが、ミノコが無茶をしたため、倒壊する危険もある。仕方ないので放置——もとい、そっとしておく。

それより今は、この空きっ腹をどうにかしたい。

「なあミノコ、ミルク、しぼっていいか？」

「ンモォ〜ン」

ミノコも少し緊張しているのか、「初めてだから優しくしてね」と鳴いた声は、なんとなく艶《なま》めかしかった。てか、心が通じ合った証拠だろうか。なんかもう、ミノコの言葉がはっきりとわかるようになっている。

おっかなビックリ、オレは乳房の一つに手を伸ばした。

慎重に握り方を確認しながら、ひとしぼり。

すると、ドブシュッ、と水鉄砲のように勢いよく乳が出て、草の絨毯《じゅうたん》を打った。

驚いた。一回で出る量が、昔牧場で体験した時とは段違いに多い。

「ちょっと待ってて！　容器を探してくるから！」

小屋の中は結構な荒れ具合になっていたが、屋根を支える柱なんかは無事だった。

頭上に気をつけながら食器棚を開けると、中に木で作られたジョッキを見つけた。

転生支援課のアラサー職員が、牛乳で栄養を賄《まかな》おうとしたら、一日に五〇〇ミリリットルは飲まなきゃいけないと言っていた。このジョッキなら、一回でちょうどそれくらい入る。

ダッシュで戻り、ジョッキに息を吹きかけて埃を落としてからミノコの腹の下にセット。

「改めまして、いきます」

ブシュッ！　ブシュシュッ！　ブシューッ！

たった三回しぼっただけで、ジョッキから零れそうなくらいなみなみになった。

しぼった乳の色と液体の揺れ具合からして、相当な濃さであることがうかがえる。

鼻を近づけても、牛乳特有の臭みはほとんどない。

ぺろりと液面を舐めてみた。

「ちょっとだけ甘い、かな」

ミノコには失礼な話だけど、舐めた瞬間に舌が痺《しび》れるとか、「ぐっ……ガハッ！」みたいなサスペンス展開もちょこっと心配した。だって普通の牛じゃないですし、腹を膨らませたのが、緑色のクソ野郎なわけですし。でも、これなら問題なく飲めそうだ。

今度は舐めるだけでなく、ジョッキを傾けて口の中いっぱいに牛乳を流し込んだ。ごくりと喉を通すと、りんごを食べた時とは違う、飲み込んだ物が胃袋へと下りてくる感覚があった。

それだけじゃない。これは……ッ。

オレはジョッキから口を離すことなく、残りをあおっていった。

くぴ、くぴ、くぴ。

見た目以上に濃い。飲んでいるのに、食べていると言っても過言じゃない食感がある。胸を打つほどの濃厚さが、口も食道も胃も、全て白く染めていくイメージが脳裏《のうり》に浮かんだ。

ごきゅ、ごきゅ、ごきゅごきゅごきゅごきゅごきゅごきゅん。

中身を一気に飲み干し、空になったジョッキで地面を叩いた。

「ぷはっ！　美味い‼　何コレ、すっげえ美味いんですけど⁉」

ボキャブラリーが貧困なので、それ以外に表しようがなかった。

とてつもない充足感だった。この一杯だけで、牛乳という飲料が、自分にとって生きていく上で必要不可欠な食材なのだという確信を得るほどに。

とにかく伝わってくる味の強さが凄い。深いコクと旨味が、これでもかと舌を刺激してくるのだ。今まで飲んでいた牛乳が、ただの水道水に思えてしまう。

「もう一杯！　もう一杯いいかな⁉」

オレはいそいそと、おかわりをジョッキに注いでいった。

乳をしぼると、ミノコも気持ち良さそうにしていた。

ごきゅ、ごきゅ、ごきゅ。ああ、幸せ。

腹を満たすという行為が、こんなにも至福だったなんて。

そのままでも最高に美味いけど、例えばこれをキンキンに冷やして、風呂上がりに飲んだりしたら、いったいどこまで美味さが跳ね上がるんだろう。

調子に乗って三回もおかわりをした。二リットルくらい飲んだだろうか。

「おうぅ……けぷ。飲みすぎた……」

ミノコのミルクはまだまだ出そうだけど、さすがにこれ以上は無理だ。腹が重くて、動くとちゃぷちゃぷ音がする。

そして、大量の水分を摂取したことにより、当然の自然現象に見舞われた。

「やべ、漏れそう」

トイレ、トイレ。小屋の奥にあった部屋。あれの一つはきっとトイレだ。

慌てて小屋の中に駆け込み、正面突き当たりにある扉をカラカラと横にスライドさせると、和式の便器を発見した。

「あー、やっぱり水洗式とはいかないか。こんな場所だし、仕方ないよな」

幸い、異臭はしなかった。この小屋の利用自体が少ないせいだろう。

「なんにせよ、一難去って、腹も膨れて、ようやく人心地がついた感じだな」

オレは立ったまま、ワンピースのスカートを捲り上げた。

「あれ?」

いつもどおりに構えようとするが、掴める物が何も無かった。ナニが無かった。

「ゲッ、そうだった」

とうにムスコと別れを告げていたことを綺麗さっぱり忘れ去っていた。

しかし、完全にスタンバイしていたので、もう止められない。

犬が電柱にするみたいに、片足を上げたりしてみるものの、正確に的を狙えているのかすらわからない。その間にも尿意は押し寄せる。

「ちょ、これ、どうすれば⁉　ダメだ、ダメだ、待ってダメダメ、待ってホントダメだってばホギャアアアアアアアアアアアアアアアアアアアアアアアアアアアア‼」

蓬莱利一、十七歳……………漏らす。


とりあえず、しゃがめよ。

それに気づいた時には、尿意はすっかり消えていた。

……死にたい。

水道なんて上等なものは備わっていなかったので、ここへ来る途中、浅く水のたまった沢があったのを思い出したオレは、そこで後始末をした。

冷たい水で足をすすいでいる間、オレの表情は死んでいた。

「この世界に神はいない……」

声が高くなったことより、非力になったことより、背が低くなったことより、巨乳になったことより、ムスコが消えたことより、オークや冒険者に襲われたことより、この年で漏らしてしまったことが、今のところ地味に一番ダメージがでかい。

離れた場所で沢の水を飲んでいたミノコが、オレの痴態を見て「フッ」と失笑した。オレのなけなしのプライドは修復不可能なまでに粉々だ。

「男はピンポイントで狙えるのに、女って、なんであんな……うぅ……」

構造的な違い。出した後、男は振るだけでいいけど、女は拭かなきゃならない。その理由がよくわかった。身をもって理解した。させられた。

慣れろ。これ以上、人としての尊厳を失いたくないなら。

自分に言い聞かせ、この世界に来て飽きるほどした溜息を、またついた。

それにしても。

「……やっぱり……下も金色なんだな」

なんてことをうっかり呟いてしまった直後、ミノコの冷えた視線が飛んできた。

「な、なんだよ⁉　自分の体なんだから、やらしいことなんかないだろ⁉」

「ンモォ」

「べ、べべ別に興味津々とか、全然そんなことないし！　ただちょっと、もう立ったままではできなくなったんだなって思っただけだし！」

懸命に弁解するも、ミノコは含み笑いを残しただけで、また水を飲み始めた。

言葉だけでなく、表情まで読み取れるようになってきたのは喜ばしいが、早くも主従関係に支障をきたしている気がしなくもない。

「汚名返上、名誉挽回……今後の課題だな」

パシャパシャと、冷たい水で顔を洗い、気合いを入れ直す。

すっきりしたところで、当座の問題は、と。

そろそろ目を覚ました頃かと期待して小屋の前に戻るが、少年はまだ外で横たわっていた。

間もなく夜の帳《とばり》が下り、森の闇と混ざって、辺りは真っ暗になってしまう。

「もしもし？　おーい」

少年の体を揺すったり、頬を突いたりして何度も呼びかけてみるが、反応ナシ。

飯を優先させておいて今さらだけど、この少年は、オレを助けようとしてボコられちゃったわけだし、相応の誠意でもって介抱するのが筋だろう。

「小屋が崩れることはなさそうだし、ベッドに運んでやるか」

少年の左腕を自分の肩に回し、立ち上がろうとする——が、

「お、重……」

半分くらい持ち上げたところで、にっちもさっちもいかなくなった。

少年はかなり細身で、体重は六〇キロもないだろう。それでも持ち上がらない。

泣ける。肩を貸すことすらできないって、どんだけか弱いの。

あ、無理だ。やばい、落としそう。頭から落としそう。

「ミノコ、ヘルプ！」

助けを求めるが、ミノコは興味なさげに「モゥ」と鳴いた。

「いや面倒臭いとか言わずに、お願い助けて！」

——助けて。

そのフレーズに反応したのか、少年が突如、くわッ！　と目を開いた。そして、

「女の子に乱暴はいけません！」

なんてことを叫びながら、オレに飛び掛かって来た。こいつ、寝ぼけてやがる。

体を張って盾になろうという献身的な行動なんだろうけど、今の貧弱なオレに少年の体重を支えられるはずもない。押しやられるままに倒れてしまうだろう。

このシチュエーション、漫画で幾度となく見たことがある。

躓《つまず》いたり、出会い頭にぶつかったりした時に男女間で発生するアレだ。

——押し倒しからの、乳揉み！

このラッキースケベめ。まあいいさ。好きにしろ。オレは普通の女じゃない。胸を揉まれたところでなんとも思わないし、「キャア、何すんのよ！」なんて悲鳴は絶対に上げない。

残念だったな。大衆が求めるような可愛らしい反応を、オレは見せてやることができない。

それでもよければ触るがいいさ。揉みしだくがいいさ。

予想どおり、仰向けに押し倒されたオレの胸に、少年が手をついた。

痛《いっ》。

「だあああああッ‼」

ほとんど条件反射で悲鳴を上げてしまった。同時に、マウントを取っていた少年の左頬に渾身《こんしん》の右フックを繰り出してしまう。少年は「ホゲェ！」と、鶏みたいなしゃがれ声を出してオレの上から転げ落ちた。

痛かった！　超痛かった！　なんだよ今の、ワケわかんねえ！

いや、よく考えてみれば当然か。自重を支えようと、地面につこうとしていた手で肉を押し潰されたんだから。そりゃ痛いに決まってる。

すぐ隣で少年もまた、殴られた痛みにのた打ち回っている。

漫画の描写なんかだと、不可抗力で胸を触られた女の子が男の顔面を殴ったりしてるけど、あれって実は、恥ずかしさで手が出てるわけじゃなかったんだ。「痛いだろうが。三倍返しだこの野郎」的な確固たる報復で殴ってたのか。色気もへったくれもないけど、やむなしだよ。だってこれ、やられた方は、マジでフザケんなよってくらい痛かったもの。

また一つ、知りたくもない真実を知ってしまった。

「い、いきなり何をするんですか!?」

殴られた頬を押さえながら、少年が抗議の声を上げた。

「何するんだ、はこっちの台詞なんだけど。人の胸、思い切り押し潰しやがって」

「押し潰……え、じゃあ、今の……柔らかかったのって……」

掌に残っている感触を思い出しているのか、少年が手をわきわきと開閉させた。

「その手つき、やめろ」

「ごご、ごめん！　ごめんなさい！　わざとじゃないんです！」

えらい慌てようだ。人のこと言えないけど、ずいぶんと初心《うぶ》だな。

てか、あの顔を、オレがさせてるのか……。

あー……うー……。

なんて表現したらいいのかわからない、感じたことのない複雑な気持ちだ。

赤みの取れていない顔で、少年がきょろきょろと周囲を見渡した。

「あれ？　グンジョーさんたちは？」

「連中なら追い払ったよ」

「君が？」

「いや、お前の後ろにいる奴が」

「後ろ？　うわっ！」

「そんな怖がらなくても大丈夫だよ。基本、大人しい奴だと思うから」

おどおどする少年をからかうように、ミノコが、イッ、と歯茎を見せた。

少年が過剰にビクつく。ミノコからすれば、人間だって小動物と変わらない。

「そ、そうだ、僕が気を失っている間に、酷いことをされませんでしたか⁉」

「おかげさまで。誰かさんに胸を鷲掴みにされたくらいかな」

「ご、ごめんなさい。……でも、無事でよかったです」

見ず知らずの他人のことを本気で心配し、本気で安堵《あんど》してくれている。

こいつは本当に優しい奴なんだろうな。

「もう一度、ちゃんと謝罪します。怖い思いをさせてごめんなさい」

オレがミノコにしたように、少年が深々と頭を下げて謝ってきた。

少年の、これ以上はない低姿勢に驚くより先に、この世界でも、土下座が謝罪の作法として存在するんだな、なんてことを考えた。

「いいよ。もう気にしてないから」

そう言ってやると、少年は申し訳なさそうに顔を上げた。

この少年は、オレにとって貴重な情報提供者となってくれるはず。できるだけ友好な関係を築きたい。自然と、オレも正座をして少年と相対した。

「少し話がしたいんだ。いいかな？」

「は、はい、なんでしょう？」

「知ってのとおり、オレは森を出たいんだ」

「道案内が欲しいということですよね」

「そう。できれば、住む場所の目処《めど》が立つところまで面倒を見てもらえると……」

なんて。無一文だし、さすがにそれは厚かましいか。

「あの、訊こうと思っていたんですけど、もしかして、人間の町に入るつもりなんですか？」

「やっぱ、まずい？」

人間と魔物。これらの関係が一筋縄ではいかないであろうことは、さっきの連中を見ていてなんとなくわかった。

「君……ええと、サキュバスさんは」

「その呼び方はやめて。好きじゃない」

「す、すみません。名前、お伺いしてもいいですか？　僕はエリム・オーパブといいます」

「エリムが名前で、オーパブが苗字？」

「そうです」

ここでは名前を先に持ってくるのか。外国っぽいな。なら、オレもそれに倣《なら》うとしよう。

「オレは、利一蓬莱。よろしく」

「リーチ・ホールラインさんですね。よろしくお願いします」

おっと。なんかちょっと、カッコ良くアレンジされてしまったぞ。んー。生まれ変わったわけだし、名前も好きに変えちゃって問題なさそうではある。

それ、心機一転するつもりでいただいちゃおうかな。気に入っちゃった。

よし、今日からオレは、リーチ・ホールラインということで。

「ちなみに、エリムは何歳？」

「十五です」

「二つ年下か。敬語じゃなくてもいい？」

「もちろんです。では、僕はリーチさんと呼ばせていただきます」

「うん。それじゃ、改めてよろしく」

オレへの罪悪感があるせいか、エリムからは、相手の優位に立とうという圧迫感が伝わってこない。そのおかげで、わりと人見知りするオレでも自然体で向き合うことができた。

「先に、こちらからも一ついいでしょうか。いきなり不躾《ぶしつけ》な質問なんですが、リーチさんは、その……人間に害を及ぼそうと考えていたりは……」

「ないない。だってオレ、元は人間だから」

「へ、人間？」

エリムになら言っても大丈夫だろう。

ミノコという規格外生命体もいることだし、時間をかければ信じてもらえるはずだ。

「転生ってわかる？」

「転生ですか。噂くらいですけれど、何十年かごとに、強い力を持った異世界の民が、転生者としてやって来るという話を聞いたことがあります。僕は会ったことありませんが」

なんだ、転生は認知されている現象なのか。それなら話を進めやすい。

「信じられないかもしれないけど、オレ、その転生者ってやつなんだ」

「リーチさんが、転生者？」

オレは、これまでの経緯をかいつまんで説明していった。

向こうの世界で死んでしまい、転生の機会を得たこと。

サキュバスの性質を受け入れられず、代わりにミノコが誕生したこと。

そのミノコがオークを食っちゃったことも白状した。

サキュバスにされた原因だけは、あまりにもくだらなすぎて話す気にはなれなかったので、転生してくる前は男だったと明かすタイミングだけ逃してしまった。

「――てな感じで、こっちの都合お構いなしに送り込まれたのが、この森の中ってわけ」

エリムは目をぱちくりとさせて、オレの荒唐無稽《こうとうむけい》な話を聞いていた。

「どうかな。信じられそう？」

「そ、そうですね。正直に言うと、半信半疑です。ですが、リーチさんが、僕たち人間の前に大した警戒もなく出てきたことは、ある意味で状況証拠になると思います。それなりに知能の高い魔物なら、絶対に取らない行動ですから」

絶対にか。ごめん、ミノコ。あの時、やっぱ、お前の忠告を聞いておくべきだったよ。

「人間と魔物の溝は深いんだな。人里で暮らすのは難しいか……」

魔物の集落とか、探せば見つかるだろうか。

人間として生きてきたオレが、魔物社会に馴染めるとは思えないけど。

というかですね。人間だった時でさえ、人間社会に馴染めなかったオレですよ？　いきなり魔物社会でなんて生きていけるわけがない。ああこれ、詰んだかも。

「オークのように、一目で魔物だとわかる外見だったら無理ですけど」

意気消沈していると、エリムが思わぬ光明を投じてきた。

「リーチさんはツノと翼も小さいですし、それさえ隠せば魔物だとバレはしないと思います。人間と暮らしている他種族もいないわけじゃないですから、不可能ではないかと」

「マジで⁉」

「えっと、ウシというんでしたか。ウシに関しては、初見で驚かれるのは仕方ないとしても、念のため、目立つツノだけ何かで隠せば、ずいぶんと雰囲気が和らぐんじゃないでしょうか。

ツノや翼の大きさが、レベルの高さを表す指標になっていたりしますからレベル？　この世界には、そういう概念があるのか。

「それじゃ、ツノや翼に気をつけさえすれば、オレも人間社会で暮らせるってことか!?」

「あ、待ってください。喜ばせてしまった後で言いづらいんですが、そんな風に人間と暮らす種族は、そもそも魔物とは呼ばないんです」

「どゆこと?」

「魔物というのは、人間に害をもたらす種族を指す言葉なんです。ですから、人間が保護指定している種族――例えば、エルフやドワーフみたいに、人間と共存関係にある種族でしたら、魔物という扱いにはなりません」

おお、さすが異世界。エルフやドワーフもいるんだ。

「サキュバスは……残念ながら、保護指定はされていません。いたずらに人間をたぶらかし、堕落させる種族だと辞典にも明記されているくらいで」

つまり、ばっちり魔物扱いされているってことか。決めつけるなよな。

姿を変え、名前を変え、そして悪者扱い。オレってば、超アウトローじゃん。

「絶対に危害は加えないって、口頭で約束してもダメ?」

「国が種族単位で認可しない限りは……」

「あー、難しそうだな。じゃあ、もし魔物が人里にいるところを見つかったら?」

「人間を傷つける危険があると判断されれば即刻討伐されます。敵意がなく、なおかつ意思の疎通《そつう》が可能であれば、速やかに退去を命じられます。リーチさんだと、おそらく後者です」

敵意がなくても強制追放か。討伐されるよりはマシだけど。

「とりあえず、魔物だってバレるまでは、人里にいられるって考えていいのかな」

「う、うーん、オススメできませんけど、そういう考え方もできなくは……」

今後のことを考えるにしても、一度腰を落ち着かせたい。

「そういや、あのクソ冒険者たちは？　あいつら、オレを捕まえて、どこかに売り飛ばそうとしてただろ？　それって合法なのか？」

もしも、ああいう人身売買が法的に認められているような社会なら、正体がバレるバレない以前に願い下げだ。恐ろしくて住めたものじゃない。

「……希少生物を捕える行為は、一部認められています」

オレが気分を害しないか気にしているのか、エリムの口振りは重い。

「それが食用であったり、飼い慣らしてペットにしたり。ですが、そこにもちゃんとルールはあるんです。ルールと言っても、人間が勝手に決めたものですけど。少なくとも、リーチさんのように、人間とそう変わらない姿で、感情もあって、こんな風に会話もできる種族の売買は禁止されています。種族の善悪に関係なく。……気を悪くされましたか？」

「いやまあ、そこまでは……。ともかく、オレを捕まえようとしたのは違法ってことだよな？　それなら、エリムはなんであんな連中とつるんでるんだ？」

「……言い訳になってしまうんですけれど」

そこで口ごもってしまったので、オレは「続けて」と言って先を促した。

「あの人たちとは、仲間というわけではないんです。あんな乱暴を働く人たちだったなんて、さっきまで知りませんでした」

「一緒にいたのは、今回だけの臨時ってこと？」

「正確には、僕は冒険者ではないんです。冒険者の資格は十六歳以上でないと取れないので。それでも実戦を見ておきたくて、彼らのオーク討伐に同行させてもらったんです」

「まだ見習いってことか。危ないことするなあ」

「事前に相手は一匹だとわかっていましたし、彼らは熟練の冒険者だったので」

「余計なお世話かもだけど、手を切った方がいいと思うぞ。お前を置いて逃げる奴らだし」

「今の話、信じてくれるんですか？」

「疑うとこあったか？」

「だって、事実がどうであれ、僕も同じパーティーにいたわけですし」

「いやでも、エリムはオレのこと、助けようとしてくれたじゃん」

「それは、そうかもしれませんけど……」

まだ納得いかないという顔をしている。そんなにおかしなことだろうか。

首を傾げていると、この遣り取りを聞いていたミノコが「モゥ」と鳴いて意見を挟んだ。

「心配性だな。今度こそ大丈夫だってば」

「どうしました？」

「あー……。ミノコに、また警戒心が足りないって注意されたんだ」

「僕には、動物の鳴き声にしか聞こえませんでしたが」

「慣れだよ、慣れ」

「そ、そういうものでしょうか。でも、ウシさんの言うとおりだと思います。リーチさんは、もう少し慎重になった方がいいです。でないと、そのうち取り返しのつかないことになりそうです。なりそうというか、高確率でなります」

「エリムまで⁉」

「この世界の常識をまだ身につけていないなら、なおさら気をつけてください。以前暮らしていた世界のことは知りませんが、そんな薄着で森の中を歩いたり、ましてや、あんな厳めしい男たちに声をかけたりするなんて、もってのほかです」

会って間もない奴に、ここまで言われるなんて。オレって、そんなに危なっかしいか？

「や、でも気づいたらこの恰好だったわけで、オレも好きでこうしてるわけじゃ」

「そうなんですか。生前そのままの恰好ではないん――……」

途中で何かに気づいたらしく、エリムが言葉を止めた。

そして、あからさまにオレから目を背けてしまう。

リアクションの理由を尋ねると、エリムは答える代わりに、羽織っていたポンチョみたいな外套《がいとう》を脱ぎ、無言でオレに差し出してきた。

「着ろってこと？」

こくこくと、頻《しき》りに頷く間も、オレと目を合わせようとしない。

その態度に、何故だか無性に苛立ち、それ以上に焦りを覚えた。

「おい、なんだよ？　はっきり言ってくれないとわからないだろ」

外套を受け取らずに詰め寄るが、エリムはオレが近づいた分だけ逃げてしまう。

自分が人外の存在になってしまったせいか、人に避けられるってことが、今はどうしようもなく怖い。自分に非があるのではないかと不安になる。

「なんなんだよぉ……」

ワケのわからない仕打ちで不安がピークに達しそうになっていると、ミノコがまたしても、尻尾でオレの頭をぺちぺちと叩いてきた。慰めてくれているのかと思い、オレは情けなく口をへの字にしてミノコを見上げた。

「モゥオォ〜〜ウ《ぽっち透けてる》」

ミノコにそう指摘され、改めて自分の胸を見下ろした。

でかい。じゃなくて。

沢で顔を洗った時、跳ねた水が胸のところにかかっていたのか。白い服だし、余計に。

オレが気づいたことに気づいたようで、エリムの顔が、さらに赤みを増した。

差し出されたままになっていた外套を、オレはそっと受け取った。

受け取ったはいいけど、このサイズだと翼は隠せても、胸までは隠せそうにない。

とりあえず、服が乾くまでこれを押し当てておくか……。巨乳、マジでいらない……。

「………なんか、ごめんな」

謝りはすれど、オレもエリムも次に何を言えばいいのかわからず、気まずい空気が流れた。

そんな中、ミノコだけが、ぺちぺちとオレの頭を叩き続けた。

あんまりにもしつこいので、オレは尻尾を手で振り払った。

「だーもー、ちゃんとわかってるわかってるってば！」

自身が危険な目に遭っただけじゃない。オレのせいで、ミノコとエリムに迷惑をかけた。

わかってるさ。オレがもっとしっかりしてたら、ミノコが戦う必要はなかったし、エリムが怪我をすることもなかった。女になった自覚が足りていなかったことも学んだ。

なのに、ミノコは変わらず疑わしげな目を向けてくる。

「本当だってば。本気で悪かったと思ってるし、感謝してるんだよ」

反省している。後悔もしている。

「でも、よかったなって思えることもあるんだ」

「よかったと思えること？」

「この森で、エリムに会えたことだよ」

エリムの合いの手に、オレは照れ臭い気持ちを隠して答える。

「僕に会えたことが、ですか？　あ、はい、案内人を見つけたってことですよね」

「いや、そういう意味じゃなくて」

「で、では、どういう意味なんですか⁉　気になります！」

やけに食いついてくるな。

エリムの剣幕に急かされ、オレは自分の考えを話していった。

「さっき言ったとおり、転生してすぐ、同じ魔物のはずのオークに襲われかけたと思ったら、その直後に、今度は人間からも似たような目に遭わされちゃっただろ。おかげで、何を信じていいのやら、わからなくなってたんだ」

オークや人間たちからオレを助けてくれたのはミノコだった。

だけどエリムは、ミノコとはまた違った意味でオレを助けてくれた。

「人間の中にも、エリムみたいな奴がいてくれたから。見ず知らずの他人のために体を張ってくれる奴がこの世界にもいるんだってわかったから、こうして今も絶望せずにいられるんだ」

ここでエリムと出会ってなければ、オレは森を出ようという考えを捨てていたに違いない。冗談抜きで、この世界でも引きこもる羽目になるところだったんだ。

「だから、その……えっとな……」

小っ恥ずかしいことを言っているとわかっているので、真っ直ぐエリムの顔を見られない。ちょっと親切にしてやったくらいで何を大層に。面倒臭い奴だ、なんて思われるかも。

現にエリムの奴、真顔になってしまっている。

「こんなの、本人に確認するようなことじゃないんだけど……」

今からする質問が失礼に当たらないかと、少しばかりの不安を抱えたまま、オレはエリムの顔色を恐々と覗き込むようにして、それを問いかけた。

「エリムのこと……信用しても……いいかな？」

「――――ぐッッ⁉」

質問した途端、エリムが自分の胸を苦しそうに掻き抱き、地面に額を打ちつけるようにしてうずくまってしまった。

「ど、どうした⁉」

「や、やられ……ました……」

「やられたって、さっきやられた傷か⁉　今頃痛み出したのか⁉」

背中をさすってやろうとするが、エリムは「大丈夫……ですから」と、息も絶え絶えに言い張る。やせ我慢をしているようにしか見えない。

「あんなの……殺し文句としか……」

「何ぶつぶつ言ってるんだ⁉　震えてるけど、大丈夫なのか⁉」

折れた肋骨が肺を突き破ったとか、そんな一刻を争う事態を心配しているよそで、ミノコが暇そうに尻尾を揺らしながら「モ～ォ～」と鳴いた。

「え？　サキュバス怖い……って何が⁉」

意味不明なことを言って、ミノコは目を伏せてしまう。

エリムはエリムで、上目遣いがどうのと言いながら身悶えているし。

もう何がなんだか、ワケがわからないよ。

第五搾　脱童貞しちゃった

【ルブの森】の奥深くへ入る時は、標高的に徒歩か馬で陸路を使うしかないが、帰りは小舟などで水路を利用した方が、短時間で森を抜けられるのだそうだ。一時間ほど川を下れば森を抜け、そのままさらに一時間くらい水路を行けば、町のすぐ近くにある湖に出られるという。

ただ、オレはもちろんのこと、冒険者パーティーに置いて行かれたエリムも舟なんて持っていないので、途中で野宿を挟みつつ、時間をかけて陸路を行くしかない。

そう思っていたところで、またしてもミノコ様が活躍だ。

「人を乗せて泳げるなんて、ウシという動物は凄いんですね」

「いやー、オレの知ってる牛は、こんなハイスペックじゃないはずなんだけど」

もうね、ミノコが空を飛べたとしても、オレは驚かないよ。

オレが前、エリムが後ろ。二人でミノコに跨《またが》り、のんびりと川を下って行く。

どういうギミックになっているのか。オレたちを乗せてもミノコは水に沈まず、体の半分は水面上に浮き出ている。おかげで服が濡れることもなく快適だ。水飛沫《しぶき》の混じった涼風を肌で受け、星明りに照らされた木々のアーチを楽しんでると、まるでカヌーに乗って渓流下りをしている気分になる。

「なあ、あのトカゲって言われてた人はどうなったんだ?」

「ギリコさんですか？　あれ？　リーチさん、彼と会っていましたっけ？」

「いや、ちらっと見ただけ。オークを捜しに行ったっきりだったみたいだから」

「小屋に書き置きをしておきました。リーチさんのことには触れていませんが、怪我人が出たので撤収することになったって」

「そっか。あの人はなんか、他の連中と雰囲気が違うよな。見た目の話じゃなくて」

「ギリコさんのことは前から知っているんですけど、あの人はいい人ですよ。別行動を取っていなかったら、グンジョーさんたちを止めてくれていたと思います。僕も、彼がパーティーにいたから同行を希望したんです」

「ふぅん。それにしちゃ、なんか立場が弱そうに思えたな」

「それは、いろいろと事情がありまして」

顔は怖かったけど、人間と一緒にいたってことは、魔物扱いはされていないんだな。

てか、そんなことより、差し当たって考えなきゃならないのは、今夜の寝床だ。

「リーチさん、町に着いてからのことですが、よければ、しばらく僕の家に来ますか？」

「いいのか⁉　超助かる！」

勢いよく後ろを振り返り、即答した。尋ねてきたエリムの方が面食らっている。

「じ、自分で話を持ち掛けておいてなんですが、そんなあっさりでいいんですか？」

「何が？　渡りに船なんだけど？」

「何がって、警戒心はどこへいったんです？」

「町で暮らすと、オレが魔物だってバレる危険があるってこと？」

「違います。僕への警戒です」

「なんでエリムを警戒するんだ？」

訊き返すと、エリムとミノコが示し合わせたように溜息をついた。なんなのさ？

「腕っぷしは弱くても、一応、僕は男です。そして、リーチさんは女性です」

「え、あー……そういうことか」

「そういうことです」

「エリム、一つだけ言っておくぞ。オレのことは、虫かなんかに刺されて、乳が異常に腫れてしまった男だと思ってくれ。その認識で大体合ってる」

「真面目な顔で無茶苦茶言いますね」

「それが難しいなら肥満はどうだ？　男でも、太りすぎておっぱいのある奴はいるだろ？」

「無理ですよ。リーチさんは女性にしか見えないです」

「……じゃあ、エリムも、あの冒険者たちみたいなこと、オレにするのか？」

「し、しません！　しませんよ‼」

「だったらいいじゃん。オレ、エリムのこと、信用するって決めたし」

「信用していただけるのはとても光栄なんですけど。なんと言いますか、了承するにしても、もう少し恥じらいの過程なんかがあってもいいのではないかと」

恥じらい？　何ソレ、美味しいの？

女の自覚を持つことと恥じらうことは、全く別じゃね？

「他にも家族構成の確認とか。僕が一人暮らしだったらどうするんですか？」

別にどうもせんけど。というか、そっちの方が気楽でいい。

「エリムは家族と暮らしてるのか？」

「はい、姉と二人で」

「お姉さん、だと⁉　……ち、ちなみに、おいくつ？」

「二十二です」

「結構離れてるんだな。…………美人？」

「身内びいきかもしれませんが、見た目は、まあ悪くないと思います。見た目は……。ウチは酒場をやっていまして、客からは、それなりに人気があるみたいですし」

「マジか……ッ」

「それがどうかしましたか？」

「どうしたもこうしたも、そんな年上のお姉さんと一つ屋根の下で暮らすとかヤバくない⁉　想像しただけでもドキドキしちゃうだろ⁉」

「ドキドキするタイミング、おかしくないですか？」

「家族以外の女の人と同居することへのドキドキが、エリムにはわからないのか⁉」

「わかりすぎるほどわかっているから、念を押して確認しているんですけど……」

オレは、ふっと表情を和らげ、優しい声音で言ってやる。

「エリム、何も心配しなくていい。間違いなんて絶対に起こらないから」

姉の心配をするのは弟として当然だろう。でも安心してくれ。

悲しいかな、オレにはもう、間違いを起こそうにも起こせないんだ。物理的に。

「だからエリムも、オレのことを信用してくれ」

「……わかりました。なんか、微妙に噛み合っていない気もしますが」

「エリムが上手く間に入ってくれよ。な？　な？」

「その点は大丈夫です。姉は変わっていて、人柄重視というか、相手が魔物であっても差別をしない人ですから。僕も見習いたいと思っています」

「そっか。エリムは、お姉さんを尊敬してるんだな」

「本人には内緒にしておいてくださいね」

オレは一人っ子だったから、ちょっと憧れるな。

エリムが尊敬するほどの人だ。きっと慈愛に満ち、引きこもりでさえ温かく歓迎してくれる優しさを持った、聖母マリア様のような女性に違いない。そして美人。まさに理想的。

やべえ。今から緊張しすぎて、お姉さんと何話していいのか全然わからん。

でもこれ、拓斗に教えてやったら、泣いて羨ましがるだろうな。

もしまた会えたら、ふふ、自慢してやろ。

「あの、素朴な質問なんですが。……こんな提案をする僕のこと、気持ち悪くないですか？」

「ん、ごめん、質問の意味がわからない」

「リーチさんも聞いていたと思うんですけど、僕は、その……女性経験がなく……」

「ああ、童貞だっけか」

「そ、そんなはっきり。でも……はい。童貞の僕が、住むところが無くて困っている女の子に同居を提案するなんて、気持ち悪がられるんじゃないかって」

「ハアア⁉」

深刻そうに言うから何かと思えば。この世界でも、童貞の扱いはそんななのか？

「え、なんか、怒っていますか？」

「そりゃあ怒るさ！　激おこだよ！　童貞だから何さ⁉　童貞の何が悪いんだ⁉　童貞が人に親切にしちゃいけない法でもあんのか⁉　童貞は人として失格なの⁉　童貞は生きてる価値もないの⁉　フザケんなよ！」

「そ、そこまでは言ってませんが……」

「エリムは本当に親切で申し出てくれたんだろ⁉　だったら胸を張れよ！　童貞がなんだ⁉　自分の善意を、自分で否定してやるな！」

でないと、回り回って他の童貞が困るんだ。せっかくいいことをしても童貞だからと弱気になるから、世の中のリア充やヤリチンどもが幅を利かせて偉そうにするんじゃないか。

「リーチさん……」

ちょっとムキになりすぎたか。エリムが呆けたような顔をしている。

「アナタは天使ですか？」

やっぱ強く言いすぎたようだ。ワケのわからないことを言い出した。

「どっちかっていうと、サキュバスって悪魔じゃないの？」

「いえ、リーチさんは紛れもなく、神が異世界から遣わした天使です」

「頭、大丈夫か？」

「とても勇気づけられました。まるで、自分のことのように怒ってくれるなんて」

「そりゃまあ、オレだって童貞だから」

「あはは。女性の場合は、童貞とは言わないでしょう」

「え？」

「え？」

…………………………………………………………。

「えっと、経験のない男のことは童貞と言いますけど、それが女性ですと」

「皆《みな》まで言うな」

…………………………………………………………オレ、処女だ。

「あ、あれ、リーチさん？　目が死んでいますよ？」

「だ、大丈夫……。軽く眩暈《めまい》がしただけだから……」

いやはや……次から次へと。いい加減、頭がパンクしそうだ。

「気にするようなことじゃないですよ！　というか、それは誇るべきことだと僕は思います！　そもそも童貞と処女では、その神聖さが天と地ほども違うと思いますし！」

まともになんて向き合っていられない。こういう時こそ発想の転換だ。

女になったことで、オレは童貞じゃなく、処女になった。

つまり、脱童貞だ。童貞を卒業したとも言える。

ほらみろ。表現を変えるだけで、なんとも素晴らしい響きになったじゃないか。

「リーチさん、気を落とさないでください。もも、もし……処……で、あることを、そこまで気に病まれるんでしたら……ぼ、僕と、一緒に――」

「あのさ、がらっと話が変わるんだけど」

「は、はひ！　なんでしょう⁉」

「あ、ごめん、今何か言いかけてた？」

「いえ何も⁉　全く言いかけていませんでした！」

「そう？　まあいいや。んとな、この世界には、レベルってのが個人にあるんだよな？」

「ありますよ。リーチさんのいた世界にはなかったんですか？」

「学力の偏差値みたいなのならあったけど、そういうのじゃないよな」

「へんさちというものが何かわかりませんが、こちらの世界でレベルというと、種族における能力の高さを表しています。経験を積むことで、随時更新されるんです」

まるでゲームだな。

「レベルアップに必要な能力が何を指すかは種族によって若干異なってきます。人間を含め、大体が強さを表しているんですけど、例外を挙げるなら、エルフだと魔力の高さであったり、ドワーフだと鍛冶練度のことだったりします」

「参考までに、エリムのレベルは？」

「僕はレベル５です」

「レベル５。まさか、この世界に数人しかいない最高レベルの能力者だったり？」

「いえ、僕の年齢でレベル５だと、かなり低い方といいますか……」

「ごめん。向こうの世界のネタだから忘れてくれ」

「では説明を続けますね。さっき言いましたように、人間のレベルは強さを表しているので、一般的に、女性より男性の方が高い傾向にあります」

「強さイコール筋力だとは限らなくない？」

「仰るとおりです。高度な武術を修めたりすれば、女性でも男性よりレベルが高くなることはあります。大変だとは思いますが」

「ふんふん。そのへんは、オレのいた世界と同じだな」

「ただ、僕たち人間だと、実生活で強さを活かすことってあまりないですから、冒険者くらいしかレベルに興味を持っていませんね。冒険者ギルドで斡旋《あっせん》されているクエストは、レベルの高さで受けられるランクが変わってくるんです」

「ちなみに、さっきの冒険者たちのレベルって、どの程度？」

「彼らのレベルは20前後ですね。成人男性の平均レベルは10といったところです。15を超える冒険者は中堅。20ともなると、熟練者と見て間違いないです」

あれで熟練者ね。そんな奴らを一蹴《いっしゅう》できるミノコが並じゃないってことか。

「自分のレベルって、どこで調べられるんだ？」

「いつでもどこでも確認できますよ。慣れると少し目に力を入れるくらいで、視界のこの辺にステータス画面が浮かぶんです」

エリムが自分の顔の前で手をひらひらとさせた。

「想像してみてください。まず、自分の心臓の中に、一定量の血液が溜まっているとします。この量は、レベルに限らず一生変わらないものとします。その血液が全身に流れて行く様子を思い浮かべてください。最初はゆっくりで構いません。その際、各関節をチェックポイントと考えます」

「肩、肘、手首とか？」

「そうです。しっかり流れを意識して、手、足、頭、それぞれの先端まで血が辿り着いた時、心臓の中にはどれくらい血液が残っているか。このイメージでレベルが算出されます」

「心理テストみたいだな」

「実際にやってみればわかりますが、無理にイメージを変えようとしても上手くいきません。鍛錬することで、自然と心臓に残る血液量も増えていくそうです」

へえ、とにかくやってみるか。えーと、心臓に血液が溜まっていると考える、だっけか。

それが全身へ——。肩を通って——肘を通過して——手首を越えて——……。

…………お？　ぼんやりと、目の前に文字と数字が浮かんできた。

「転生者の多くは、この世界に降り立った時点でレベルが20を超えていたと言われています。リーチさんも転生者ですから、もしかすると」

「1ですけど」

「1?」

「レベル1だったんですけど」

「え、あ、えと、はい」

【リーチ・ホールライン】
レベル:1(0/1)
性別:女
種族:サキュバス
年齢:17
職名:無職
特能:一触即発

「レベル1って三歳児くらい? それか赤ちゃんレベル? 貧弱な体だと思ってはいたけど、そっか、レベル1か。なら仕方ないな。あはははは……」

「や、自棄《やけ》になってはいけません。サキュバスは人間と違い、強さでレベルを算出していないだけなんだと思います」

「エルフやドワーフみたいに?」

「そうです。それに考えてもみてください。サキュバスのレベルが高いと言うと」

「…………。なんか、すげー淫乱っぽいイメージがあるな」

「偏見かもしれないですが、僕も同じ考えです。つまりレベルの低さは、リーチさんが貞淑《ていしゅく》であることの証明になっているのではないでしょうか」

「貞淑は……なんか嫌だな。硬派って言い直してくれない？」

「あ、はい。……では。サキュバスのレベルが低い。それはつまり、リーチさんが硬派であることの証明になっているのではないでしょうか？」

「そうかな⁉　本当にそう思う⁉」

「思います。きっとそうですよ。だから落ち込まないでください」

「あー、でも、レベルはそれでいいとしても、職名が【無職】じゃな……」

オレはもう学生じゃないし、これで引きこもったら、完璧ニートだ。

「ご安心を。その項目は簡単に変わるんです。ウチの酒場でアルバイトでもしてくだされば、それだけで別なものに更新されるはずです」

「あ、そうか。アルバイトをしていれば、【フリーター】ってことになるもんな」

「もしくは、そのまま永久就職して、【専業主婦】になるという手も……」

「バカ、気が早いっての」

「で、ですよね！　まずは、お付き合いから――」

「エリムのお姉さんにだって、選ぶ権利があるんだから」

「…………ウチの姉と結婚するんですか？」

「訊き返すなよ。恥ずかしいだろ。てか、エリムから振ってきた話じゃん」

「そうなんですけど……」

ま、引っ掛かったオレもオレだけどな。どこの世界に大事な姉を、会って間もない、しかも宿無しの無職にあてがおうとする弟がいるんだって話だよ。

「タチの悪い冗談はやめろよな。一瞬本気にしちゃっただろ」

「僕は別に、冗談を言ったつもりは」

「はいはい。これ以上引っ張っても、ネタが滑っていくだけだぞ」

けど、【専業主夫】か。相手が美人のお姉さんなら、それもアリだと少し思ってしまった。

「あの、リーチさんって、同性愛者だったりするんですか？」

「はは、なんだよそれ。……しばくぞ」

「す、すみません！　違うんですね⁉」

「当たり前だ！　変なこと言うと、また怒るからな！」

そういう性的嗜好を持っている人を否定する気はないけど、共感はできないね。

「ステータスについて、他に質問はありますか？」

「ああ、この特能《とくのう》ってやつ。これなんだ？」

「と、特能が発現しているんですか⁉　それは普通に凄いことですよ！」

「そうなのか？」

「レベルアップと同時に、極々稀に発現することがあるそうなんですが、人間で発現している人は、僕の知っている限りではいないです。それがレベル１の時点で備わっているとなると、まさしく天から授けられた才能ということです。特能とは、それくらいレアなんです」

「うおおお、マジかよ⁉」

外套の下で、背中の翼が犬の尻尾みたいにわさわさ動いている。

「特能の名前はなんですか？」

「【一触即発】だってさ」

「少し触れただけでも爆発しかねない。そんな意味がありそうな言葉ですね。もしかしたら、言葉どおり、爆破系の特能かもしれません。そんな凄い特能だったら、レベルの低さを補って余りある強力な武器になるんじゃないでしょうか」

「カ、カッケー……」

やばい。やばいよ。オレの時代が来たかもしれない。

「落ち着いたら検証してみましょう。ここで爆発でもしたら大変ですから」

「そうだな！　くあー、楽しみになってきた！　早く町に着かないかな！」

逸《はや》る気持ちを抑えられず、ばたばたと裸足で水を掻いた。

顔に水を掛けられたミノコが迷惑そうに、鼻息をぷしゅーと鳴らしていた。

第六搾　黄金の輝きに鮮血の花を添える

土を踏み固めた太い舗装路が真っ直ぐ町まで走っている。月に似た星が夜空で慎ましやかに輝く中、オレたちは、ようやく町の明かりが遠目に見えるところまで来た。

「このまま町に入るのはまずいよな？」

「そうですね。ツノを隠せる帽子でもあればよかったんですが」

小さいとはいえ、オレのツノは剥き出しになっている。エリムに借りている外套のおかげで翼は隠せているが、ツノを誰かに見られると、人間ではないと簡単にバレてしまう。

「髪を上げてみましょうか。こんな物しかありませんが、使ってください」

言いながら、エリムは自分が履いていたブーツの紐を外して手渡してきた。

「助かる。ついでに悪い。エリムが結んでくれないか」

「僕が……。いいんですか？」

「ぱぱっとやっちゃってくれよ。見えないから、自分じゃ上手くできないんだよ」

「わ、わかりました。では」

エリムは震える手つきで、肩まであるオレの髪を持ち上げ、指で梳《す》き始めた。

ここまでの道中、エリムにこの世界の一般常識をいくつか教えてもらった。

年齢の話をした時から予想はしていたけど、この世界の暦は、オレが生きてきた世界とほぼ同じだった。一年は十二ヶ月、一ヶ月は三十日、一週間は七日、一日は二十四時間。

長さや重さといった、数字の単位も日本と同じ。

お金と文字は少し違うようだけど、そこは外国に来たとでも思えばいい。

和製英語なんかも普通に通じることを考えると、言葉については転生者であるオレに都合のいいよう、音声変換されているって可能性もあるな。

ただ、文明の利器にはかなり差があるようで、スマホは当然として、テレビや自動車の類も無いんだそうだ。そもそも、電気を利用するという科学的な発見がされていない。

しかし、魔法の存在があるため、電化製品とは異なる発展を遂げているらしい。

不安が募る反面、少しだけ楽しみに思っている自分がいたりする。

「リーチさん、できました」

そっと頭に手を伸ばすと、ツンツンしたツノではなく、団子になった髪に触れた。縛るだけでもよかったのに、ツノに巻きつけるようにして結われている。それが左右に一つずつ。

「すげ、エリムって器用なんだな。さんきゅー」

「リーチさんの、か、可愛さを損なわないよう頑張りました」

「損なうような可愛さなんか最初からないっての。ぶっちゃけさ、オレってブサイクだろ？」

過度な期待はするまいと決めたはずなのに、それでも溜息が交じってしまう。

「リーチさんがブサイク？　誰かにそう言われたんですか？」

「いや、想像だけど。オークが発情するくらいだから、きっと雌オークみたいな感じの厳つい顔なんだろうなって」

「リーチさん、自分の顔を見たことないんですか？」

「ないよ。小屋にも鏡なんて無かったし」

「そう、なんですか。えっと、オークの好みは人間とそれほど変わらないはずです。オークが出たら美しい娘は隠せと言われるくらいですし。それと、オークには雌個体が存在しません」

「うぇ、てことは、全部雄なのか？」

「はい。なので、他種族の雌を襲って子を産ませようとするんです。オークの遺伝子は非常に強力なので、子にはオークの形質しか現れません」

「マジか。最悪だな。滅びろよ、オーク……。それじゃ、もしかしてなんだけど、出会い頭に襲われかけたオレって、それなりにまともな見た目だったりするのか？」

「いえ、それなりというか」

「あ、待って！　やっぱ言わなくていい！　調子に乗ったこと訊いた！」

危うく、恥ずかしい勘違いをするところだった。

転生支援課の職員が言っていたじゃないか。インキュバスがイケメンだとは限らないって。だったら、サキュバスにも同じことが言えるはずだ。

それにあのオーク、はぐれだそうだし、森の中で長く暮らしていたせいで、相当女に飢えていたんだろう。容姿なんてどうでもよく、相手が雌なら誰でも襲っていたに違いない。

冒険者たちにしても、単にオレがサキュバスだから珍しがっていただけだ。

エリムが言おうとしたことも、容易に想像がつく。

——それなりというか、かなり酷いです。キモいので、あんまこっち見ないでください。

そう言おうとしていたんだろう。

「リーチさん、なんだか軽く被害妄想が入っていませんか？」

「いいや。この世界に来てオレは悟ったぞ。平穏無事に生きていくコツは、分不相応な望みを持たないことだって。いいか、エリム。お前も今ある幸せを噛みしめて満足するんだ」

「その様子じゃ、リーチさんが鏡を見たら、腰を抜かすかもしれませんね」

腰を抜かすほどブサイクなのかよ。いよいよ引きこもりたくなってきた。

「こんな靴紐じゃなく、今度、リーチさんに似合うリボンを贈らせてください」

「いらん」

「安易に男からの贈り物は受け取らない。リーチさん、学びましたね」

単に、リボンとかマジでいらないと思っただけだ。

キモいオレが使っても、ただの羞恥プレイにしかならないっての。嫌みか？

「では、ウシさんには、僕が履いていたブーツを」

そんなオレの内心なんて知る由《よし》もなく、エリムがミノコのツノに、脱いだブーツをすっぽり被せた。それがまた、あつらえたようにジャストフィットしている。

「うん、やっぱりツノを隠したことで、印象が全然違いますね」

エリムは満足げに頷いているが、頭に靴を載せられたミノコは少し不満そうだ。

「さあ、着きました。ここが、近隣都市への宿場としても利用され、多くの種族が行き交う町――【メイローク】です」

RPGなんかだと、必ず町の入り口付近にいるNPCみたいな紹介をしたエリムがミノコの背中から降り、先導を買って出てくれた。

舗装されているとはいえ、裸足で歩かせてしまうことを申し訳なく思っていると、エリムの方から「たまには裸足で歩くのも気持ちいいですね」と言ってきた。良い子すぎる。

【メイローク】の町は、三メートルくらいある石壁によって囲まれていた。

ぽっかりと壁が途切れている所があり、そこが入り口になっている。

なんとなしにミノコの背から身を乗り出し、壁面に触れてみた。セメントではなく、天然の石を切り出して使っているようだ。チクチクする粗さが目立つ。

電灯の代わりに、足下を照らすかがり火がゆらゆらと揺れ、オレたちは映し出された自分の影と一緒に町の中へ入っていった。遅い時間帯のせいか、子供たちが走り回っているといった賑やかな光景は見当たらないが、寂しい感じもしない。

家屋は全て、町を囲む壁と同じ材質――多分、石灰岩かな。蜂蜜色の石材で建てられているため、道々に灯されたランプに照らされて温かいオレンジ色に染まっている。町全体が一つのトーンにまとめられているので目に優しく、落ち着いた雰囲気を醸《かも》し出していた。

「綺麗な町だな」

「ありがとうございます。そう大きくはない町なので、暮らしている人のほとんどが顔見知りですね。リーチさんも、すぐに馴染めると思います」

「どうかな。オレ、わりと人見知りする方だから。ホントは人と話すのも苦手なんだ」

「そうなんですか？　でも、僕と話している時は、そんな風には」

「エリムは例外。オレにとっては特別だから」

「僕が特別、ですか……」

オレの方が年上だし、初めてできた弟分、みたいな？

「……リーチさん、真面目なことを言っていいですか？」

「いいけど。改まってどうした？」

「僕、リーチさんのためなら死ねる気がします」

「バカヤロ、何言い出すんだ。目上の相手を尊重しようとする心意気は買うけど、自分の命を粗末にするな。死んでから後悔したって遅いんだぞ。残される人のことも考えろよ」

「残される人……。そこに、リーチさんも含まれていますか？」

「当たり前だろ。エリムに死なれたら、オレは……」

また一番下っ端になっちゃうでしょうが。

まあ、それはともかく。上下関係云々を抜きにしたって〝命大事に〟は我ながら含蓄《がんちく》のある台詞だと思う。その証拠に、相当感銘を受けたのか、エリムが瞳を潤ませている。

「あ、そうだ。店を開く開かないのって話をしてたけど、エリムも店を手伝ってるのか？」

「はい。姉は料理がからきしなので、店で出す料理は全部僕が作っているんです」

「お前、料理男子だったのか⁉」

なんてこった。腕っぷしの弱さを補って余りあるセールスポイントじゃないか。

オレを慕うばかりの弟分だと思っていたのに、料理スキルなんて隠し玉を持っているとは。

やばいよ。いきなり追い抜かれた気分だ。オレ、人に自慢できることが何もない。

「……エリムって、紳士だし、女にモテそうだよな」

若干、トゲのある口振りになってしまったのは否めない。

「それが残念ながら、モテたことはないですね。告白されたこともありません」

「エリムみたいなタイプが好きな女子って多そうだけどな」

「リ、リーチさんの理想の男性像って、その、僕に……近かったりするんですか？」

「いやまったく」

「あ、そですか……」

「オレの理想かー。エリムは細すぎるかな。オークみたいなガチムチとまでは言わないけど、ある程度の筋肉は欲しいじゃん。やっぱ、ソフトマッチョが理想だよな」

とはいえ、女になった今では、どれだけ鍛えても夢のまた夢か……。

「頑張ります！　僕、鍛えます！」

「ん、頑張れば？」

なんでオレに宣言するんだ？　細すぎって言ったのが気に障ったのか？

「必ず、絶対、リーチさんの理想になってみせます！」

それはやめてくれ。妬ましすぎて、心中穏やかでいられそうにない。

拓斗の時もそうだった。小学生の頃は似たり寄ったりだったのに、どうしてこんなにも差がついてしまったのか。遺伝？　生まれ持っての体質か？

「遠い目をして、どうしたんですか？」

「ちょっとな、向こうの世界で親しかった奴のことを思い出してた」

「も、もしかして、リーチさんの大切な人……だったり？」

「そりゃまあ、掛け替えのない奴だったよ」

実際、他に友達いなかったし。

「その人は男性ですか？」

「そうだけど？」

オレに女友達がいるとでも？

「まさか、その人が、リーチさんの理想の人だったりするんですか⁉」

「よくわかったな。あいつ、脱いだらイイ体してるんだよ」

「脱いだらああああっ⁉」

突然大声を出したかと思えば、エリムはごっそりＨＰを削られたかのように片膝をついた。

呼吸も荒れ、肩で息をしている。いったいなんだ？　発作《ほっさ》か？　情緒不安定か？

「リーチさん、僕が、いつかその人の代わりになります。なれるよう努力します」

「え、なんの話？」

尋ねると、エリムが勢いよく立ち上がった。その瞳には決意の炎が宿っている。

そうして、一世一代の勇気を振り絞るようにして言った。

「だから僕と、友達からお願いします！」

深いお辞儀と共に差し出された手。

「……友……達？」

エリムの手を見つめ、オレは頭の中で何度も「友達」という単語を反芻《はんすう》した。

今まで友達と言えば、拓斗ただ一人だった。

拓斗と再会できなければ、この先、オレに友達なんてできるわけがない。そう思っていた。

大げさになんて言っていない。実際、十年近くそうだったんだから。

それくらい、オレにとって友達ってのはレアで、貴重で、得難いものなんだ。

「本当に……オレと友達になってくれるのか？」

「や、やっぱり、こういうことには順序が大事かと思いまして」

頬が緩んでしまうのを抑えられない。オレはミノコの背中から落ちそうになるのも構わず、両手でエリムの手を覆うように握りしめた。

「嬉しい！　めちゃくちゃ嬉しいよ！」

人生で二人目の友達をゲット。今日一日の嫌なことが全部吹き飛んでしまうほど心が躍る。

「きょ、恐縮です！　リーチさんと友達——そのさらに先の関係に早く進めるよう、これから全身全霊で精進していこうと思います！」

友達の先？　なるほど、友達の中の友達、親友ってことだな。

「感激だ。拓斗の他にも、オレとそんな風になりたいって思ってくれる奴がいるなんて」

「タクトさんという名前なんですね。僕のライバルとなる人は」

ライバル？　ああ、強敵と書いて、トモと読む的なアレか。

友達と書いて、ライバル。互いを高め合える関係か。良いではないですか。

「もし会う機会があったら紹介するから、その時は仲良くしてやってくれな」

「会う機会があるかもしれないんですか？」

「未定だけど、もしかしたら拓斗も、この世界に転生してくるかもしれないんだ」

「そ、そうなんですか⁉」

「うん。一緒に事故ってさ。オレは即死だったけど、拓斗も危ない状態らしくて」

「なるほど……。僕としても、不慮の事故で元カレと離れ離れになった女性の傷心に付け込むような真似は不本意ですから、望むところです」

「例えがさっぱりわからんけど、ありがとな。拓斗とエリムなら、きっと親友になれるぞ」

「え？　それは……どうでしょうね」

「なれるって。オレが保証する」

いいな、こういうの。友達の輪って、こんな風にして広がっていくのか。

世界の素晴らしさを垣間《かいま》見た気になっていると、ミノコが「モフゥ」と鳴いた。

二股？　どういう意味だ？

「もうすぐ着きますよ」

町で一番大きいらしい通りを挟み、商店街のように店が軒を列ねている。

日本では見慣れない石造りの建物ばかりなのに、その浮世離れした風情《ふぜい》はどこか京の都でも歩いているような気分にさせた。時間帯が遅く、人通りがほとんどないということも気持ちに雅《みやび》を飾るのに一役買っているんだろう。

ホント、夜間でよかった。日中だと、さぞや人がごった返し、賑わいを見せるに違いない。引きこもりだったオレは、そんな雑踏を歩くことを想像するだけでも人に酔いそうになる。

町が寝静まるには早く、まだ営業中になっているところもちらほらある。

ある程度は店の種類によって区画分けされているのか、オレたちが今歩いている辺りには、飲食系の店が固まっている。

その一つに、エリムの実家でもある酒場【オーパブ】はあった。

一階建てだけど五十坪ほどの敷地面積があり、ちょっとしたファミレスくらいの大きさだ。この店を若い姉弟《きょうだい》だけで維持しているってんだから、感嘆の息を漏らさずにはいられない。

店の正面に、西部劇に出てくる酒場などによく見られる、仕切りのような両開きの木製扉がついている。扉から外に零れてくる店の明かりは、ランプのそれではなく、昼白色《ちゅうはくしょく》の蛍光灯と瓜二つだ。電気を使用しないこの世界に蛍光灯は存在しないはずだから、おそらく別の技術によるものだろう。

店に明かりは点いているけど、扉には、英語の筆記体みたいに勢いのある書体で【閉店】と書かれた札が掛けられ──って、あれ？

「字が読める。それ、閉店って書いてあるんだよな？」

筆記体を例に出しはしたが、目の前のそれは見たことのない文字だ。間違いない。

なのに、札に書かれている文字の意味が理解できてしまった。

「閉店で合っています。転生者の仕様というやつでしょうか。これは人間社会で使われている公式文字なんですけど。書くこともできそうですか？」

「…………。んにゃ、書くのは無理そう。自分の名前の字も浮かんでこない」

【薔薇《ばら》】みたいに複雑な字でも読むだけならできる。スマホで文字を打った時、同音異義語の中から正しい変換を選ぶことができる。でも、ペンで紙に書くのは無理。そんな感覚に近い。

「読むことができるんですから、書く方も、きっとすぐに習得できますよ」

「だといいけど。面倒でなけりゃ、時間の空《あ》いた時にでも教えてくれるか？」

「面倒だなんて、とんでもないです。むしろ、来たるべき戦いに備えて、こういうイベントは一つでも多くこなしておきたいところです」

お前、誰かと戦う予定でもあるのか？

勉強なのに、なんでそんな嬉しそうなんだ？

オレに字を教えたら、パワーアップでもするのか？

そんなことするより、筋トレした方がいいんじゃないのか？

ていうか、今の会話のどこらへんに頬を染める要素があったんだ？

ツッコミどころが多すぎて、逆にツッコめない。

「ウシさんは表で待っていてもらえますか？　イスやテーブルを除《よ》けないと入れないので」

エリムの待機指示を了承したミノコが、大人しく店の玄関前でしゃがみ込んだ。

ここまで乗せてくれたことを感謝しながらオレも地面に降りると、ひんやりした土の硬さを足の裏に感じて、確かに新鮮な気持ち良さがあった。

「女性を家に連れて来て家族に紹介するのって、なんだか緊張しますね」

「あー、そっか。オレなんかでも、そう見られちゃう可能性があるのか。誤解されないよう、ちゃんと説明するから安心してくれ。エリムにそんなつもりは微塵《みじん》もないって。純粋な善意の施《ほどこ》しで世話を焼いてくれてるだけで、他意は一切ないんだって」

「リーチさん、もしかして……釘を刺してます？」

「何に？」

「自覚はないんですね。……じゃあ、まあ、入りましょうか」

いよいよ、お姉さんとご対面だ。やっべ超緊張してきた。

スイングドアを押し開け、エリムが先に入る。その背中に隠れるようにしてオレも続いた。後ろで、ギィコ、ギィコ、と呼び鈴の代わりみたいに音を立てて扉が揺れている。

鼻腔《びこう》をツンと刺激する木の香りがした。無機質な外観と違い、床や天井、壁が全て板張りになっていて、それだけでいくらか暖かく感じられる。

エリムの肩越しに、内装を覗き込んでみた。

店の入り口から見て左手の壁際には酒場らしくバーカウンターが伸びており、カウンターの向こうには色取り取りの酒瓶を並べた棚があった。奥の方にはシンクも見える。

「——あら、おかえりなさい。早かったのね」

店の奥から、鈴を転がしたような愛らしい声がした。

カウンターを隔てた先に、一人の女の子が透明なグラスを磨いている。

あの人がエリムのお姉さんか。美人——というより、可愛さの方が際立っている。

エリムのお姉さんは、確か二十二歳らしいから、年下のオレが〝女の子〟と呼ぶのは失礼に当たるかもしれない。だけど、もし転生支援課のアラサー職員が彼女を見たら、血涙を流して悔しがりそうな若々しさがあった。オレやエリムと同年代だと言われても信じられる。

弟のエリムより少し明るい亜麻《あま》色の髪は、腰の辺りまで届く一本の編み込みになっており、ぱっちりとした赤銅《しゃくどう》色の瞳は、オレの目線とほぼ同じ高さにある。

「リーチさん、紹介します。姉のスミレナです」

スミレナさんというのか。目が合ったので、ぺこりと会釈をした。

そのスミレナさんが、途中まで磨いていたグラスをカウンターに置き、フロアに飛び出して来た。カウンターに立っていた時は見えなかったけど、白いエプロン付きのスカートドレスを着ている。スカートを翻《ひるがえ》してパタパタと足音を立て、慌てたように駆け寄って来た。

「エリム……アナタ、どうして……」

オレもエリムも裸足での登場だ。ただ事ではない空気を感じ取ったのかもしれない。

きっとそうだ。オークが出るなんていう危険な森に入っていた弟の無事を、その目で見て、その手で触れて確かめたいんだろう。やっぱりエリムのお姉さんだけあって、思ったとおり、慈愛に満ちた女性だ。オレは、ホームドラマさながらの感動シーンを期待した。

エリムのもとに辿り着いたスミレナさんが、愛する弟を優しく抱きしめ――


「正座」


――ることはなく、冷淡な声で一言告げた。

姉弟間では慣れた遣り取りなのか、エリムは特に不満を言うこともなく正座した。

「エリム、アタシはね、とても心配していたのよ？」

ただし、スミレナさんが、悲しみに震える声で言った。

正座しているエリムの顔面にアイアンクローをかましながら。

「あれほど森に入ることを反対したのに、どうしてもと言うから、泣く泣くお店を臨時休業にしてあげたのに。それがいったいどういうことなの？　森に行くっていうのは嘘で、女の子とイチャコラしていたの？」

「あがが、ね、姉さん、話を聞いて！」

懇願《こんがん》するエリムのこめかみから指を離したスミレナさんが、何を思ったか、カウンター脇に置いてある酒瓶の詰まったケースを一つ、「よいしょ」と持ち上げた。

「エリムもお年頃だもの。そういうことに興味を持つなとは言わないわ。だけど嘘をついて、家族に心配をかけてまで性欲に走ってしまうのはどうなのかしら？」

ミシッ

溜息交じりに言い、運んできた酒瓶ケースをエリムの膝の上に載せた。

「ちょ、姉さん、重、痛いッ！」

「しかも、こんな夜遅くに他所様《よそ》の娘さんを連れて来たのはなんのつもりなの？　まさかとは思うけど、ウチを連れ込み宿として使おうとしているの？　今から部屋にしけ込むの？」

呆れたように眉間《みけん》を揉み解し、スミレナさんは別の酒瓶ケースを取りに行った。

「お願いだから話をさせてよ！　この人のことも説明するから！」

オレは予想外の状況を前に狼狽《うろた》えるばかりで仲裁に入ることさえできずにいる。

そんなオレを、スミレナさんが一瞥《いちべつ》した。

「……そうね。事情も聞かずに叱るのは違うわね。ごめんなさい」

「も、もういいよ。わかってくれたなら」

「弟を信じられないなんて、姉失格よね。反省するわ」

そう言いつつも、エリムの膝から重しはどかされず、二つ目の酒瓶ケースも構えたままだ。

「でも、話を聞く前に、一つだけ確認させてほしいことがあるの」

「大丈夫。特に怪我はしていないよ」

「ううん。お店の仕事に支障さえなければ、そんなことはどうでもいいの」

どうでもいいんだ……。

「まさかとは思うけど、あの子に変なことしていないわよね？」

「へ、変なことなんて、何も、し……テ、ナイヨ？」

「あらあら、その様子だと、何かしたわね？　もしかして、胸でも触っちゃった？　あらあらあらあら、目が泳いだわね。そう、揉んだのね？　お店の仕事をサボって。外で女の子の胸を揉んできたのね？　揉みしだいてきたのね？」

馬鹿正直なエリムは、沈黙をもって肯定としてしまった。

ズシリ、と二つ目の酒瓶ケースがエリムの膝に積み上げられた。

「姉さん、これ、肉に食い込むよ⁉」

「そりゃ、一つ二〇キロだもの。それよりも、エリムにはがっかりだわ。手を出しているなら有罪確定じゃない。これ以上は問答無用だと思うのはアタシだけ？」

「不可抗力だったんだ！　押し倒してしまったのも、わざとじゃなくて！」

「あらそう、押し倒したの。残念だわ。いつの間にか、弟が性犯罪者になっていただなんて。保護者として去勢――もとい性格の矯正《きょうせい》が必要ね」

そう言って、三つ目の酒瓶ケースを取りに行く。

「話を聞いて！　いや聞いてください！」

「いいわ。聞いてあげるから説明なさい。ただし、三十秒ごとに重しを追加していくわ」

「えっと、ええっと、予定どおり冒険者パーティーに加わって【ルブブの森】に入ったまではよかったんだけど（中略）そこへ偶然リーチさんがアア――――ッ⁉」（↑三つ目追加）

「あ、あの、お姉さん⁉」

「リーチさん、ここは僕に……任せて、ください！」

「森でリーチさんが襲われそうになった時、僕はなんの役にも立てませんでした。あの時ほど自分の弱さを悔やんだことはありません。だから……今度こそ！」

「それはいいから早く説明しろってば！　四つ目くるぞ！」

冒険者にボコられ、オレに殴られ、そして実の姉に折檻《せっかん》され。

オレにとってそうであるように、今日はエリムにとっても厄日らしい。

一通り説明し終えるまでに、エリムは一〇〇キロもの重しを体感することとなった。


「なるほどね。アナタたちの言い分はわかったわ」

オレは所在なく縮こまり、エリムは水で濡らしたタオルで太ももを冷やしている。

そんなオレたちを、仁王立ちで睨み据えている酒場の主人。

エリムの尊い犠牲の甲斐あり、かなり端折《はしょ》りはしたが、どうにかスミレナさんに事情を把握《はあく》してもらうことができた。サキュバスであることを証明するために、結わえていた髪は解き、外套も脱いでツノと翼も晒している。

相当肝が据わっていらっしゃるらしく、スミレナさんは、外で待たせているミノコを見ても怯えた素振りを見せず、一言「大きいわね」と感想を述べただけだった。

「リーチちゃんと言ったかしら。アタシのことは、エリムから何か聞いてる？」

「いや、でも」

ちゃん付けに不満はあるが、文句を言える空気じゃない。

「す、少しだけ。相手が魔物であっても、差別をしない人だと……」

「そうね。アタシは自分の目で見て善人だと判断したら、魔物扱いされている種族だとしても歓迎するわ。でも逆に言えば、悪人だと判断したら、相手が人間であっても叩き出すから」

慈愛に満ちた聖母マリアのイメージは跡形もなく消え去った。この人、かなり脳筋だ。

「今聞いた話が本当なら同情するし、ウチに置いてあげてもいいんだけど」

「本当です！　嘘じゃありません！　信じてください！」

「信じないとは言っていないわ。ただ、アタシは他人の評価に関してだけは、自分で確かめたことしか信用しないことにしているの。それが相手を極端に持ち上げたり、貶《おとし》めたりすることだった場合は特にね。エリムの話は、どこかリーチちゃんを過剰に擁護している気がするわ」

「姉さん、リーチさんは本当に、天使のように素晴らしい女性なんだよ！」

「ほらね。今日初めて会った女の子のことを天使とか言っちゃう弟に軽く引くわ」

エリムには悪いけど、オレもスミレナさんに同意見だ。

「リーチちゃんはサキュバスなのよね？　アタシが一番懸念《けねん》しているのはそこなの」

「魔物だからですか？」

「いいえ、サキュバスという種族だからよ」

「でも、そういう差別はしないいって」

「まあ聞いて。一人、もう高齢で隠居しているけど、サキュバスの知人がいるの。彼女の若い頃の武勇伝がとにかく凄まじくて。本当かどうかはともかく、当時の為政者を片っ端から魅了して国を転覆させかけたことがあるとか。一つの町から若い男が一人残らず消えたとか」

どこの誰か存じませんけど、そんなことしたら、サキュバスが魔物認定されるのも当然じゃないですか。完全にとばっちりだ。

「リーチちゃんは見たところ、まだそこまでの力はなさそうだけれど、サキュバスにそういうことができる能力が備わっているのは確かなのよ。だからリーチちゃんがエリムを魅了して、操っている可能性もないわけじゃないの」

「僕は操られてなんか！」

「エリムは黙っていなさい。酔っ払いは、皆酔ってないって言うの。それと同じよ」

容疑のかかっている者の発言は信用に足らない。

なら、どうすればいい。信用させる方法なんてあるんだろうか。

「サキュバスの魅了は女には効かない。だから、アタシが今から見極めてあげる」

「見極めるなんて、そんなことできるんですか？」

「少し荒っぽいやり方になるけど、覚悟はいい？」

何をされるのかわからないんだから、具体的にどう覚悟すればいいのやらだ。

だけど、信じてもらうためなら、それがなんであろうと。

どんな苦痛にでも耐える。それだけを頭に置いて腹を括《くく》り、オレは頷いた。

「真っ直ぐで綺麗な目だわ。好きになれそうよ」

不敵に笑ったスミレナさんが正面に立ち、床に片膝をついた。

「痛みはないわ。一瞬で済むから」

視線を腰の高さに固定したまま両手を伸ばし、オレが着ているワンピースの裾を握る。

そして何を血迷ったか、そこから腕を持ち上げようとしたので、オレはスミレナさんの手を反射的に上から押さえつけた。

「今、何しようとしました？」

「スカート捲《めく》りよ」

それ以外に何があると言うの？

そう言わんばかりに、スミレナさんの表情は大真面目だった。

「理由を、訊いてもいいですか？」

「女の本質はね、下着にこそ隠されているものなの。男を意識している女ほど下着に気合いを入れているのは明白。これはサキュバスに限ったことではなくて、女という生き物全てに共通することなの」

だからオレの穿いているパンツを検《あらた》めるのだと言って、スミレナさんは強引にワンピースを捲り上げようとしてくる。そうはさせまいと、オレは必死に抵抗した。

「ちょちょ、ちょ、やめ、やめてくださいって！」

「ウチに居候したいのなら観念なさい！　地味な無地パンツだったら信用してあげるから！

ただし、スケスケや、ド派手なパンツなんて穿いていたら、残念だけど、何か良からぬことを企んでいると見なして今すぐ出て行ってもらうわ！」

「理屈はなんとなくわかりますけど、ダメです！　やめてください！」

「隠すと余計に怪しいわよ！　まさか、スケスケなの⁉　それとも穴開きなの⁉」

「穴開きってなんですか⁉　穿いてません！　穿いてないんです！」

「穿いていないなら見せられるでしょう⁉　言っておくけど、白パンツだとしてもフリフリが付いている物は認めないわ！　清楚を気取っていても、本心では男受けを狙っているかどうかくらい、アタシにはお見通しなんだから！」

「お願いしますお願いしますお願いします！　別の方法を考えてください！」

「どうしてそこまで頑なに隠そうとするの⁉　別に下着を剥ぎ取った上で、くぱぁして処女かどうかを確認しようってわけじゃないのよ⁉　それでも見せられないのは、やっぱりエッチな下着を穿いているからなの⁉」

「穿いてません！　穿いてないから見せられないんです！」

ぐ、ぐぐ、と。スカートの丈が膝を越え、太ももの中ほどまで上がってきた。

この人、力強いよ……。

「往生際が悪いわね！　いいから、見、せ、な、さあああああい‼」

「ダメですってば！　オレ今、下に何も穿いてなあああああああ‼」

スミレナさんはこの時のことを、後にこう語った。

――まるで極上の絹糸のように、一本一本がキラキラと輝いていたわ。

ぶぱっ‼

と、鮮血の花が咲いた。

オレとスミレナさんの攻防を見守っていたエリムが漫画みたいな鼻血を噴き出し、ばたりとうつ伏せで倒れた。鼻血の勢いは止まらず、だくだくと血の海が床に広がっていく。

しばらく動けずにいたが、やがて、ヘソよりも高く、下乳が外気に晒されるところまで捲り上げられていたワンピースの裾を、スミレナさんが無言で戻してくれた。

エリムが出血多量の瀕死《ひんし》に陥っていく傍ら、スミレナさんは立てていた方の膝も床につき、姿勢を正して三つ指をついた。そこから、深々とお辞儀をする。

「どうぞ、自分のウチだと思ってくつろいでください」

堂に入《い》ったその仕草は、老舗《しにせ》旅館の女将《おかみ》を思わせた。

転生初日にして、まともな住まいをゲット。これは幸先《さいさき》がいい。

なんて欠片《かけら》も思えないのは、それ以上に様々な物を失ったからだろう。

「…………お世話になります」

かろうじて、そう挨拶できたオレは、今日一日でかなりタフになったと思うよ。

精神的にな。

第七搾　お風呂の時間ですよ

ついに、この時が来てしまった。

こちらの世界でも、基本的な生活習慣に特別変わったところはない。

朝起きて、夜は寝る。

寝る前には風呂に入る。入浴する。湯浴みする。

極めて大事なことなので、表現を変えて三回言いました。

オレは今、扉一枚を隔てて脱衣所の前に立っている。

晴れてスミレナさんの信用を得て……得たのかな？　とにかく、居候する許可をいただいたオレは手厚くもてなされた。

『今日は疲れたでしょ。お風呂に入っちゃいなさい。その間にリーチちゃんの部屋は用意しておくわ。エリムが。ウシちゃんの寝床も、店の裏に使っていない馬房があるから掃除しておくわね。エリムが。他にも必要なことがあれば遠慮せずに言ってちょうだい。エリムに』

そんな感じの客人待遇で、一番風呂の栄に浴すことになったという次第だ。

「エリムの奴、大丈夫かな」

こき使われすぎなのも心配だけど、笑えない出血量だったたし。

というか、あいつ……オレの体を見て鼻血を出したん……だよな。

「紛い物でも、他人から見りゃ、一応はちゃんとした女の体ってことなのか」

なんか、全然実感がわかない。この体も、まだ借り物って気がしてならない。

さすがに風呂に入れば、そのあたりの意識にも変化がありそうな気はするけど。

「あー……見たくないなあ……」

体つきだけなら、それなりだと思う。

視線を落としたら、とにかく自己主張の強すぎる双丘が目に飛び込んでくる。腰はくびれてきゅっと引き締まっているし、お尻もプリッと張りがあり、大きすぎず、小さすぎず、適度なサイズでツンと上を向いている。俯瞰《ふかん》だから、そう見えるだけなんだろうか。

とにかく、問題は顔だ。ここまでの推測からして、オレの顔面は、相当ハードな形態をしていることが予想できる。腰を抜かしますよ、とほのめかされるほどに。

どんなにボン、キュ、ボンなナイスバディーでも、顔がホラーでは宝の持ち腐れ。むしろ、アンバランスでキモさが倍増しかねない。

とはいえ、ここで躊躇《ためら》っていても、顔面偏差値が上がるわけでもなし。

オレは両頬を、パチン！　と叩いて気合いを入れた。

逃げるな、リーチ。お前は文字どおり、生まれ変わったんだ。

弱い自分を変えたい。助けられてばかりの自分を変えたい。

そう願い、そして強くなると誓ったはずだ。

だったら逃げるな。自分自身から目を背けるな。己と向き合ってみせろ。

できるはずだ。この程度、恐れるほどのことじゃない。

振り返るな。前だけを見て進め。

ブサイクだからなんだ。死にゃしない！

大事なのは中身だ。断じて顔じゃない！

「どんな醜い面《つら》してるのか、とくと拝んでやろうじゃないか！」

気持ちを奮い立たせ、半ばヤケクソ気味にノブを握って扉を開けた。


先客がいた。


「すいませんッしたあああ‼」

光速で脱衣所の扉を閉めて回れ右をした。

振り返らないと決めてから、五秒とかからなかった。

「聞いてないぃぃ。先に人が入ってるなんて聞いてませんよぉぉ」

中に女の子がいた。でも、スミレナさんじゃなかった。

エリムとスミレナさんの二人暮らしじゃなかったのかよ。

なんでなんで？　と困惑していると、オレに風呂を勧めたスミレナさんが、綺麗に畳まれた洗濯物を手に持ってやって来た。

「あら、リーチちゃん、まだ入ってなかったの？　これ、着替えなんだけど」

「そんなことより、中に誰かいるんですけど⁉」

「え、そんなはずは。まさか、エリムが先回りして、アタシより先に覗く準備でもしてた？」

「アタシより先にってどういう意味ですか⁉」

「エリムが中にいるの？」

「エリムじゃなくて女の子です！　金髪で、えっと、すごく可愛い子でした！」

驚いた顔でオレを見ていた。

「金髪で可愛い？　あー、その子、もしかして白いワンピースを着てた？」

「ワンピースだったかは確認できませんでしたけど、服は白かったと思います」

残念なことに、ではなく、脱衣所ばったりというお約束のシチュエーションでありながら、相手が全裸、もしくは下着姿でもなく普通に服を着ていたのは奇跡に近い。二次元基準なら。

「胸は大きかった？」

「……言われてみると大きかったような。心当たりがあるんですか？」

「全く見当もつかないわ（笑）」

スミレナさんも知らないとなると、話は些《いささ》か物騒になってくる。

「リーチちゃん、脱衣所に誰かいるんだとしたら、考えられることは一つね」

オレがこくりと頷くと、スミレナさんが声に緊張を滲ませて言った。

「強盗だわ」

「オレも、そうじゃないかと思っていました」

「ぷっ！　どうしよう。アタシ、怖い……」

スミレナさんが、弱々しく肩を震わせた。一瞬、吹き出し笑いをしたように見えたのは気のせいだろう。女性が怯えている姿を見て、オレは自分の中に今も残る男の本能が、使命感とも呼べる闘志の炎を燃やしたのを感じた。そうさ、男の肉体は滅びても、漢《おとこ》の魂は不滅。か弱い女性を守るのは、いつだって男の役目だろう。

「この扉を使わず、脱衣所から外に逃げる手段はありますか？」

「いいえ。浴室に小窓はあるけど、人が通れる大きさじゃないわ」

ということは、確実にまだ中にいる。エリムを呼んでくるべきか。けど、相手が何か武器を持っていたら、エリムの腕っぷしでは返り討ちに遭うことも考えられる。

「スミレナさんは退《さ》がっていてください。オレが中にいるコソ泥を捕まえます。もしもの時はエリム――じゃなくて、ミノコの所へ逃げてください」

「リーチちゃん、なんて頼もしいの」

「いつでも逃げられる準備はしておいてください。タオル、一つお借りします」

敵が鈍器や刃物を所持していた時の対策に、オレは左腕にぐるぐるとタオルを巻きつけた。もし魔法とか飛んできたら……その時はその時だ。

相手は女。今はオレもだけど。取っ組み合いに持ち込みさえすれば勝機はある。

いくら可愛くても不法侵入は立派な犯罪だ。多少痛い目を見たとしても恨んでくれるなよ。

オレはさっきと同様に勢いよく、しかしヤケクソではなく、この家を守るという正義を心に宿して扉を開け放ち、脱衣所に踏み込んだ。

「御用だ！　大人しくしろ！」

予想どおり、コソ泥はまだ中にいた。

髪の色と長さはオレと似たような感じだけど、顔のパーツがどれも特級品だった。

クリクリした大きな瞳は緋色の宝石みたいに綺麗で、きゅっと閉じ結ばれた小さな口は桜のつぼみのように愛らしい。今は表情を険しくしているけれど、笑えばきっと、周囲の空気まで明るく照らす花を咲かせることだろう。

二度目でも思わずドキッとしてしまう。こんな状況じゃなきゃ、いつまでも見とれていたいくらいだ。それだけに、どうしてこんな子が強盗なんか……という気持ちが大きくなる。

相手も応戦するつもりだったのか、逃げようとする気配はない。

武器の類は見当たらないが、オレと同じように、右腕にタオルを巻きつけている。

そこで、ギョッとする。中にいたのは一人じゃなかった。

金髪の女の子の後ろに、もう一人、別の人影が――……て。

「スミレナさん？」

そこにいたのは、他ならぬスミレナさんだった。

慌てて振り返るが、後ろにもちゃんとスミレナさんはいた。

ただし、何かにツボったかのように腹を抱え、小刻みに震えている。

……ドッペル？

もう一度前を向いて、オレは相手をよくよく観察した。

金髪の女の子は、コソ泥なだけあって、ひどく挙動が不審だ。

そして何故か、オレの一挙手一投足を真似してくる。

さらに言うと、脱衣所内にいるスミレナさん似の侵入者（?）も、後ろにいる本物の彼女と同じく、今にも笑い出しそうなのを我慢しているように見える。

「スミレナさん、これはどういう……」

「リ、リーチちゃん、御用って、何が御用なの？　誰に御用するの？　ぷっははは！　ああ、ダメ、可愛い！　アホ可愛すぎるわ！　あはははは！」

スミレナさんが堰《せき》を切ったように爆笑した。

待って。ちょっと待ってください。確認させてください。

「まさか、まさか」と繰り返し呟きながら、オレは金髪の女の子の頭をまじまじと見つめた。

……………ツノが、生えていた。

夢かどうかを確かめるべく頬をつねり、むにぃーと引っ張ってみた。すると、驚きから呆然とした表情に変わっていた女の子も同様に、ただし逆の手で、逆の頬を引っ張ってみせた。

「……………か、がみ?」

「うぷぷ。リーチちゃん、自分がどんな顔してるのか、本当に知らなかったのね。からかってごめんなさい。あんまりにも真剣で可愛かったもんだから、つい」

スミレナさんの言葉が後押しになった。

オレは鏡を見つめたまま、その場にぺたんと座り込んだ。

エリムが予言したとおり、腰が抜けてしまったのだ。

……違うじゃん。……全然、ブサイクじゃないじゃん。

それどころか。

それどころかじゃん。

放心するオレの様子を一頻《しき》り眺めていたスミレナさんが、洗濯物を所定位置に収納してから手を引いて立ち上がらせてくれた。

「少しは落ち着いた？」

「あ、いや、まあ……」

ここは変わり果てた自分の姿に驚愕《きょうがく》するなり、騙されたことを怒るなりする場面だろうに、頭が真っ白になっていて、感情という感情が全部どこかへ飛んで行ってしまった。おかげで、かえって取り乱さずに済んでいる。

「リーチちゃんの寝間着ね、下はアタシのでいいとしても、上は無理だろうから、エリムのを使ってもらっていい？」

「無理？　でも、オレとスミレナさんの身長、そんなに変わらにゃほおおう⁉」

スミレナさんが笑顔のまま、オレの胸を正面から鷲掴んできた。

「んふふ。おっぱいの大きさがね、まるで違うの。おわかりいただけるかしら？　あらやだ、うふふ、手に全然収まらないわ。あやかりたいわねえ」

「や、揉、まないで、ください。んあ、なんか、膝が、ガクガク」

「こう見えてアタシ、結構自信があるの。リーチちゃんなら大歓迎よ」

なんの自信⁉ 歓迎された後はどうなるの⁉

訊きたいけど、訊いちゃいけない。訊いたら戻って来られなくなる。そんな予感がした。

「話を戻すわね」

手を放してくれるのがもう少し遅ければ、また腰が抜けるところだった。

「下着なんだけど、今晩だけつけずに寝てもらって大丈夫？ どうしても気になるようなら、パンツだけアタシのを貸すわよ？ これ、ちゃんと洗ってあるから」

スミレナさんの掌の上に、くるんと丸まったピンク色の布が載っている。

その宝具《マテリア》を、オレに使えと？

「……………………………………………………」

「リーチちゃん？」

「…………………………………お気持ち……だけ」

「そう？ でも、ずいぶんと長考したわね。リーチちゃんは、寝る時も下着をつけていないと落ち着かないタイプなのね。明日にでも買いに行きましょうか」

長考は別の理由からだったけど、そういうことにしていただけると幸いです。

「あ、買うと言っても、オレ、お金が……」

「気にしなくていいのよ。体で払ってもらうから」

「やだ、変な意味に捉えないでね？　お店の手伝いをしてほしいってことよ？」

「そ、そうですか！　そりゃそうですよね⁉」

恥ずかしい。女性の前で、なんて卑猥《ひわい》な想像を……。スミレナさんが直前におかしなことを言うから、もしかして、ビアンな人なのかと思ってしまった。

「だけど、違う意味の肉体労働で払いたいって言うのなら、アタシ的には全然構わないわよ？　可愛い女の子は大好ぶ——大好きだしね。サキュバスの能力は女性に対しては働かないから、生気を奪われて、うっかり腹上死しちゃう心配だってないし。それになんと言っても、女同士ならデキちゃう危険がないもの。ね？」

ね？　と言われましても……。

「うふふ。なーんてね。リーチちゃんてば、からかい甲斐があるんだから。あんまり深く考えないで。その分、お店の手伝いを頑張ってもらうわ」

「ビ、ビックリしました。また冗談でしたか」

「ううん、冗談ではなかったわ」

「そスか」

「だってリーチちゃん、本当に可愛いんだもの」

「か、可愛くなんか……」

「あれれえ？　さっき、すごく可愛い子が中にいるって、自分で言ってなかった？」

「か、体⁉」

「い、言いましたっけ？」

「はぐらかさなくてもいいじゃない。可愛いわよ？　リーチちゃん可愛い。超可愛い」

「やめ、やめてください」

「どうして？　本当に可愛いのよ？　食べちゃいたいくらい。あらあら、耳までこんなに赤くしちゃって。リーチちゃん可愛い。ちゅーしたい」

「可愛いを連呼しないでください！　ちゅーもナシで！」

　何この全身をくすぐられるような気持ち。穴があったら今すぐダイブしたい。

「その様子だと、単純に言われ慣れてないのかしらね。可愛いっていうのは褒め言葉なのよ？人に言われると、嬉しくならない？」

「なりません！」

「そお？　じゃ質問だけど、可愛いって言われるのと、ブスって言われるの、どっちがマシ？どっちも嫌って言うのはナシよ」

　なんだ、この意地の悪い質問。

「真面目な話、リーチちゃんの性格を知っておきたいの。これから共同生活をしていく上で、簡単に嘘をつける人かどうかね。特に、お店の手伝いをしてもらうとなると、雇用主として、そのへんを気にするのは当然だと思わない？　仕事は信用が第一だもの」

「……一理ありますね」

「ちょろいわ」

「はい？」

「なんでもないのよ。それで、どうなのかしら？」

「………それなら、まだ可愛いの方がマシですけど」

ブスって、考えると、ほとんど女にしか使わない言葉だし。しかも悪口だし。

「んふ、正直でよろしい。じゃ、次の質問。可愛いって言われると、腹は立つの？」

「腹が立つわけじゃないです」

「でも言ってほしくはない？」

「正直……よくわかりません。とりあえず今は……いたたまれないです」

例えるなら、経験豊富な年上のお姉さんに翻弄《ほんろう》されるチェリーの気分というか。

や、そんな状況になったことはないけど。中身が男だからなのか、それともスミレナさんの
言うように、慣れていないからなのか、嬉しいと思える気持ちの余裕がない。

ただ、褒め言葉だというところに嘘がないのはスミレナさんの態度から伝わってくるので、
不思議と嫌悪感はなかったりする。が、それが嬉しいかというと、やっぱり微妙だ。

「わかった。リーチちゃんが自分の姿に慣れるまで、あまり言わないでおくわ。難しい質問も
おしまい。さ、早くお風呂に入りましょ」

そう言って、スミレナさんは何を思ったか、つけていたエプロンを脱ぎ始めた。

「……何してるんですか？」

「親睦《しんぼく》を兼ねて、裸の付き合いをしたいと思って。アタシも一緒に入るわ」

「いや、いやいや、一緒に入るって、そんなのダメですよ！」

「あら、どうして後ろを向くの？」

「女の人の裸を直視できるわけないじゃないですか！」

エプロンに続き、スカートドレスが、ぱさりと床に落ちる音がした。

大きな鏡のせいで、前を向いても後ろを向いても、スミレナさんのあられもない姿が見えてしまう。オレは目を閉じ、一切の視覚情報を遮断した。

「ねえ、リーチちゃん、つかぬことを尋ねてもいいかしら？」

「なんですか⁉　こっちはいっぱいいっぱいですよ⁉」

「リーチちゃんって転生してくる前は、もしかして若い男の子だったりするの？　その反応を見てると、どうも女の子って感じがしないのよね」

「そうですよ⁉　気持ち的には今だって男です！　エリムの二つ上で、ばりばりの思春期ですから、スミレナさんも少しは恥じらうとかしてください！」

「あらあら、本当に男の子だったのね。そう言えば、一人称もオレって言ってるし。それって隠していたわけじゃないの？」

「これからお世話になる人に、なんで隠すんですか⁉」

エリムには言いそびれたけど、隠すつもりなんて全くない。

「やだこの子、可愛すぎるんだけど」

「また可愛いって言われた！　絶対におかしいですって！　中身が男だってわかったのなら、

普通は気持ち悪いと思うものじゃないんですか⁉」

「んー、そうねえ。リーチちゃんの中身が精力旺盛な中年オヤジで、しかもそのことを下心と一緒に隠して、ここぞとばかりに女の子にハァハァしようとする変態だったら、確かに気持ち悪いかもしれないけど」

「……けど？」

「ピュアな少年心を弄《いじ》り倒せて、しかも体は美少女だなんて、一粒で二度美味しいじゃない。ゴチになります。——というのが、アタシの見解かしら」

「オレにとっては人生が百二十度くらい変わってしまった大事件なので、某お菓子メーカーのキャッチフレーズみたいな感覚で言わないでほしいです！」

「ある意味、女の子は食べ物よ。何故なら、女の子は誰でも一粒マメを——」

「アウトォォ‼　中身オヤジなのはスミレナさんです！　いいから早く服を着てください！オレに女性の下着姿は刺激が強すぎるんです！」

「リーチちゃん、それは違うわ」

「違うって、何が」

「アタシは既に全裸よ。下着姿じゃないわ」

「いつの間に全部脱いだんですか⁉　もういいです！　オレが出ますから！」

「ダメよ。ここは死んでも通さないわ」

「死んでもって、お願いですから外に出してください！」

「女の子が必死な声で外に出してくださいって言うと、なんだかすごくエロいわね」

「会話をしてください！」

「そんなに、アタシとお風呂に入るのは嫌？」

「嫌なんじゃなくて、いたたまれないんですってば！」

「…………そう。……そこまで言うなら、仕方ないわね」

スミレナさんが、残念そうな、悲しそうな声で言った。

そしてすぐに、しゅ、しゅ、と衣服がこすれる音が背中越しに聞こえてくる。

諦めて服を着てくれているようだ。

おそらく、スミレナさんのフザケた言動の大半は、オレを気遣ってくれてのものだ。

天涯孤独になってしまったオレが寂しいと思う暇もないくらい、わざと騒がしくしてくれているんだと思う。その心遣いに、オレは水を差してしまった。

「もう目を開けてもいいわよ」

「……スミレナさん、ごめんなさい。オレ、スミレナさんの気持ちは本当に嬉しく思――……てまだ全裸キープしてるじゃないですかあああああああああ!!」

「うふふ、引っ掛かったわね。誰も服を着るなんて言ってないわ」

裸を見せつけるかのように、スミレナさんはささやかな胸をふんぞり返らせた。

見ちゃった！　見ちゃった！　女の人の裸、生で初めて見ちゃった！

「あらあら。せっかく見せたのに、また目を閉じちゃったの？　今はもう女同士なんだから、好きなだけ見たっていいのよ？」

「そんなことしたら、確実に卒倒します！」

「こういうのは慣れよ。多少荒療治でも、後々リーチちゃんのためになるから」

「だとしても、一緒に風呂に入るのは段階飛ばしすぎですってば！」

最初はもっとこう、ええと、あるでしょう⁉ 何かしらソフトなのが！

「このままだとアタシが風邪を引いちゃうわね。仕方ない。自分で脱げないって言うのなら、アタシが手伝ってあげる。というか、もう面倒だから剥《む》くわ」

「剥くって、え？ やめて、それだけは勘弁してください！ 引っ張らないで！」

「あは。楽しい、楽しいわ。普通の女の子を無理やり引ん剥くのは犯罪でも、リーチちゃんにする分には問題ないわよね？」

「大いにあると思います！ やめ……う、ぐぐ、スミレナさん、力、強……ッ」

「一般女性の中じゃ強い方かしら。レベル8だし」

エリムより強い！

「ほらほら、もう脱げるわよー。全部脱がしちゃうわよー。ここで止めて茶巾縛りにするのもアリだけど、それはまたの機会にしておきましょうね」

「そんな機会は御免被《こうむ》りたく、あ、あ、アアア――――ッ‼」

抵抗虚しく、たった一枚の鎧であるワンピースを無情にも奪われ、裸に剥かれた。

「うわぁ。直《じか》に見ると、とんでもない迫力ね。しかも、色も形も超綺麗。この衝撃への驚きを音で表すなら、ぱんぱかぱーん！　という感じかしら。ごくり」

なんですか、その意味不明な効果音。そしてなんなんですか、この状況。

オレ今、女の人の前で全裸だ。しかも、その女の人も全裸だ。

目を開けたら、いったいどんな光景が広がっているのか想像もつかない。

「リーチちゃん、隠すなら股間だけじゃなくて、次からは胸も隠さないとダメよ」

「次回があるようなフラグを立てないでください！」

「うふ。女の子なのに、仕草は男の子。萌えるわー」

居候先の大家さんの、頭のネジが外れかかっている件について……。

「さーさ。入った入った」

「押さないで！　嫌ですって！　無理やり入れようとしないでください！」

「半べそかいた女の子が『無理やり入れようとしないで』なんて言うと、そそるわよね」

「その心理をスミレナさんが理解してしまうのはどうかと思いますよ⁉」

「はいはい、続きは背中を流しながらにしましょうね」

必死に抵抗しているのに、あれよあれよと言う間に浴室へと押しやられてしまう。

女性に手をあげるわけにはいかず、さらに力でも敵わない。

どうあっても逃げられないと悟り、オレは観念するよりほかなかった。

ただし、最後の譲歩として、左腕に巻きつけていたタオルで目隠しするのを許してほしいと懇願《こんがん》すると、スミレナさんは黙考の末、「それもアリだわ！」と声を弾ませた。

「先にアタシがリーチちゃんの背中を洗ってあげるわね」

誘導に従い風呂イスに座らされた。シャワーの音がし、温かい蒸気を肌に感じる。火属性の魔法を応用したもので、自在に湯を作り出せるそうだが、今は感心する余裕がない。

「うふふ、リーチちゃんらしくて、とても可愛——じゃなくて、ええっと、愛くるしい翼ね。試しにちょっと舐めてみてもいいかしら？」

「舐める意味がわかりません」

「意味ならあるわ。サキュバスの翼って、性感帯の一つらしいの」

「なおさらやめてください」

首周辺にかけられたシャワーの湯が、背中を伝って下へ落ちていく。

「ごめんなさい。アタシじゃ、タオルを使わないと背中を洗ってあげられないの」

「この世界では、タオル以外で体を洗うことがあるんですか？」

「それは、ぜひともリーチちゃんにお願いしたいわ」

「いや、だから、何を使って洗うんですか？」

「楽しみね」

ダメだこの人。興が乗ると、話を聞かなくなるタイプだ。

「アタシね、実は妹が欲しかったの。弟じゃなくて」

「エリムが聞いたら泣きますよ」

「エリムのことも弟として可愛がっているわ。だけど、こんな風に一緒には入れないしね」

「だからって、オレと入るのもどうかと……」

「これからは女の子として生きていくしかないんでしょ？ なら問題ないわ」

そういうものだろうか。

こんな風に、あっさり割り切れてしまうスミレナさんだけが特別なんじゃないのか？

「……一つ、訊いていいですか？」

「アタシの性感帯？ 第三位は耳よ。でも、第二位と第一位は秘密。意地悪をしてるわけじゃないわ。リーチちゃんに探してほしいの」

「訊いてませんし、探しません」

目隠しで視界を閉ざしているおかげで、声を荒らげずに話せるくらいには落ち着いてきた。

さっき見た衝撃映像も記憶から消し去――……脳内フォルダの隅に移しておく。

「オレのこと、もう完全に信用してくれたんですか？」

「ええ、家族同然よ」

「……どうして信用してくれたんですか？」

スミレナさんによる下着チェック。あれをクリアできた理由がわからない。何も穿いてないのって、どんな下着よりも卑猥《ひわい》じゃないか？ スカートを捲られた瞬間、てっきり罵声つきで叩き出されると思ったのに。

「そうねえ。あの時は、さすがのアタシもビックリしたわ。だけど、リーチちゃんを信用した根拠もちゃんとあるのよ？」

「それ、聞かせてもらえませんか？」

信用って、簡単に培《つちか》えるものじゃないと思うんだ。

少なくとも、オレがスミレナさんに対して、信用に足る何かをした覚えはない。

人の親切を疑うなんて、あまりしたくないけど、オレは今日一日で、他人への警戒は過度にしておくに越したことはないと学んだ。

スミレナさんは、本当にオレを信用してくれているのか？

その疑念が晴れない限り、オレの気が休まることはない。

スミレナさんがタオルを動かすペースを落とし、空気が緊張するのを感じた。

「形にこだわるのが、馬鹿馬鹿しくなってしまったのよ」

神妙な声で、スミレナさんは語り出した。

「長く客商売をやっているとね、それなりに人を観察する目が肥えてくるわ。その観察眼から一つ断言できることがあるとすれば、それは自分を全く飾らずに生きている人なんていないということね。身なりだけじゃなく、言葉で、仕草で、使えるものはなんでも使って、少しでも自分の価値を上げるために人は工夫しているわ」

これに対する意見を若輩《じゃくはい》のオレは持ち合わせていない。スミレナさんの人生観を聞いても、そういうものなのかと黙って耳を傾けるしかできなかった。

「特に女性はね、その技術に磨きがかかっているから、まずは疑ってかからないと、ころっと騙されちゃったりするのよね。だから、リーチちゃんが、まだアタシに気を許していないのは正しいわ。それは悪いことじゃない」

見透かされている。オレは「すみません……」と謝った。

「謝る必要なんかないんだってば。だけどそういう生き方って疲れるじゃない？　飾る方も、疑う方もね。アタシも、ちょっと疲れていたのかもしれないわ。たまに思うの。ありのままの自分を晒せたら、晒せる相手とだけ毎日過ごせたら、どれだけ楽だろうって」

二十歳《はたち》そこそこの若さで店を切り盛りし、エリムと二人、姉と弟だけで生きてきた。そんな彼女がしてきた苦労を、浅い人生しか送ってこなかったオレなんかが推し量れるべくもない。

だとしても、これから一緒に暮らしていくなら、その負担をわずかでも軽くしてあげたいと思う。できることを探したい。

「オレは、スミレナさんにとって、気の休まる相手になれそうですか？」

「もちろんよ。これからも、リーチちゃんにはたっぷり癒してもらうからね」

そう言ってもらえると、ほっこりと温かい気持ちになってくる。

「それを期待したから、居候を認めてくれたんですか？」

「今はそれもあるけど、あの時思ったことは、少し違うわ」

「と、言いますと？」

「アタシはさっき、自分を飾らずに生きてる人なんていないって言ったけど、リーチちゃんは違ったの。自分を飾らず、加工せず、自然体だった。それがアタシには眩しかったの」

そんな風に見えたのか？　スカートを捲られただけなのに。

「繊細さの中にも、確かな生命の息吹《いぶき》を感じたわ。例えるなら、あれはそう。極上の絹糸にも勝る流麗な美しさ。まるで、黄金《こがね》色に輝く麦畑のようだったわ」

「例えが詩的すぎてよく……。なんの話をしてるんですか？」

「陰毛だけど？」

「心温まるいい話なんかじゃなかった！　じゃあなんですか⁉　はじめの、形にこだわるのが馬鹿馬鹿馬鹿しくなったって、まさか、あそこから既にですか⁉」

「ええ、そうよ。見せる相手もいないのに、三角形にこだわるのが馬鹿らしくて」

「前振りが異常に長すぎです！　こっちは真剣に聞いてたのに！」

「誤解しないでね。リーチちゃんが下の毛に手を加えていないことは一目で明らかだったんだけど、リーチちゃんの場合、むしろ手を加える必要がないくらい綺麗だったというか、自然体ならではの躍動感があったというか」

「やめて、聞きたくありません！」

「とまあ、そういうわけで、アタシは全面的にリーチちゃんを信用したの」

こんな信用のされ方って……。

「落ち込まないで。結果論になるけど、リーチちゃんと出会えたことをアタシは本当に嬉しく思ってるわ。それはきっと、エリムも同じ。特にアタシは、こうして夢が叶ったわけだし」

「夢？　妹が欲しかったってやつですか？」

「いいえ？　美少女の下の毛を、カミソリでイイ感じに整えることよ」

「のぼせたので先に出ます」

「やだ、リーチちゃんてば、気が早いんだから。湯船に浸かってもいないのに、のぼせるわけないじゃない。逃がさなーい」

やばいよ！　この人、オレの知る中で、ぶっちぎりの変態だったよ！

立ち上がろうとしたところへ、後ろからスミレナさんが抱きついてきた。

激震が走る。ぷにぷにと、小さくてもわかる、確かな柔らかさ。

「ちょわああ‼　スミレナさん、裸で引っ付くのはまずいです！　当た、当たってます‼」

「うふ、当ててるの。ね、いいでしょ？　ちょっとだけでいいから。痛くしないから」

「完全にオッサン化していますよ⁉　スミレナさん、オレのこと、自然体なところがいいって言ったじゃないですか！」

「それはそれ。これはこれ。これは剃《そ》れ」

抗えば抗うほど、背中に感じる小さなぷにぷには、時に激しく、時に優しく形を変える。

「本気でまずいですって！　男の体だったら、これ、確実に……ッ‼」

「勃《た》っちゃう？」

「気分的には、とっくにそんな状態なんです！」

「興味深いわ。失われた男根が、まるでそこにあるかのように怒張するのを感じているのね。幻肢勃起《げんしぼっき》とでも名付けましょうか」

「変な造語を生み出さないでください！　どこで使う単語なんですか⁉」

「リーチちゃんだって、早く女の体に慣れたいでしょ？　そのためなら、アタシはいくらでも協力を惜しまないわ。というわけで、もう少し検証してみましょう」

「や、やめ……いや、そこは、あ、あはぁ！　待……さすがに、そんなところ！　その先は！ひっ……あふん！　あ、ああ、ひぃあああああああああああ‼」

オレの脳裏に、椿《つばき》の花がぽとりと落ちる光景が浮かんだ。

途中で意識を放棄してしまったので定かではないけれど、オレの悲痛な叫びは、夜も更け、近所迷惑を考えて然るべき時間帯にあって、小一時間は続いたのだった。


目を覚ましたのは、ベッドの中だった。

他には誰もいない。オレのために用意してくれた個室だろう。白い壁紙が貼られた部屋には窓を飾る薄桃色のカーテンと、水差しが置かれた小さなチェストが一つあるだけだった。

カーテンの隙間から星明かりが射し込んでいるが、まだ外は暗い。体の火照《ほて》りが残っていることから、ここに運ばれて、それほど時間は経っていないようだ。

裸のままじゃなく、ちゃんと寝間着を着ている。浴室で気を失ったオレを、スミレナさんが介抱してくれていたのを、夢うつつに覚えている。

「超～～～～～～～～～～～～～～～～～～～疲れた……」

今日一日を振り返ると、その一言に尽きる。

転生初日から強姦未遂を二度経験した。年上の女性には弄ばれた。

そういや、漏らしたりもしたっけ。

どんな化け物面かと思いきや、スタイル込みで、グラビアアイドルも裸足で逃げ出すような美少女だった。その一点だけは、超強引にプラスだと考えたとしても、それを圧倒的に上回るマイナスポイント。

今だって、仰向けだと胸が重すぎて寝苦しいったらありゃしない。翼も邪魔だ。

横を向いたら向いたで、今度はツノが邪魔して頭を固定できない。無理やり頭を埋めようとしたら、ぷすりとツノが枕に突き刺さった。

「……サキュバスやめたい」

本気でそう思いながら、なんとなく自分のステータスを確認した。

職名は、まだ【無職】のままだった。だけど……。

レベル：2（0／2）

レベルが1から2に上がっている。なんで？

「……ワケわかんねえ……」

なんかもう、考えることすら億劫《おっくう》だ。

精根尽き果てたオレは、そのまま泥のように眠り、異世界での一日目を終えた。

第八搾　レベルアップの真相

「うげ、寝すぎた」

目覚ましをかけていなかったとはいえ、日が完全に昇っている。

相当疲れていたらしく、爆睡してしまった。ベッドから飛び起き、寝間着姿で部屋を出る。

五十坪ほどある敷地の三分の二を酒場に、残りの三分の一を居住に使っている。大通りから見て、手前に酒場、奥に母屋《おもや》という間取りだ。母屋の裏手に、今は使っていない馬小屋があるらしく、そこがミノコ専用の住まいとなる。昨日のうちに聞けた説明はこれくらいだ。

母屋に人の気配はない。家人は、とっくに一日の用事を始めているだろう。

早起きの予定はなかったけど、居候の身としては少々バツが悪い。

足早に廊下を進み、母屋から酒場へ入るための、木目のついた扉を開けた。

「おはようございます！　すみません、寝坊しました！」

思ったとおり、オレが最後だ。バーカウンターの向こうにエプロンをつけたエリムがいて、野菜など食材を包丁で切っている。店で出す料理の仕込みだろう。

フロアの方では、木組みのイスに、ロングスカート姿のスミレナさんが腰かけていて、そのすぐ傍にミノコが座り込んでいた。ミノコが店に入って来られるよう、他のテーブルやイスが隅に寄せられている。

「おはよう、リーチちゃん。今日くらい、もっとゆっくりでもよかったのよ？」

木漏れ日の深緑が背景に浮かびそうな穏やかな微笑《ほほえ》みを添えて、スミレナさんが朝の挨拶を返してくれた。なのにオレは、昨日、浴室で見た彼女の裸と自分の痴態を思い出してしまい、カァーッと顔が熱くなってしまう。スミレナさんを真っ直ぐ見られない。

「リーチさん、おはようございます」

エリムがわざわざ仕込みを中断し、バーカウンターの仕切り戸を通って駆け寄って来た。

「あれ？　リーチさんの着ている寝間着って」

「ああ、これ？　スミレナさんに聞いてなかった？　上だけエリムのを借りたんだ」

両腕を左右に伸ばして、着心地は悪くなかったと伝えようとしたが、袖が余っているため、みっともなく手が隠れてしまっている。

「はは……ちょっとサイズがでかかったかな」

笑ってもらおうと思ったのに、エリムはオレがスミレナさんにしたみたいに視線を泳がせ、目を合わせるのを避けた。

「勝手に使ったの、悪かったかな？」

「ち、違っ！」

「乳が何？　あ、もしかして、また乳首透けてる？」

昨日のワンピースよりも布地が厚いから、その心配はないと思ったのに。

「そ、そうじゃなく！　リーチさんが、そんな……可愛すぎる仕草をするから……」

「なんて？　後半聞こえなかった」

「や、えと、とにかく、悪いなんてことは全然ありません！　それより、変な臭いはしませんでしたか？　リーチさんにお貸しすると知っていたら、徹底的に消臭しておいたのに」

エリムが申し訳なさそうに言うもんだから、オレは寝間着の袖に鼻を近づけて、クンクンと匂いを嗅いでみた。その様子を、エリムがはらはらと見守っている。

別に臭くなんかないけど、エリムが料理をする人だからかな。洗剤の匂いの他にも、微《かす》かに食材の匂い、食用油の匂い、調味料の匂いなんかがする。エリムに染みついた匂いが寝間着に移ったんだろう。なんとなく、人間だった時よりも鼻が利くようになっている気がする。

試しに、エリムの胸元にも鼻を近づけてみた。

「リリリリーチさん⁉」

普段着なだけあって、寝間着よりも匂いが強い。

エリムの匂いを嗅いでいると、ふと、天逸《てんいち》のラーメンのことを思い出した。

食いてーなあ。二度と食えないと思うと、余計に食いたくなる。

「ど、どうしたんですか？」

「オレ、エリムの匂い、結構好きかも」

懐かしむように言うと、エリムは「いひぇ⁉」と声を裏返した。

「言っとくけど、匂いフェチだとか、変な意味に取らないでくれよ。男臭さには慣れてるし、気にならないってだけだからな？」

「男臭さに慣れてるって。な、何故ですか⁉　ご兄弟がいたんですか⁉」

「いや、オレは一人っ子だよ」

「まさか、タクトさんですか⁉　匂いを覚えるほど頻繁《ひんぱん》に逢っていたんですか⁉」

「拓斗が、え、何？　話が見えないんだけど」

「気になるんです！　教えてください！」

エリムの剣幕に、思わずたじろいでしまう。どっか食いつくようなとこあったか？

「えと、拓斗とも、そんな四六時中会ってたわけじゃないけど。週に一、二回ってとこかな。オレ、あんまり外に出なかったから」

「つまり、一回一回の密度が……くッ」

どうしよう。エリムが何に悔しがっているのかわからない。エリムは「絶対に負けない」と意味不明な独り言を呟きながら、またカウンターの向こうへ戻って行った。

そんな遣り取りを見ていたスミレナさんが、くすくすと上品に笑った。

「リーチちゃんてば、小悪魔なのね」

「まあ。残念ながら、もう人間じゃありません」

「うふふ。そういう意味で言ったんじゃないんだけど。でもそこが可愛いわ」

「また可愛いって……。控えてくれるんじゃなかったんですか？」

「ええ。でもね、あれから一晩考えたのよ。そして、アタシなりに結論を出したわ」

「……どんな？」

「可愛いものを素直に可愛いと言えない世界なんて、滅んだ方がマシだって」

「そんなスケールのでかい話でしたっけ?」

なんにせよ、言うのをやめるつもりはないってことだけは伝わってきた。

溜息をついていると、オレの腹がくるると鳴った。ミノコにも何か食べさせてやらないと。

——と、思いきや、ミノコは既に何やら口にしていた。美味しそうにぺろぺろとスープ皿を舐めている。水、じゃなさそうだな。色が琥珀《こはく》色だ。

「それ、なんですか?」

「ミノコちゃんが興味を持っているみたいだったから、新作の味見をお願いしているのよ」

「新作?」

「お酒のことよ。そのまま出したりもするけど、アタシは何種類かのお酒を組み合わせたり、果汁を使ったりして、新しい味を作るのが好きなの」

「カクテルみたいなものですか?」

「かくてる? アタシの趣味みたいなものだから、特に決まった呼び方はないわ。たまに料理にも挑戦するんだけど、こっちはてんでダメね。エリムの足下にも及ばないの。こんなんじゃ嫁の貰い手がないわね」

明るく笑うスミレナさんに気を落とした様子はない。だけど女性がそんなことを言ったら、すかさずフォローするのが男——ではないけど、この場に限れば、それはオレの役目だろう。

オレはフェミニストとして、優しくも頼り甲斐のありそうな太い声を意識した。

「もしかしたら、こちらの世界にも同じような意味の言葉があるかもしれないですけど」

　無理でした。オレの声、超可愛いです。

　……気を取り直して。

「オレのいた世界に〝失敗は成功のもと〟ということわざがあります。失敗から学べることもある。失敗したとしても、それはちゃんとスミレナさんの経験値になるはずです。苦手意識を持たず、毎日少しずつ、エリムに基本から教わってみるのはどうですか？」

　うん、我ながら良いこと言った。

「〝ちっぱいは性交のモットー〟だなんて、大胆で面白いことわざね。貧乳に価値を見出《みいだ》した格言なのかしら。アタシのちっぱいなんかで学べるものがあるかは不安だけど、よかったら、今からアタシの部屋で軽く性交してみる？」

「朝から冗談が重すぎます」

「ふふ、ごめんなさい。半分冗談よ」

　そこは全部であってほしかった。

　オレに呆れられることすら楽しそうにカラカラと笑う。掴みどころのない人だ。

「ミノコが飲んでいるのも酒なんですよね？」

「ええ。この子、相当イケるクチよ。いい酒飲み友達になれそうだわ」

　アルコール度数はわからないけど、確かにいい飲みっぷりだ。オレが酒場に現れた時でさえ一度も顔を上げず、一心不乱に酒を味わっている。

その様子を見ていたら、ごくりと喉が鳴ってしまった。

「オレも、ちょっと飲ませてもらってもいいですか？」

「こっちでは、お酒は二十歳《はたち》になってからなんだけど、リーチちゃんの暮らしていた世界ではその年で飲んでもよかったの？」

「や、向こうでも二十歳からでしたけど」

「じゃあ、ダーメ」

「でもほら、それは人間内でのルールですし、今のオレには適用されないんじゃ」

「都合のいい時だけ他種族であることを利用するのは感心しないわね」

正論すぎて、ぐぅの音も出ない。

てか、ミノコは二十歳どころか生後二日目なんだけど、それはいいのかな……。

「とはいえ、酒場で働く以上、何かの拍子に間違って飲んでしまうことも考えられなくはないから、自分がどれくらいお酒に強いか知っておくのは大切かもしれないわ」

「でしたら！」

「ただし、もしそれで酔い潰れた場合、アタシはリーチちゃんを自室に運び込んで、しこたまニャンニャンするわ。誰にも邪魔されないようカギを閉め、場合によってはお子様に見せられない道具も使って上から下まで余すことなくニャンニャンするわ。それでもいいなら――」

「やっぱりルールは守らないとですね。この話はなかったことにしましょう」

ニャンニャンって何かな。専門用語かな。わかんないや。

「賢明ね。でも本当、お酒には気をつけなくちゃダメよ？」

「急性アルコール中毒になる危険があるからですか？」

「それもあるけど、女の子の場合、何より貞操の心配をしなくちゃダメ。女性にお酒を勧めてくるような男は、ほぼ一〇〇パーセント下心ありだと覚えておくといいわ」

「純粋に、お酒を一緒に楽しみたいって人もいるんじゃ」

「そんな甘い考えじゃ、リーチちゃん、確実にお持ち帰りされちゃうわね」

「確実にって……」

「されるわ。二〇〇パーセントされる。断言してもいい。アタシならするし」

最後のはともかく、スミレナさんの台詞には、一点の迷いも感じられない力強さがあった。

カウンターに立つエリムも鍋に火をかけながら、うんうんと頷いていた。

オレって、そんなちょろそう？

「女の子にとって、外は危険がいっぱいなの。特に、リーチちゃんみたいに田舎から出てきたような世間知らずの娘さんの場合、その危険度は計り知れないわ」

「脅かさないでくださいよ。そんな風に言われたら、一人で夜道を歩けないじゃないですか」

「待って待って。歩けると思っていたの？　言わなきゃ歩くつもりでいたの？」

「ダメ……ですか？」

「ダメに決まっているでしょう。リーチちゃんみたいな子が一人で夜道をふらふら歩くという行為は、オークとトロルとゴブリンとスライムとペロメナの群れの中を全裸で横断するくらい危険なことなのよ？」

「どうなるんです？」

「それはもう凄いことになるわ。べとべとのぐちょぐちょでめちゃめちゃよ」

「……ペロメナってなんですか？」

「ペロメナは触手の生えた水棲《すいせい》モンスターよ。十本ある触手のうち、一本だけ先端が生殖器になっているの。これを雌の体内に挿入して受精させるわ。他種族間では受精なんてできないんだけど、雌なら種族に関係なく襲い掛かるわ。理由は、その触手が生殖器官であると同時に、摂食器官も兼ねていて、そこから雌が分泌する愛え——体液を好んで摂取するためだとか」

「詳しい説明をありがとうございます。ぞっとしました」

「触手に襲われるのは未経験でも、女として襲われる怖さは、冒険者との一件で理解しているわね？　若い娘さんには、そんな危険が常につきまとっているのよ。それなのに、もし呑気《のんき》に一人で夜道を歩いている子がいたら、アタシなら即持ち帰——保護して一晩中説教するわ」

この家ってさ、本当に安全？

身近なところで危険を感じていると、エリムが「心配いりません！」と声を大にした。

「リーチさんが外に出られる時は、ぜひ僕を供に連れて行ってください。リーチさんに不貞を働こうとする輩は、この僕が命に代えても近づけさせませんから」

ドン！　と薄い胸板に拳を当てて、そんな頼もしいことを言った。喉元まで出かけていた、

「でもお前、めっちゃ弱いじゃん」という身も蓋も無い台詞は空気を読んで飲み込んだ。

「リーチちゃん、これも覚えておきなさい。ウチの弟みたいにね、一見人畜無害そうに見える奴ほど危ないのよ。女慣れしていないから、逆に歯止めが利かないの」

「姉さんは誰の味方なのさ⁉」

「可愛い女の子の味方よ。決まっているじゃない。弟とか、ちょっと意味がわからないわ」

「こっちの台詞だよ！」

　この姉弟の遣り取り。どこまでが本気で、どこまでが冗談なのかわからないため、オレには苦笑いで場をやり過ごすくらいしかできなかった。

「そんなことより、リーチちゃん、転生二日目を迎えたわけだけど、体調に変わりはない？」

「はい、特には」

　男から女。そして人間から魔物であるサキュバスに転生したことも、一晩経って受け入れることができた。というより、考えてもどうにもならないので諦めた。

　諦めたと言っても、まだ自分の裸すらまともに見ていないし、胸の重さには辟易《へきえき》している。

　トイレも森の小屋で済ませたっきりだ。……またそろそろ尿意が。

「よかった。アタシは二日目が辛いから、安心したわ」

　なんの二日目ですか？　と危うく訊き返しそうになって、やめた。

「あ、一つ気になってることが。昨日の夜、なんとなくステータスを確認したらレベルが2に上がっていたんです。でも、何がきっかけで上がったのかわからなくて」

「あー、レベル。レベルね。上がってたの？　それはそれは、あらあら」

スミレナさんのリアクションを見て、オレはピンときた。

「もしかして、サキュバスのレベルについて知ってるんですか？」

「ええ、まあ。知っていると言えば知っているわ。昨日、少し話に出たけど、リーチちゃんの他にもサキュバスの知り合いが一人いるから、そのツテでね」

「教えてくれませんか⁉」

「それは構わないけど、リーチちゃんの性格だと、まず間違いなくショックを受けてしまうと思うわ。サキュバスのレベルは、ちょっと特殊だから」

「それでも、自分のことです。知っておきたい。知っておかなくちゃいけない」

オレは重々しく、だけど力強くスミレナさんを見据えた。

「……いいわ。エリム、アナタもこっちへいらっしゃい」

スミレナさんが、カウンターの向こうで洗い物をしていたエリムも呼んだ。冒険者を志しているというエリムにとっても実になる話だからだろう。

オレとエリムが並び、正面に座るスミレナさんとテーブルの一つを挟んだ。

「この話は、リーチちゃんだけじゃない。エリムにとっても辛いものになるわ」

「僕にも？」

「ええ。二人の気持ち次第だけど、最悪の場合、互いが互いを避けることになってしまって、今までのような友人関係には戻れなくなるかもしれない。それでも聞く覚悟はある？」

そこまで念を押すほどのことなのか。

情報と友達。どちらかを選べというのなら、オレは……。

無意識に握り固めていた手に、エリムがそっと自分の手を添えてきた。

「安心してください。たとえ、どんな真実を知ったとしても、僕の心がリーチさんから離れていくことはありません。僕を信じてください」

「エリム……」

「よく言ったわ。リーチちゃん、アタシからもお願い。エリムを信じてあげて」

そうだった。オレはエリムを信用するって決めていたんだ。

そのエリムがここまで言ってくれているのに、オレが応えなくてどうする。

「……信じます。……話してください」

スミレナさんとエリムが、姉弟揃って「ありがとう」と言った。

礼を言わなきゃいけないのは、どう考えてもオレの方だ。

場に充満していた緊張を一新させて、スミレナさんが話し始めた。

「まず、サキュバスのレベルが表しているのは魔力量よ。レベルアップに伴い増えていくわ」

「魔力ですか。確か、エルフもそうなんですよね？」

「エルフの場合は魔力の強さ。質、純度とも言えるかしら。少しだけ違うの」

料理で例えるなら、量にこだわるか。味にこだわるかみたいなものか。

「何より、エルフと決定的に異なるのは、レベルアップに必要な経験値の取得法ね。エルフは鍛錬や知識によって経験値を蓄積していくけど、サキュバスは全く別」

「サキュバスのイメージ的に、ろくな取得法じゃない気が……」

「その予想はあながち外れていないわね。けど、どうすればレベルが上がるのか、はっきりと数字で確認できるし、明確でわかりやすいわ。リーチちゃん、ステータスを見てくれる?」

言われて目に意識を集中し、ステータスを浮かび上がらせる。

職名は相変わらずの【無職】。他の項目も変わりなし。

「レベルの項目を見て。(0/2)か(1/2)って書いてない?」

「書いてます。レベル2(0/2)って。昨日は(0/1)でした」

「その分数がレベルアップに必要な経験値を表してるの。(1/1)になった時点でレベルは2に上がって、表示も(0/2)に更新されているわ」

「じゃあ、(2/2)になったらレベルが3に上がって、表示は(0/3)になるんですか?」

「いいえ。レベルアップに必要な経験値は倍々になっていくってその知人は言っていたから、次は(0/4)、その次は(0/8)になると思うわ」

レベルアップが飛躍的に大変になっていくのは、まんまRPGと同じだな。

「それで、この数字は具体的に何を示しているんですか?」

「その前に確認させて。リーチちゃん、昨日は何人の男性と会った?」

「男性って、オークなんかも数に入れるんですか?」

「種族問わずでお願い」

「じゃあ、オークが一匹、クソ冒険者が四人、それとエリムを足して、合計六人ですね」

ギリコという名前の人外さんは、対面したわけじゃないからカウントしていない。

「レベルアップに気づいた時間帯を考えると、オークは除外されるわね。冒険者たちの誰かという可能性もあるけど、状況を考えると……」

ぶつぶつと、スミレナさんは一人で何事かを思案している。

置いてけぼりを食っているオレとエリムは顔を見合わせ、首を傾げた。

「……はぁ。やっぱり間違いなさそうね」

ややあって結論が出たのか、スミレナさんは眉間《みけん》を指で摘まんだ。

何から話せば一番丸く収まるだろうか。そんなことを考えていそうな表情だ。

「……サキュバスの経験値は、対象を新規開拓することで蓄積されるの。経験値をポイントとして考えるなら、一人から得られるのは1ポイントだけ。レベル2になるためには、一人からポイントを得ればレベルは上がるわ」

「新規開拓って？」

「一度でも対象からポイントを得たなら、その対象からは、もう二度とポイントを得られないということよ。同じことを何度繰り返したとしてもね」

「や、まだ全然わからないんですけど。対象ってなんです？」

「男性のことよ」

「男性？　男に何かさせればポイントが入るんですか？」

「射精よ」

「しゃ…………………へ？」

「ドピュ、の射精よ」

聞き取れなかったと思ったのか、スミレナさんは擬音付きで繰り返した。

「え、ちょ、待って……待ってくださいよ！　オレ、何も変なことはしてませんよ⁉」

身の潔白を訴えるつもりで、テーブルに両手をついて声を張り上げた。

「嘘じゃないですよ⁉　襲われかけた時も、寸前でミノコが助けてくれたんですから！」

「落ち着いて。必ずしもリーチちゃんが何かする必要はないわ。直接的であれ間接的であれ、リーチちゃんがきっかけで男性が精を排出すれば、その人物が、たとえいつどこにいようと、リーチちゃんの経験値として換算されるの」

「オレがきっかけって……」

「つまりね、リーチちゃんをオカズに――」

「ストオオオオオオオオオォォップ‼　わかりました！　もうわかりましたから、それ以上は言わなくていいです！　言わないでください！」

サキュバスのことだから、性に関することじゃないかと予想はしていた。

でも、でもでもでもでも、これは完全に予想外だろぉぉぉ。

……じゃあ何？　昨日の夜、オレのことを、その……オ、オカ……にして、誰かがそういうことをしたわけ？　自家発電的な行為を？　おいおいおいおい、誰だよ。

オークは、ソッコーでミノコが食っちゃったから対象外。

冒険者たちも、四人のうち二人は重傷。そんなことができる余裕はないはずだ。

残り二人も、腰を抜かすほどオレとミノコのことを怖がっていたし。

てことは、てことは？　残るは一人。

恐る恐る隣を見ると——

だくだくと滝のような汗を流しながら、エリムが顔を背けていた。

「エリム……お前、まさか……」

明後日《あさって》の方角を向いているエリムの肩が、脅えたようにビクリと跳ねた。

「リーチちゃん、エリムを許してあげて。十代の男子が女子の胸を揉んだり、下半身丸出しの衝撃映像を見たりなんかしたら、それはもう如何《いかん》ともしがたいことになるのよ。その気持ち、リーチちゃんならわかるでしょ？」

………わかる。

「これがサキュバスのレベルアップの真相よ。人間の場合だとレベルは強さを表す指標になるけど、サキュバスの場合は魔力総量を表すと同時に、どれだけ異性を欲情させてきたかを示す戦績でもあるわけね」

こうなってしまうと予想できていたのか、スミレナさんは、何も言えずにいるエリムに肩を竦《すく》めるばかりだ。ミノコは我関せずで酒をあおり続けている。

オレがなんとかしないと。ここで選択肢を間違えたら、スミレナさんが言っていたように、エリムとの友達関係が崩壊してしまう。それだけは絶対に回避しなきゃ。

「えと、あんまり気にするなよ？　男がそういうことするのは普通だもんな。うん、生理現象みたいなもんだ。わかるぞ。オレだってその……何度もやったこと、あるし」

「リーチさんも？」

「い、言っとくけど、生まれ変わる前の話だからな」

今はそんなことできない。やり方もわからない。つーか、女性もいる前でなんつー話を。

「僕を、許してくれるんですか？」

「オレが許すも何も、そういうのは個人の自由だと思うし」

「だとしても……僕は、リーチさんを悲しませてしまいました」

「いや、別に悲しいなんてことは全然ないんだけど。ひたすら気持ち悪いと思っただけで」

「ぐふっ」

しまった。立ち直らせるつもりが、つい正直に言って追い打ちをかけてしまった。

オレは一縷《いちる》の望みをかけ、スミレナさんに目で助けを求めた。

「エリム、後ろめたく思うことなんてないのよ。思春期の健全な男の子なら、一つ屋根の下で可愛い女の子が寝泊まりしている状況にドキドキしないはずがないもの。むしろ、しない方がおかしいわ。その流れで自慰行為に耽《ふけ》ってしまったのだとしても、それは水が高きから低きに流れるように自然なことだとアタシは思う」

「う、ぐぅぅ」

「自分を責めないで。アタシはエリムの味方であり、理解者でもあるから」

あれ？　さっき、弟とか意味がわからないって言ってた気が。

「リーチちゃんの魔性のおっぱいに一度でも触れてしまったら、その苦悩は等しく訪れるわ。にもかかわらず、サキュバスの滲み出るエロさに理性を失うことなく、自己処理という、最善かつ、平和的な手段を取ったことに敬意を払いたいくらいよ」

果たして、スミレナさんの言葉はフォローになっているんだろうか。

あと、魔性のおっぱいとか、滲み出るエロさとか、こっちにもダメージ飛んで来てます。

スミレナさんの、泣き面に蜂としか思えない説得は続く。

「安易に夜這いをかけなかったことを姉として評価させてちょうだい。単にヘタレだっただけとも考えられるけど。それと念のため、この後、リーチちゃんには部屋にカギをつけることを勧めるけど。それでもアタシは弟の成長を誇らしく思う。昔はこんなに小さかったのに」

慈《いつく》しんで言ったスミレナさんが、人差し指と親指で五センチほどの間隔を作った。

それ、なんのサイズ？　どう見ても身長じゃないですよね？

というか、エリムがそろそろ死にそうなんですけど。

「一人エッチは男の本能よ。恥じることじゃない。だからいつまでも顔を背けていないで胸を張りなさい。たとえ、リーチちゃんがエリムを軽蔑《けいべつ》して、不潔！　汚らわしい！　二度と顔も見たくないわ！　この下半身直結野郎！　と、本心ではそんな風に思っていたとしても」

ライフルで心臓を撃ち抜かれたかのように、エリムがテーブルに沈んだ。

実の姉にトドメを刺されるとは、哀れな……。

「リーチちゃん、ごめんなさい。なんだか失敗しちゃったみたいだわ」

「途中から、わざとだとしか思えなかったんですけど」

「……嫌われた。……完全に嫌われた」

テーブルの上にエリムの涙が広がっていく。オレは呆れとは違う、同情の溜息をついた。

「嫌ってなんかないってば」

「……怒って……ないんですか？」

「怒ってないよ。男にそういう欲求があるのは理解してるんだから」

「では……まだ僕と……友達でいてくれますか？」

「当たり前だろ。こんなの、ちょっとした猥談《わいだん》みたいなもんだって」

「う、うぅ、そう言っていただけると……」

実際、元男のオレにとっては珍しくもない、慣れた話題だ。

なんせ、拓斗は口癖のように「彼女欲しい。彼女欲しい」と言うからな。

おっぱいは大きい方が好みだの。ブロンドの美人を彼女にしたいだの。ちょっとアホっぽいくらいがカワイイだの。あいつはオープンスケベなので、そこから猥談に発展していくこともしばしばだった。基本、オレは聞いてるだけだったけど。

「あー、でも、一個だけお願いしてもいいかな？」

「な、なんでしょう？」

「えっとな、アレのやり方にとやかく言うつもりはないんだけど。オレのことをオカズにしてアレするのだけは…………もうやめてほしいかなって」

「ああああああああああああああああああああっ‼」

叫びながら立ち上がったエリムは、そのまま店の出入り口についているスイングドアを破壊しかねない勢いで、猛然と外に飛び出して行った。

呆然とするオレをよそに、スミレナさんが嘆息し、埃を立てられたミノコが苛立たしげに、「モフッ」と鼻息を荒らげた。

「上げてから落とす。リーチちゃん、容赦ないわね」

「オレのせいなんですか？」

「エリムを庇《かば》うわけじゃないけれど、女友達をオカズにっていうのは、別におかしなことでもないんじゃない？　そりゃあ、面と向かってオカズにしてます。なんて言われたら、さすがに殴っていいことだと思うけど」

「女友達が一人もいなかったんで、よくわからないです。というかエリムって、オレの前世が男だってこと、まだ知らないんでしょうか」

「アタシは言ってないわよ？」

マジか。風呂場でスミレナさんには言ったから、てっきりエリムにも伝わっているものと。

オレのミスだ。見た目はこんなでも、中身が男だと知っていたら、エリムだって妙な考えは起こさなかっただろうに。

「エリムが戻ってきたら、ちゃんと説明します」

「いえ、それはやめておきましょう。言わない方がおもし、コホン」

「今、面白いって言いかけました？」

「気のせいよ。言えば、そう、重しになってしまうと言おうとしたの」

「なんの重しですか？」

「心の重しよ。リーチちゃんの心は、今も男の子なのよね？」

「はい。益荒男《ますらお》の魂が宿っています」

「益荒男（笑）はともかく、考えてもみて。話せば、エリムは男で自慰行為をしたという業を背負うことになってしまうわ。そんなことになったら、あの子の心はおそらく耐えられない。さっきの様子を見てもわかるでしょう？　廃人になってしまうかもしれないわ」

「そ、そこまでの事態に……」

「だからね、アタシからのお願い。リーチちゃんは前世でも女の子だった。しばらくでいい。そういうことにしておいてあげてほしいの」

「エリムに真実を打ち明けても大丈夫だと判断できるまでですか？」

「ええ。そのタイミングはアタシに任せてほしい。悪いようにはしないから」

エリムのことは、姉であるスミレナさんが一番よくわかっている。

そのスミレナさんが言うんだ。言うとおりにした方がいい。

「……わかりました。それでエリムが、これ以上傷つかずに済むなら」

「リーチちゃんって、ホント可愛いわ」

「なんで今言うんです？」

「うふふ。なんとなくかしら」

深刻な話をしていたはずなのに、どうしてそんなに楽しそうなのか。

「まあ、今の時点で話しちゃっても大丈夫だとは思うんだけどね」

「オレは信じています。エリムなら、何があっても友達でいてくれるって」

「友達……友達ね。あの子の道のりは険しそうだわ」

険しくても、オレは、オレたちは乗り越えてみせる。

友達のさらに先——親友と呼び合える仲になるために。

「それにしても、少し惜しかったわね」

スミレナさんが頰に手を添え、残念そうに言った。

「何がですか？」

「何って、リーチちゃんの経験値よ。ポイントを得られる対象が男性に限定されてなければ、(0/2) じゃなくて (1/2) になっていたのにね」

「それ、どういう——」

訊き返そうとしたが、オレは途中で言葉を切った。……深くは考えまい。

「さて、この件はひとまず置いておくとして、リーチちゃんの朝ごはんはどうすればいいの？

アタシたちと同じ食事じゃダメなのよね？」

「あ、はい。ミノコのミルクしか栄養にできません。そのことで、ちょっと問題が」

人間から魔物に転生したこと。本《もと》を正せば全部そこに集約されるのは間違いないんだけど、差し迫った問題に限るなら、やはり食事事情にブチ当たる。

これに気づいたのは昨夜のことだ。風呂に入る前に、朝食用のミルクをしぼらせてもらおうとした。そしたらどういうわけが、ほとんど出なかったのだ。

この原因について、ミノコがモゥモゥと、次のようなことを教えてくれた。

しぼれるうちにしぼらないと、体内のミルクは一、二時間でどこかへ消えてしまう。

どれだけ食べても大便小便を排泄する必要はなく、これまたどこかへ消えてしまう。

どこかってどこだ……。四次元か？

あと、食い溜めとかできないから、少なくとも朝晩二回は食べさせてほしい。

最低限は腹が膨れないとミルク出ないと思うから、そのへんもよろしく頼む。

だそうだ。ウチの牛様が、極めて衛生的でクリーンな生命体であったことは喜ばしいけど、食った先からしぼらないといけないのは忙《せわ》しない。何より、食い溜めができないってことは、オークを食ったから三日は何も食べなくてもいいとか、そんな計算は通用しないってことだ。

必然的に、大量の備蓄を常に用意しておかなきゃならない。

「なるほど、食費が凄いことになるわけね。馬が食べる飼料みたいなのじゃダメなの？」

「……食べ物の好みは、どうも人間に近いらしくて」

「今からでも追い出されたらどうしよう。なんて考えていそうな顔だわ」

胸中を見透かされ、オレは視線を落として「すみません……」と謝った。

「馬鹿ね。昨日言ったでしょ？　リーチちゃんは、もう家族同然だって。それはミノコちゃん込みで言ったのよ？　大食らいが理由で家族を追い出したりなんてしないわ。リーチちゃんを追い出すくらいならエリムを追い出すわ」

「やめたげてください」

「食い溜めはできなくても、しぼり溜めならできるわけね。なんにせよ、どれくらい食べればミルクが出るのかを調べないと。店にある食材で試してみましょうか」

ミノコは消化吸収が異常に早いのか、腹を満たせば、食べたそばから勢いよくミルクを出すことは、昨日のうちに実証済みだ。

そこで、オレがミノコの乳首を絶えずにぎにぎしつつ、乳しぼり未経験のスミレナさんにはわんこそばを給仕するように、どれだけ食べたか量りつつ、食材を与えていってもらうという分担で検証することにした。

「ミノコちゃんって牝なのよね？　リーチちゃんが握ってるのって、ミノコちゃんのおっぱいなのよね？　ちんこじゃないわよね？」

やる前からやる気を根こそぎ削がれかねないコメントにも負けず、検証を始める。

用意してもらった食材は生野菜が中心だった。

一〇キロくらいまでは変化なしだったが、そこから少しずつ乳房が膨らみ始め、だんだんと掌に伝わる乳首の弾力も強さを増していった。そして、二〇キロを超えたあたりで、

ドブシュッ！

と、真っ白なミルクがようやく射出された。

ミノコに「腹は膨れたのか？」と訊くと、「ぼちぼち」と返された。

ここまででかかった食材の費用は、およそ15，000リコ。食材によって、値段の上下はあるけど、一回の食費が15，000リコだとすれば、朝晩二回でも一日30，000リコ。

ちなみに〝リコ〟というのは、この世界で広く使われている通貨単位だそうだ。オレはまだ現物を見たことがないけど、紙幣は無く、硬貨だけが流通しているんだとか。大の男が酒場で腹いっぱい飲み食いしても、5，000リコを超えることは滅多にないという。

ミノコが加わったことで、この家のエンゲル係数が大変なことになるってのに、乳しぼりを初めて見たスミレナさんのテンションは、異様なほどに高い。

「すごい、すごいわ！　リーチちゃんがしこしこしたことで、白くて濃いミルクがドピュッと出たわ！　これ、普通に見物料を取れちゃうんじゃない⁉」

ミノコの食費を稼ぐ手段を考えてくれるのはありがたいが、そういう公序良俗に反しそうな見世物で金策するのは勘弁願いたいです。

ここで一旦休憩を挟み、しぼったミルクでオレも朝食を済ませた。

「それ、美味しいの？」

「かなり。そのまま飲んでも良し。料理に使っても良しです。一口どうです？」

「あー、うーん、どうしようかしら」

この世界には他種族の乳を飲むという習慣がない。そのため、牛乳を飲んだことのない人がこれを口にするのは、かなりの抵抗感があるだろう。

「牛乳は体にもいいんですよ。骨を強くしてくれますし」

「でもねえ……」

「それに、胸が大きくなる、なんて話もあったりします」

「とりあえず、五リットルくらいもらおうかしら」

もしかして胸が小さいこと、実は気にしてたりするんですか？

女性の抱える体の悩みに踏み込むことはするまいとし、オレは何も訊かず、スミレナさんのためにミルクをガラス製のコップに注いだ。

「どうぞ」

「おかわり」

早ッ！　さっきまでの抵抗など、まるで感じさせない高速一気飲みだった。

要求された二杯目をスミレナさんに手渡しながら、味はどうだったかを尋ねた。

「美味しかったわ。それよりおかわり」

「早いですってば！　お腹壊しますよ⁉」

味の感想もそこそこに、三杯目を要求された。スミレナさんの表情があまりにも真剣だったため、牛乳で胸が大きくなるという話が眉唾物だとは、今さら言い出せなかった。

「しぼれるだけしぼってみましたけど、大体一〇リットルってところですかね」

「大雑把に考えて、食べた分の半分くらいをミルクとしてしぼり出せた計算かしら」

二リットルほどスミレナさんが飲んでしまったが、ストックとしては十分だ。

だけど、ストックの有無に関係なくミノコの腹は空く。食費の問題は何も解決していない。

「できれば朝昼晩と、三食ミノコちゃんに食べさせてあげたいわ」

「さすがに三食は厳しいんじゃ……」

会話を傍で聞いているミノコが不満を口にする代わりに、ふしゅーと力ない鼻息を立てた。

「ミノコちゃんのお腹を満たせば、またミルクをしぼれるのよね。仮に、今と同じだけの量を日に三度食べたとすると、得られるミルクは約三〇リットル。アタシたちだけで消費するには多すぎるわ。だけど、しぼらないのももったいないわよね」

「飲み切れないんじゃ、しぼっても腐らせるだけですよ」

「余った分は、お店で売り出してみるのはどうかしら」

「売れますか？」

「売れると思うわ。味は確かなんだし。後でエリムにも飲ませてみましょう」

それが本当なら、スミレナさんの申し出は天啓《てんけい》にも等しい。

「ところで、リーチちゃんの暮らしていた世界では、このミルクをただ飲むだけじゃなくて、料理に使ったりもしているって言ったわよね？」

「はい。でも、オレは食べるばかりで料理したことがないので、レシピはわからないです」

「それでも味は覚えているでしょうし、記憶にあるだけでいいから、エリムに教えてあげるといいわ。試行錯誤で何か再現できるかも」

「なるほど。店のメニューに加えるんですね」

店の収益アップに繋がる可能性があるなら、なんでも試していくべきだろう。

「それもあるけど、もしかしてミルクを使った料理なら、リーチちゃんも普通に食べることができるんじゃないかって思ったのよ」

その光景を、本当に楽しみにしているのがわかる笑顔でスミレナさんは言った。

「オレのため？」

「何度も言うけど、リーチちゃんはもう家族同然なのよ。家族と一緒に食事できないなんて、そんなの寂し——って、リーチちゃん、どうしたの？」

ああ。やばい。

堪《こら》えるなんてできない。

それくらい、スミレナさんの優しさは胸に染み込んできた。

俯くとすぐに、ぱた、ぱた、と板張りの床に雫が落ちた。

スミレナさんが静かにオレの頭を胸に抱いて、ぽんぽんと背中を叩いてくれた。

「……あ……と……ざ……す……」

嗚咽《おえつ》が混じり出す中、しぼり出すようにして礼を言ったけど、かすれて言葉にならない。

店の手伝いでもなんでもいい。少しでも早く恩を返したい。

オレはそんな風に考えるようになっていた。

第九搾　味噌汁みたいに言うんじゃねえよ

外で頭を冷やしてきたのか、エリムは一時間ほどで帰ってきた。

「エリム、ちょっとそこでオナりなさい」

そしてスミレナさんによる、ブッ飛んだこの台詞である。

「間違えたわ。そこへ直りなさい」

その間違え方はない。エリムはそうしろと言われるまでもなく板張りのフロアに正座した。

とりあえずとばかりに、スミレナさんの拳骨がエリムの脳天に一発落とされる。

「エロム——いいえ、エリム。アナタ、リーチちゃんに偉そうなこと言ってなかったかしら？ 僕を信じてくださいとかなんとか」

「い、言い訳はしない。僕は男として、最低なことをしてしまった。後悔しているんだ」

「口だけならなんとでも言えるわ。その誠意を、どうやって見せるかが大事なの。まさかとは思うけど、なんの考えもなく戻ってきたわけじゃないわよね？」

スミレナさん、弟には本当に厳しいな。

対するエリムは、ぎりっと歯を噛みしめてから、決意を宿した唇を持ち上げた。

「自分への戒めとして、誓ったことがあるんだ」

「何を誓ったのか言ってみなさい。もしロクでもないことだったら、手加減なしで、頬っぺたパチンってするからね」

「僕は……一週間、ううん、一ヶ月間、自慰行為を封印するっぱぶるあッ!?」

痛烈な快音が店内に響き渡った。

パチン、なんてカワイイもんじゃない。女性の細腕が繰り出したとは思えない、スナップの利いたビンタがエリムの首を九十度以上回転させ、かけていたミニグラスが床に落ちた。

「何を言い出すかと思えば。それが遺言でいいのね？」

「ま、待って、姉さん！」

「気安く姉さんなんて呼ばないで。アタシに弟なんていない。いるのは妹だけよ」

いや、妹もいないでしょうが。それ誰のこと言ってるんですか？

「さようなら、エリム。もし、リーチちゃんみたいに可愛い女の子に生まれ変わったら会いに来なさい。そしたら妹として迎えてあげる」

別れの言葉を告げたスミレナさんが、今度は拳を形作った。

「ス、スミレナさん、落ち着いて、冷静になってください！」

咄嗟《とっさ》に二人の間に割って入り、オレはエリムを背中に庇《かば》った。

「リーチちゃん、どいて。そいつ殺せない」

「殺しちゃダメです！　オレには、エリムの誠意が痛いほど伝わってきました！」

「たかがオ●禁で？」

「たかが!?　それは違います！　思春期の男子にとって、自慰行為を封印するということが、どれほど過酷な所業なのか、スミレナさんは全然わかっていません！」

「それは、確かに女のアタシではわからないけれど」

「一日二日なら、それほど苦もなく我慢できるでしょう。だけど一週間ともなると、ただ強い精神力だけでは絶対に不可能です」

この台詞、全部オレにも返ってくるんだけど、今はとにかくエリムを擁護《ようご》だ。

「絶対に不可能？　エリムは一週間どころか、一ヶ月と言ったわよ？」

「そうです。だからこそ不可能を可能にする、とてつもなく強固な信念が必要になるんです。想像を絶するような苦行に挑もうというエリムの覚悟を汲んでやってくれませんか⁉」

熱弁が功を奏したのか、しん、と店の中に張り詰めたような静けさが満ちた。

スミレナさんが、オレの目と、後ろにいるエリムを交互に何度も見つめている。

「男の子にとってのオ●ニーって、そこまで欠かせないものだったの……」

シリアスな空気の中でいちいち指摘しないけどさ、オレやエリムがわざわざ自慰って単語を使って表現を和らげているのに、この人、普通に言うよね。

オレの懸命な説得が通じてくれたようで、スミレナさんが肩から力を抜いてくれた。

「当事者であるリーチちゃんがそこまで言うなら、アタシにとやかく言う筋合いはないわね。危うく、大切な弟を殴殺《おうさつ》してしまうところだったわ」

「失った信頼は行動で取り戻すよ。一ヶ月間、何がなんでも禁欲に耐えてみせるから」

「お手並み拝見ね」

やれやれ。一時はどうなるかと思ったけど、なんとか姉弟仲を取り持つことができた。

肩の荷が下り、ホッとしてテーブルに突っ伏していると、床に落ちていたミニグラスを拾い上げたエリムが、「あの……」と遠慮がちに話しかけてきた。

「また、リーチさんに励まされてしまいましたね」

また？　ああ、森を出る時、童貞でも恥ずかしくないって言った時のことか。

「別にいいって。大したことはしてないだろ」

「いえ、そんな風に言えるリーチさんの偉大さを再確認しました。冷静に考えれば、女性には馬鹿げたことにしか聞こえないのに。リーチさんは馬鹿にするどころか、男の立場になって、姉さんに意見までしてくれて」

そりゃまあ、実際中身は男だしな。オ●禁一ヶ月がどれだけハードミッションなのかも想像できるし。――とは言っちゃダメなんだっけか。

「リーチさん、僕は必ずこの試練を乗り越えて、一皮剥けた男になってみせます」

「ああ、応援してる。頑張れよ」

そう言ってやると、エリムは直角に腰を折ってお辞儀し、きびきびとした動作で途中だった料理の仕込みに戻っていった。

『かくして、エリムの果てしなく辛い戦いが幕を開けたのだった。だがしかし、この時はまだ誰も想像していなかった。エリムにオ●禁させたことによって、まさか、あんなことになってしまうなんて……』

「……スミレナさん、変なモノローグを入れないでくれますか？」

オレの耳元でぼそぼそと、立てなくてもいいフラグを立てようとしてくる。

「リーチちゃん、呑気に応援なんてしてるけど、ちゃんとわかってる？　エリムに禁欲させたとしても、性欲がなくなるわけじゃないんだから。むしろ、解消する手段を奪ったわけだし、日を追うごとに暴発の危険が高まるんじゃない？」

「そ、そうなる前に、さすがに自分で処理するんじゃ？」

「弟自慢になってしまうけど、エリムは、一度した約束は必ず守ろうとするわ。だから絶対にやらないと思う。自分の意志とは無関係に、理性が飛んでしまわない限りね。けど一週間でも難しいなら、一ヶ月なんて無理じゃない？　飛ぶわよね？　そうなったら、一番美味しそうなオカズに矛先が向くんじゃないかしら」

「エッチな本……とか？」

「もっとも一っと美味しそうな、新鮮なオカズがここにあるじゃない」

笑顔で言い、スミレナさんが、ぷにぷにとオレの胸を人差し指で突いてくる。

ふんふん、なるほどね。

「よし、やめさせましょう。禁欲なんかしたっていいことはありませんよね。体にも悪いし。人間、好きなことをして生きていかなきゃ」

「アタシは姉として、エリムの覚悟を汲んであげたいわ」

いやー。いーやー。耳が痛ーい。

「それにある意味、いい練習になるんじゃないかしら。リーチちゃんには、まだまだ女の子の危機感が足りなすぎよ。だから手頃な狼を身近に置いておくことで、自分は食べられる立場にあるんだっていう意識を養うの」

「れ、練習ってことは、本気で危なくはないですよね？　大丈夫なんですよね？」

「んふ。いい感じで緊張感が出てきたじゃない。いざとなったらアタシが止めてあげるけど、リーチちゃんも、自分の身は自分で守れるようにするのよ？」

あのさ、言っていいかな。

この家、実は安住の地でもなんでもないんじゃないの？

そこはかとなく身の危険を感じていると、さっきしぼったばかりのミルクをスミレナさんがグラスに注ぎ、エリムのいるカウンターに置いた。

「さあ、ぐいっとやっちゃいなさい」

「これは？　まさか、姉さんの作ったお酒じゃないよね？」

エリムがミルク——牛乳を見るのは、これが初めてだ。

他種族の乳だとわかれば、ほぼ例外なく、この世界の住人は抵抗を覚える。

なら、牛乳だと知らずに飲めばどういう反応をするか。それをエリムで検証するつもりだ。

「お酒じゃないわ。美味しいから、騙されたと思って飲んでみなさい」

スミレナさんが促すも、エリムはグラスの底を透かしたり、軽く振ってみたりするだけで、なかなか口をつけようとしない。牛乳独特の白さって、他の飲み物にはないせいか、初見だとどうしたって怖いものがあるよな。

「やっぱり、見た目だけでも抵抗があるようですね」

「そうね。アタシも、牛乳に胸を大きくするという効果がなければううん、なんでもないわ」

そのコンプレックス、隠しておきたいんですね。

「ちんこを大きくするっていう効果はないの？」

「そういう効果は聞いたことがありません」

てかホント、言葉に気を遣ってくれませんかね。

「こうなったら、奥の手を使うしかないわね」

言って、スミレナさんがエリムに何かを囁《ささや》きに行った。すると、エリムは「え？」と驚いた顔をして、手に持っているグラスとオレに、何度か視線を往復させた。

そして、口をつける前にごくりと喉を鳴らしたかと思いきや、さっきのスミレナさん同様、一息でグラスの中身を飲み干してしまった。

「……お、美味しい！」

エリムの表情と感想に、うんうんと満足げに頷くスミレナさんが隣に戻って来た。

「エリムになんて言ったんです？」

「サキュバスは、妊娠しなくても母乳が出る体質なのよって言ったの。嘘だけど」

「へえ。…………え？」

その意味を理解すると同時に、エリムがオレの前にやって来た。

「リーチさん！」

正面に立ったエリムは耳まで真っ赤に染まり、全身に緊張を張り巡らせている。

そんなエリムが次に口走った台詞は、オレの人生において、迷言として永遠に刻み込まれてしまうほどにトチ狂ったものだった。

「僕に、毎日アナタの母乳を飲ませてくれませんか⁉」

「味噌汁みたいに言うんじゃねえよ」

ひくひくと顔を引きつらせながらエリムの誤解を解いている間、元凶であるスミレナさんは愉快そうに笑いを堪えていた。

「スミレナさん……」

「うふふ、ごめんなさい。とにかく最初の一口を飲んでもらわないと話にならないと思って。うまくいったことだし、牛乳のメニュー化についてはおいおい考えていくとして、先に接客のマニュアルをリーチちゃんに教えておかないとね」

そう。本日より、オレは晴れて勤労デビューする。

アルバイト経験すらないオレがなんの役に立てるのか心配だったけど、とんでもない。

仕事はいくらでもあった。酒場【オーパブ】では、それこそ猫どころか、サキュバスの手も借りたいほど人手が足りていない状況だったのだ。

姉と弟の二人だけでは、全てのサービスを完璧に提供するのは現実的に無理だ。そのため、注文取りは、客にバーカウンターの前まで足を運んでもらって行う。そして食器の片づけは、基本、セルフサービスだった。

片づけと言っても、食器を所定の場所にさげてもらうまでだ。洗い物やテーブルの清掃は、酒担当のスミレナさんと、料理担当のエリムが手の空いた時間を見つけて行っていた。

向こうの世界でいうところの、ファーストフード店のようなスタイルだ。

そこで、オレに求められた仕事は単純明快。

オレが注文を取り、客が帰れば食器をさげてテーブルを清掃する。これだけだ。

これだけなんだけど、この仕事をしっかりとこなせば、店としてのサービスは向上するし、スミレナさんとエリムの負担も格段に減らすことができる。はっきり目に見えて店への貢献が期待できる分、勤労意欲もめきめきと湧き上がってきた。

「気を張りすぎないでね。今日一日頑張れたら、お姉さんが、ご褒美にイイコトしてあげる」

ぷるんと瑞々《みずみず》しい唇に人差し指を当てたスミレナさんが、語尾にハートのマークでも付いていそうな艶《なまめ》かしい声で言った。その仕草に、ドキッ、と心臓が跳ねる。

「ご、ご褒美なんて。お世話になる以上、オレが働くのは当たり前のことです」

しどろもどろになって返すが、頭の中では「イイコトって何かな?」と、そればかり巡っている。こちとら心は純朴な少年なので、年上のお姉さんにそんなことを言われてしまっては、逆に仕事に支障をきたすことになりかねない。煩悩よ去れ。

「了解したわ。じゃあ、ご褒美は一旦保留ね。もし仕事で失敗した時は、そうね、バツとしてリーチちゃんにイケナイコトをしちゃうから、そのつもりでね」

あれ、おかしいな。真逆のことを言われてるのに、訪れる結果は変わらない気がするぞ。

仕事とは別の緊張に見舞われていると、エリムが「悪フザケもほどほどにしなよ」と語調を強め、スミレナさんをたしなめた。

「悪フザケ？　これは姉から義妹へ向ける飽くなき愛情表現よ？」

「だとしても、リーチさんは困っているじゃないか。いくら姉さんでも、リーチさんのことをオモチャにするような真似は許さないからね」

「まだ剥けたわけでもないのに、いつになく強気じゃないの。どう許さないのかしら？」

「今までのように、やられっぱなしではいないってことだよ」

攻撃的に言ったエリムがカウンターの向こうで長袖をまくり、ほっそりとした腕を出した。

「ふ、二人とも、やめましょうよ。さっき和解したばかりなのに」

「リーチさん、止めないでください。遅かれ早かれ、僕はいつか、この人を超えなくちゃならないんです。それが……今なんだッ！」

「姉であるアタシを超えようだなんて、後悔するわよ？」

「僕はリーチさんのためなら、どんな困難にだって立ち向かえる」

「馬鹿な弟ね。でも、その度胸だけは買ってあげる」

バーカウンターを挟み、二人の睨み合いが火花を散らす。

この姉弟喧嘩は、もうオレには止められない。両者の間でぴりぴりとした空気が流れる中、スミレナさんが、ラムネの空き瓶のような物を一つ手に取った。まさか、あれで殴る気か!?

凄惨《せいさん》な光景を予感して戦慄を覚えるが、不意にスミレナさんが表情を和らげた。

「人生は出会いで決まる、という言葉があるわ。リーチちゃんとの出会いはエリムにとって、自分の人生を左右するほどに大きなものだったのね」

「運命的なものを感じたよ」

「そんな運命の女の子と一つ屋根の下で暮らすことになるだなんて、もしかしたら、ここから甘酸《あまず》っぱい青春ラブストーリーが始まるかもしれないわね」

「か、可能性は、無きにしも非《あら》ずだと思っているよ」

え、ゼロだろ?

「昨日、衝撃の出会いを経験したエリムが自分の部屋に戻った後、どんな気持ちで胸の高鳴る夜を過ごしていたのか、アタシには手に取るようにわかるわ」

慈しむような声。オレはてっきり、スミレナさんがエリムの心意気を認めたのだと思った。

だけど、それは大きな間違いだった。

「その時の様子を、臨場感たっぷりで再現してあげる」

スミレナさんが、すぅーっと大きく息を吸い込み、空き瓶を口に近づけた。

「さあ予期せずして始まりました同居生活一日目の夜！　ご存じミクロティンティンの手綱《たづな》を握っているのは弱冠十五歳のエリム・オーパブ騎手！　ちょっと前の方が詰まっているか!?　苦しいッ！　苦しいが、ミクロティンティン、外からじわじわと追い上げていく！　ゴールはもう見えているぞ！　エリム騎手、ラストスパートをかけた！　先頭ではトウメイナシズクが粘りを見せている！　来るか来るか来るか並んだ並んだ並んだ！　エリム騎手さらに加速！　来た来た来た来たああああああ！　ミクロティンティン抜けたああああああ！　そのままゴオオオォォォォウル！　勝ち時計は三分四十一秒！　速い！　いくらなんでも速すぎるぞ、ミクロティンティン、まさに風の如し！　衝撃の末脚《すえあし》でドピューと一気に駆けヌケました！」

　この世界にも競馬みたいなものがあるのかな。

　それよりも、時間……適当に言っただけですよね？　本気で計ってたりしませんよね？

　スミレナさんによる怒涛《どとう》の実況が終わる頃には、エリムは灰と化していた。

「いやあ、まさか初日からという見方もありましたが、そんな予想を裏切るまさかのまさか。エリム騎手、見事に白星をつけてくれました。ついでにパンツにも白いものが付いていたかもしれませんね。この結果をどう見ますか？　解説のリーチ・ホールラインさん」

「こっちに振らないでください」

「悪いわね。姉として、そう簡単に弟に遅れを取るわけにはいかないの。真面目は長所なんだけど、エリムはなんというか、堅いのよね。可愛げが足りないの。硬いのは寝起きだけにしておきなさいな」

　容赦ねぇ……。

　オレは密かに誓った。

　この人だけは、絶対敵に回すまいと。

第十搾　お出かけですか？

「仕事の内容は一通り教えられたし、リーチちゃん、お買い物に行きましょうか」

「オレも行くんですか？」

「もちろんよ。リーチちゃんの下着を買いに行くんだから」

「そういや、そんな話をしてましたね……。スミレナさんにお任せするというのは？」

「アタシに任せていいの？　すんごいキワドイのとか買ってきちゃうわよ？」

「そ、それは困ります！　というか、絶対必要ですか？　下はまあ、穿いていないと変態扱いされるかもですし、必要ですけど。上……ブラジャーは別に無くてもいいんじゃないかなって思うんです。重ね着すれば、浮いたり透けたりすることもないですし」

女になった自分より、男だった頃の外見イメージの方が強く残っているせいで、どうしても男の自分がブラジャーをつけている変質者を思い浮かべてしまう。

「リーチちゃん、ちょっとお店の中を壁沿いに、ぐるっと一周走ってみなさい」

「なんでです？」

「いいから。とりあえず、滑らないようにだけ気をつけて、全力で走ってみて」

いきなり何を──あー、はいはい、なるほど。スミレナさんの狙いがわかった。

オレ知ってますよ。巨乳は走ると痛いとかいうやつでしょ？

論より証拠ってわけだな。スミレナさんは、オレに巨乳のデメリットを体感させることで、ブラジャーの必要性を教えようとしているんだろう。

でも、これは逆にチャンスだ。多少痛かろうが、平気な振りをしてやればいい。そうして、オレにはブラジャーなんて必要ないと言ってのけ、諦めてもらえばいいんだ。

「構いませんよ。そんなことしても、オレの意見は変わらないと思いますけどね」

ふふん、と鼻を鳴らして酒場の入り口まで移動したオレは、野球のベースランを想定して、反時計回りに走ることにした。重心を前に傾け、右足を引き、左足を前に出す。

「それじゃ、行きますよ」

巨乳は走ると痛い、か。

これねえ、前々から、ちょっと大げさだと思ってたんだよな。

だって、人間は跳んだり走ったり、さらには泳いだりもする生き物だぞ？

その人間の体に付いている物が、そこまで邪魔になるはずがないじゃないか。

不敵な笑みを零し、オレは壁に沿って走り出した――


「――どうだった？」

「………ち、千切れるかと思った」

言われたとおりに店内を一周したオレは、目尻いっぱいに涙を溜め、自分の胸を抱きしめるようにしてうずくまっていた。何これ……ワケわかんないんですけど。

最初の一歩で、自分の意見に疑問を覚えた。

十歩も走ると、自分が間違っていたと思い知った。

半周ほどした頃には、世界中の胸の大きな女性に謝っていた。

走り切った後はもう、ただひたすら痛かったとしか思えなくなっていた。

「無理すると、胸を支えている靭帯《じんたい》が切れるわよ。しかもこの靭帯《じんたい》、一度切れたら二度と再生しないの。それを防ぐためのブラジャーでもあるのよ」

痛い。重い。巨乳辛ぃ……。

こんなの全然いいもんじゃない。これ、片方でどれくらいの重さよ？

確実にキロ単位だろ。そんな重量が上下に揺れる度にドシドシと胸部を叩いてくるせいで、走っている間、満足に呼吸することさえままならなかった。

「これでわかったでしょう？　ブラジャー、買いに行きましょうね」

オレは泣く泣く、首を縦に振るしかなかった。

「そうと決まれば、早速行きましょうか。エリム、留守番をお願いね」

「エリムは連れて行かないんですか？」

「女性下着を買いに行くのよ？　男子は居心地が悪いでしょう？」

「いや、エリムも連れて行きましょう！　別に下着を選んでほしいとか、そういうつもりじゃないんです！　ただ傍にいてくれるだけでいいんです！」

「リーチさん、そこまで僕を頼りに……」

頼りっていうか道連れ──もとい、居心地の悪さを共有してくれる人間がいてほしいんだ。店員さんも確実に女性だろうし、完全にアウェーへと飛び込んでいくようなものだから。

「リーチちゃん、残念だけど、エリムは今、動ける状態じゃないの」

「開店準備に忙しいからですか?」

「よかったわね、エリム。カウンターで見えなくて」

「ね、姉さん、しーっ!」

スミレナさんがそんなことを言い、エリムが異様なほど慌てた。

「まあ、これぼっかりはエリムを責められないわ。だって、ばいんばいんに揺れていたもの。あんまりにも眼福だったものだから、アタシなんて、つい手を合わせて拝んじゃったわ」

ああ、そういうこと……。

わかるよ。男はバレバレだから大変だよな。

だとしても、女性の胸を、ただほくほくと眺めていられた男に戻りたい。

巨乳の苦労を実感したオレは、心の底からそう思った。

薄雲一つなく、青く広がる午後の空。オレとスミレナさんは、ミノコの背中に跨《また》り、好天に恵まれた【メイローク】の大通りを闊歩《かっぽ》していた。

「わ、今の人、ヒゲとかすごくもじゃもじゃでした！　それになんか、背は低いのに体つきはがっしりしていて、あれってもしかして⁉」

「ドワーフよ」

「あそこ、向こうから歩いてくる人は狼男ですか⁉」

「ワーウルフね。とっても狩りが上手な種族なの」

静かな夜と違って大通りは賑わい、視界に映るもの全てが興味を引いた。おかげで、沈んでいた気持ちもすっかり晴れ、初めて遊園地を訪れた子供のようにオレは目を輝かせている。

「うふふ、楽しみだわ。初めてブラジャーをつけるのって、ドキドキするでしょ」

それもスミレナさんの一言で、呆気なく鬱《うつ》テンションへと引き戻されてしまった。

「はぁ……下着か。気が滅入ります」

「安心して。リーチちゃんに似合う、とっても可愛いのを選んであげるから」

ありがとうございます。でも、そんな心配は一ミリもしていませんので。

オレは一張羅のワンピースのスカートを、下に引っ張るようにして押さえつけた。

生足を吹き抜ける温かい風が、どうにもこそばゆくて落ち着かない。

ちなみに、翼隠し対策として、今日はエリムの外套を最初から着用済みだ。裸足で外出するわけにもいかないので、こちらはスミレナさんにサンダルを貸してもらった。

ツノ隠しはスミレナさんに頼み、髪をツーサイドアップにしてもらっている。エリムがしてくれたような団子は無理でも、これならいくらか練習すれば一人でも結えると思う。

向かっているのは下着専門店というわけではなく、女性服全般を扱っているお店だそうだ。

その道中、スミレナさんは何度も声をかけられていた。

「──こんにちは、スミレナちゃん。ずいぶん大きな動物ねえ。後ろの子は？」

「訳あって、ウチで預かることになりまして。これから初めてのブラジャーを買いに」

「あらま。お嬢ちゃん、ブラはしないとダメよ？」

酒場で働いているからなのか。それとも生来の人柄か。

老若男女、さらには種族をも問わない。ここまでの道すがらで、スミレナさんが、この町でどれだけ慕われているのかがよくわかる。引きこもりのコミュ障だったオレには、一人一人に笑顔で応対していくスミレナさんが、とても眩しく映った。

「──やや、スミレナさん、変わった動物に乗っていますね。お出かけですか？」

「ええ。今から後ろの子の、初めてのブラジャーを買いに行くところなの」

「なんと。お嬢さん、ブラは自分に合った物を選ぶんだぞ」

きっとエリムも、スミレナさんの、こういうところを尊敬しているんだろうな。

そして驚いたことに、誰一人として、ミノコを見ても脅える素振りを見せない。見慣れない動物が歩いていることを珍しがりはしても、ミノタウロスを連想している気配がないのだ。

その要因が、ミノコが装備している、エリムお手製のツノカバーだ。

鍋掴みを再利用したもので、薄桃色のシニョンキャップみたいになっている。ミノコも気に入ったようで、装着してやったそばから尻尾を揺らしていた。

「――あー、スミレナお姉ちゃんだ。何これ、おっきー。どこ行くのー？」

「ウシという動物よ。ウシさんに乗って、後ろの子の初めてのブラジャーを買いに行くの」

「金髪のお姉ちゃん、そんなにおっぱいおっきーのにブラジャーしてないのー？」

買い物にミノコを連れて行くのは、ミノコを町の人たちにお披露目して、危険な生き物ではないことを知ってもらうためではあったけど、ツノを隠しただけで、ここまでの効果を見せてくれるとは思わなかった。

「というかですね！　なんで会う人会う人にブラジャー買いに行くってバラすんですか⁉」

「少しでも早く、リーチちゃんのことを町の人たちに覚えてもらいたくて」

「ノーブラで外を出歩いてた女って認識されるんじゃないですかね⁉」

「ごめんなさい。次はちゃんと、パンツとブラジャーを買いに行くって言うわ」

「よりいっそう悪くなるだけに思えるんですけど⁉」

第一印象が大事なのに、これでは痴女認定されてしまう。

頭を抱えてスミレナさんの背中に隠れていると、今度は見知った人物が声をかけてきた。

「――スミレナ殿、これはまた、珍妙な動物を連れておられるな」

「あら、ギリコさん、こんにちは。うふふ、ちょっとした訳ありなの」

【ルブブの森】で見かけた人外さんだ。外見は二足歩行の爬虫類《はちゅうるい》。時折、口からしゅるりと長い舌が見え隠れし、全身が濃い緑の鱗《うろこ》に覆われている。

「後ろの娘御も訳ありであるか？」

鋭い三白眼《さんぱくがん》がオレに向けられた。彼を見るのは二度目だけど、向こうはこれが初見になる。

スミレナさんは、「さあ、どうかしらね」と含みのある笑みを浮かべた。

「今日からウチのお店を手伝ってくれるの。今は彼女の初めてのパンツとブラジャーを買いに行く途中よ」

それ、どうしても言わなきゃダメですかね⁉

「そ、そうであったか。引き止めてしまって申し訳ないのである」

「いいのよ。お店に来てくれた時にでも、また改めて紹介するわね」

そう言ってからスミレナさんは、さも今思い出したとでもいうように、「ああ、それと」と話題を変えた。それに伴い、緩かった空気が少し引き締まった気がした。

「昨日、パーティーを組んでいた冒険者たちとは、もう関わりを持たない方がいいと思うわ。オーク討伐だけの臨時だったんでしょ？　エリムにそう聞いているけど」

「エリム少年は、どうしているであるか？」

「別に、普段どおりよ。今夜の仕込みをしているわ」

「……であるか。大事ないのであれば、様子を見に行く手間が省けたのである」

心配してくれていたんだな。後でエリムにも教えてやろう。

「負傷したのは他の連中よ。それも自業自得でね。だから見舞いに行く必要はないわ」

エリムが言うには、連中は冒険者ギルドもある王都――【ラバントレル】に帰っているはずだという。ここから【ラバントレル】までは馬で一時間ほどの距離だそうな。

「辛辣《しんらつ》であるな。が、スミレナ殿が言うからには、確たる理由があるのであろう」

「ええ。もし連中が、のうのうとアタシの前に現れたら半殺しにしてやるつもりよ」

まあ、グンジョーとかいう冒険者は、既にミノコが半殺しの目に遭わせましたけどね。

「も、もう一度尋ねるが、エリム少年は本当に大事ないのであるな？」

「ええ、ピンピンしているわ。二つの意味で」

二つの意味？　どゆこと？

「承知いたした。忠告、ありがたく聞き入れておくのである」

ギリコさんが頷いたのと同時、彼の後方から「トカゲ！」と怒鳴るような声が飛んできた。

一瞬、昨日の連中かと身構えたけど、どうやら別のパーティーだ。

「呼ばれているのである」

「あれは、ロドリコさんたちね。彼らとこれから町の外へ？」

「貧乏暇なし。数日先まで日雇い傭兵の予定を入れているのである。では、これにて」

スミレナさんと、後ろのオレ、そしてミノコにまで一礼をしてギリコさんが踵《きびす》を返した。

そんな礼儀正しい彼の背中を見送りながら、オレは思ったことをそのまま口にする。

「エリムも言ってましたけど、あの人は、いい人っぽいですね」

「見た目が怖いから誤解されやすいけど、とっても人格者よ」

それにしては、また手荒に扱われているように思えた。

その理由は多分、ギリコさんが人間じゃないから。人間が、彼の種族を下に見ているから。

無意識に、オレは頭のツノがちゃんと隠れているか、手で確かめていた。

「リーチちゃん？　何か考えごと？」

「あ、いえ、スミレナさんは顔が広いなあって感心していました」

「気の良さそうな人たちばかりでしょう？」

「そうですね。でも、それこそスミレナさんが、皆に慕われる人格者だからじゃ？」

「あらあら、持ち上げてくれるわね。そうだったら、アタシも鼻が高いんだけど」

「違うんですか？」

「少なくとも、この町の領主と、王都の偉いさんからは疎《うと》まれているかしらね」

「疎《うと》まれているって、なんでです？」

「うーん、そうねー。何から話そうかしら。やっぱり世界の大局からかしらね」

「想像以上にでっかい話になりそうですね」

「まずは、ええと、この世界にはね、魔王という存在がいるの」

「魔王⁉　いるんですか⁉」

そういや転生する時、変態職員が、過去に魔王と戦った勇者がいたとか言っていたような。

「いるのよ。で、その魔王の配下とされる種族は全て、人間に害を為す〝魔物〟に分類されているのね。これらと、主に人間は数百年もの間、ずーっと争い続けているわけ」

「人間と魔王、どっちが優勢なんですか？」

「んー。人間が若干優勢かしら。なんていうか、今代の魔王はあまりやる気がないというか、世界征服に興味がないんじゃないかと噂されているわ。表舞台に全然出て来ないから、どんな姿をしているのかも知られていないの」

「世界征服に興味がない魔王なら、和平の道もあるんじゃ？」

「どうなのかしら。そのあたりは、アタシの与《あずか》り知らぬところだし」

なんだろう。ちょっと魔王に親近感がわく。そいつ、ただの引きこもりだったりしない？

「世界の大局は、ざっくりこんな感じ」

「大局の説明終わりですか？　ホントざっくりでしたね。えと、じゃあオレも、一応は魔王の勢力に属しているってことになっちゃうんですか？」

「いいえ、魔物の全てが魔王の勢力下にあるわけじゃないわよ。サキュバスは、言ってみればフリーランスな魔物かしら。でも人間の中には、魔物は全て討伐対象だとする偏った考え方をする人もいるの。特に王都の、頭の固いお偉いさんに多いわね」

なんとなく、スミレナさんが疎《うと》まれている理由ってのが想像できた気がする。

「【メイローク】は近隣都市の宿場として利用されることが多いから、いろんな種族が出入りしているの。それは、少し歩いただけでもわかったでしょ？」

「それは、はい、ちょっと感動してます」

本当にファンタジーな世界に来たんだという実感を、今まさに得ている。

「エルフやドワーフのように、人間と対等である証――保護指定を受けている種族ならなんの問題もないんだけどね。保護指定と魔物指定、どちらもされていない種族というのもたくさんいるのよ。さっきのギリコさんもそう」

「それって、まずいことなんですか？」

「まずくなる可能性があるということを、お偉いさんは危険視しているのね。どちらにも当てはまらない。それはつまり、人間の敵に回る可能性もありうる。そんな風に考えているのよ。魔王勢力に与《くみ》するかもしれないってね」

「そんな心配をするくらいなら、さっさと保護指定しちゃえばいいんじゃ？　保護指定って、言ってみれば種族間の同盟みたいなものなんでしょう？」

「そのとおりなんだけど、しないのよねえ。なんのプライドなのか、自分たち人間様と対等とみなす種族を増やしたがらないのよ」

「馬鹿みたいですね。プライドのために、自分から危険を増やすなんて」

「ええ、馬鹿よ。そんなわけで、お偉いさんは【ラバントレル】や【メイローク】に保護指定していない種族が出入りするのを快く思っていないの」

「いや、逆でしょう。敵に回られたくないなら、むしろ仲良くするべきじゃ？」

「アタシも、もっと仲良くするべきだと思うんだけど」

「仲良くしないのも、プライドですか？」

「かもね。加えて、魔王勢力と内通している者がいるかもしれないって勘繰っているの」

呆れた。勝手に敵を想像し、勝手に敵を増やし、勝手に自分の首を絞めている。

スミレナさんが疎《うと》まれているのは、保護指定されていない種族とも懇意《こんい》にしているからか。

酒場がスパイの温床《おんしょう》だとでも考えられているのかもしれない。アホらしい。

「この町の領主がアタシを疎《うと》むのは王都に睨まれたくないからね。小物なのよ。ウチにお酒や食材を卸《おろ》さないよう触れて回ったり、店に来て難癖つけたりと地味な嫌がらせをしてくるわ」

「だ、大丈夫なんですか？」

「ええ、蚊に刺される程度よ。だって領主よりも、アタシの方が圧倒的に人望あるから」

領主しょっぼ。というより、そんな風に言えちゃうスミレナさんがカッコ良すぎるのか。

「さて、退屈な話はこれで終わり。お店が見えてきたわ。楽しい時間の始まりよ」

「オレにとっては、試練にも等しい時間です」

待ち受ける苦難を想像して、オレは店に入る前から疲労を蓄積していった。

……でも、それとは別。

もっと重要なことが、今の話には含まれている。

スミレナさんが話を切ったのも、オレがそれに気づいたことを察したからかもしれない。

保護指定されていないだけの種族と交流するくらいならいくらでも言い逃れはできるけど、魔物指定されているサキュバスのオレを匿っているなんて知られたら、店を潰す口実を相手に与えてしまうことになりかねない。

オレの存在が弱点になる。

そんな不安が、心に大きなしこりとなって残った。

第十一搾　ブラジャーのつけ方講座

……場違いだ。

目的地の女性衣類専門店に到着したオレは、目に痛いほど色鮮やかな外観を遠い目で見つめながら、自分の置かれている状況を客観的に分析した。

店頭に飾られたカラフルな下着が、オレには対男用の迎撃固定砲台に見える。男は見るな、寄るな、撃ち殺すぞ。ディスプレイの一つ一つから、そんな警告が聞こえてくるかのようだ。

「いいお店でしょう？」

スミレナさんが、呆けたように口を半開きにしているオレに感想を求めてきた。

「……ここは異世界ですか？」

「リーチちゃんから見たら、どこも異世界でしょ」

二人してミノコの背中から降り、オレは改めて店構えを見上げた。

横長の看板には、人間の公式文字で【モッコリ】と書かれている。……それ、店の名前？

「確認が直前になってしまって悪いんだけど、ここの店主さんに、リーチちゃんがサキュバスだって話してもいいかしら？　アタシの友達だし、話のわかる人であることは保証するわ」

「話しちゃうんですか？　なんでです？」

「それはね、リーチちゃんのナイスバディーに合う服がなかなか無いからよ」

「え、だから？」

「胸の大きな人用はね、どうしても可愛くない物が多いの。胸に合わせると太って見えるし。リーチちゃんにそんな服を着せるなんて、世界が許してもアタシが許さないわ」

「オレはむしろ、可愛さとは無縁の服がいいんですけど。男物でよくないですか？」

「それは却下するとして」

　議論の余地すら与えてもらえない。

「リーチちゃんは胸の他にも、小さいけど翼が生えているじゃない？　そのことも考慮しなくちゃいけないから、どうしてもオーダーメイドになるのよ。となると、採寸の必要も出てくるでしょ。隠しておくにも限界があるのよ」

「あー、なるほど……。すみません、面倒をかけてしまって……」

「気にしないで。その代わり、男物なんて絶対認めないし、ありえないから。そう、絶対に」

　有無を言わせぬ迫力に、イエス以外の選択肢は許されなかった。

「日常生活に関わることなら、味方は多いに越したことはないしね。先にサキュバスのことを軽く説明してくるから、リーチちゃんは少しの間、ここでペペと遊んでいてくれる？」

「ペペ？」

「このお店の用心棒さんよ」

　スミレナさんが店の正面口を指差すと、扉の前で毛むくじゃらの何かがもぞりと動いたのが見えた。それは茶、白、黒の混じった毛並をしており、胴長短足のコーギーに似た犬だった。

「男子禁制のお店だからね。男が近づけば噛みつくわ。ペペは雄だけど」

「オレ、店に入って大丈夫なんですか？」

「どうして？」

「動物の本能的な何かで、オレの中身が男だって察知されたりとか。他にも内面から滲み出る男らしさっていうのか、そういうのを感じて吠えられたり」

「あははははは（爆笑）。なんの心配もいらないわ。リーチちゃんの可愛さなら、どんな動物であろうとも雄なら腰を振るから。自信を持って」

こんなに嬉しくない賛辞は初めてだ。あと、振るのは尻尾ですよね？

オレは不満に口を尖らせながら手を伸ばし、ちっちっ、と舌を鳴らしてペペを呼んだ。

「ラップイヤーという種族で、とても賢いの。人の言葉を喋ることはできないけど、こっちの言葉をある程度理解していると言われているわ」

伏せた状態から立ち上がったペペは、それはそれは愛らしい顔立ちをしていた。

だけど、何より特徴的なのは耳だろう。

ウサギよりも長い。垂れた耳は地面に届きそうで、まるで六本足の生き物のようだ。

「ヨーン。ヨーン」

変わった鳴き声だな。ペペが傍に寄って来たので手を差し出すと、ぺろりと舐めてくれた。

「カワイイですね。癒されるなー」

「あはぁ、いいわー。美少女と動物が戯《たわむ》れる様って、どうしてこんなにも芸術的なのかしら。

道行く人たちも足を止めて見入っているわよ。リーチちゃん、目線をこっちにお願いできる？　そうそう、もう少し屈んで、谷間を見せつける感じで」

癒されるどころか、ＨＰが減り始めたんですけど。

「お手」「ヨン」

試しにと思って命令してみると、上手な〝お手〟が返ってきた。

「おかわり」「ヨー」

おお、これもできるのか。

「伏せ」「ヨゥ」

短い脚を畳み、地面に胸と顎《あご》をぴったりとつけてみせた。

本当に賢いな。それに面白い。芸の種類と名称は、向こうとこっちの世界で共通なのか。

それなら、あの芸もできるかもしれない。

「ペペ、ちんちん」「ヨッ⁉」

命令を出した瞬間、ペペが硬直した。難易度が高かったか。

「ちんちん。ペペのちんちん見たいなー。んー、これは無理そう？　ちんちーん」

その場にしゃがみ込み、根気よく命令を出し続けてみるが、ペペはチワワみたいにぷるぷる震えるだけで、後ろ脚立ちをする気配はない。

「リ、リーチちゃん？　こんな人通りの多い所で何を言っているの？」

「え？　ああ、もしかして〝ちんちん〟ってないんですか？」

「ちんちんは付いているわ。ぺぺは雄だもの」

「そうじゃなく！　芸としての〝ちんちん〟は存在しないのかって意味です！」

「ちんちん芸？　それって、公衆の面前で披露していいものなの？」

「前脚を上げて後ろ脚だけで立つ芸のことですから！」

「ちんちんを見せる芸なの？　じゃあ、雌だと〝まんまん〟になるの？」

「……言おう言おうと思ってたんですけど、スミレナさんは下品すぎます」

ホントお願いしますから、これ以上、理想のお姉さん像から離れて行かないでください。

「ごめんなさい。言われてみれば、そうよね」

「わかっていただければ」

「女の子の場合は、〝おちんちん〟ではなくて〝おまんまん〟になりますの？」

「口調の問題ではなく、もっと根本的なところをですね！」

「それよりも、スカートでそんな風に足を開いてしゃがみ込んだら見えちゃうわよ？」

「見えるって何が――……あ、パンツか」

「まだ穿いてないでしょ」

「うあっとおおおおおおおおおおおおお!?」

オレは跳ね起き、内股になってスカートを押さえつけた。

「ふふ、色気のない悲鳴ねえ。そこは、キャアって言うところよ？　ぺぺ目線だと、さぞかし凄いものが見えていたでしょうねえ」

「うぐぐ……」

これだからスカートってやつぁ……。迂闊《うかつ》だった自分に腹を立てていると、ペペが痙攣《けいれん》したように、ビクッ、ビクンッ、とおかしな震え方をしていることに気がついた。

「ヨ……ヨ……ウッ」

「ペペ、どうしたんだ⁉」

ワケのわからない芸を強要しすぎたせいで、気分が悪くなったんだろうか。

「病院！　近くに動物病院は⁉」

「待って、リーチちゃん！　落ち着いて、先にステータスを確認するのよ！」

「ステータス⁉　どうしてこんな時に⁉」

一刻を争う事態かもしれないのに、スミレナさんは「いいから」と言ってくる。

焦燥《しょうそう》に駆られながら、オレは言われたとおり、視界にステータスを表示させた。

「……あれ？」

レベルの項目が、なんか変だ。バグってる。

レベル２（１／２）

さっき酒場で見た時は（０／２）だったのに。なんで（１／２）に経験値が増えてるの？

「驚いたわ。対象に触れることなく、視覚と言葉責めだけで。リーチちゃん、恐ろしい子」

スミレナさんが、オレを称えるように言い、ごくりと息を呑んだ。

え、何？　つまり、ええと？　ぺぺのこれって…………そういう状態なの？

「それじゃ、行ってくるから、少し待っていてね」

「……行って……らっしゃい」

スミレナさんが店に入って行くのを見送った後、オレはぺぺに視線を戻した。

ぺぺはこの数秒で急速に波が引いたように落ち着きを取り戻しており、気まずそうに後ろを向いていた。本当に賢い犬だ。別の意味でも賢者だ。

その背にオレは声をかけることができず、脱力してミノコの腹にしなだれかかった。

「ンモォ」

ドンマイ、と珍しく、ミノコが優しく慰めてくれたのが胸に染み渡った。

それでも店に入る前から、早くもオレのＨＰはレッドゾーンに突入している。

オレ、生きて帰れるのかな。

番犬として、あっさり果ててしまったことを自己嫌悪しているのか、ぺぺが長耳をぐったり地面に落としている。今度はそんなぺぺに、「気にしなさんなよ。若い証拠じゃないか」と、この中で誰よりも若いミノコがフォローを入れていた。

その様子を横目に見やりながら、手持無沙汰になったオレは、またなんとなくステータスを開いてみた。昨日は疲れて寝てしまったから検証する余裕がなかったけど、

特能：一触即発

これ。特能が発現していること自体、非常にレアだとエリムは言っていた。

爆破系の能力ではないかとも予想していたな。

漫画やアニメを繙《ひもと》いてみれば、爆破系スキルというのは、数ある能力の中でもかなり強力な部類に入ると言える。異能バトルだと、爆破系能力者は必ずと言っていいほど出てくるし。

オレの能力は、名称から察するに、触れることで発動するものだと思われる。

触れた物を爆破。もしくは爆弾に変えるとか？

なんて超攻撃的な特能だ。想像すると、試したくてうずうずしてしまう。

こんな大通りで試すわけにはいかないけど……まあ、素振りくらいなら。

念のため、人のいない方へ向けてオレは掌をかざした。

「ハッ！」

続けて、空からの敵襲来を想定して頭上へ。

「ていッ！」

さらに、背後に迫り来る敵へ反転してカウンター。

「そこだッ！」

いい感じじゃん。黒煙を立ち昇らせる爆破エフェクトをイメージし、オレは自身の立ち振る舞いに満足した。気が早いけど、キメ台詞とか考えておくべきだろうか。

「オレに触れると爆発するぜ」

なんてな！

よし、キメポーズも考えよう。キラー●イーンとか参考にしちゃう？　しちゃいます？

オレのテンションは、天井知らずで上がっていった。

そう、浮かれすぎていたのだ。周りが目に入らないほどに。

いつからそこにいたのか、じーっと、スミレナさんが黙ってオレを見つめていた。

「あ、気にせず続けて？」

「…………いえ。……もう、十分堪能しました」

「今のって、必殺技の練習？　やっぱり中身は男の子なのねえ」

「どうか、忘れていただけると」

恥ずかしさで死ねそう。穴を掘ってでも隠れたい。赤熱しているであろう顔を背けながら、オレはさっさと話題を変えるつもりで、「お店の人と話はついたんですか？」と尋ねた。

「んー、まあ、とにかく中に入りましょう」

スミレナさんにしては、歯切れの悪い返事だ。さすがにミノコは大きすぎて入れないので、ここでぺぺと世間話でもして待っていてもらうことにした。

ガラス扉を引いたスミレナさんが先に入店し、その後ろを、おっかなビックリついて行く。

開け放たれた扉を引き継いだオレは、暗い洞窟の中にいる猛獣に気づかれまいとするように息を潜め、音が立たないよう静かに閉じた。——その瞬間だった。

ピピピピピピピピピピピピピピピピピピピピピピピ。

目覚ましのアラームみたいな音が、けたたましく店内に鳴り響いた。

「へ？　え？」

「リーチちゃん、まさかアナタ……入国許可証を持っていないの!?」

「入国許可証？　なんですか、それ」

「なんですかって、嘘……嘘でしょ」

状況は全く飲み込めないけど、スミレナさんの剣幕からして、ただごとではなさそうだ。

「許可証は、人間以外の種族が町や王都に入るために、絶対必要な物なの！　これを持たずに町に入ったら、たとえ魔物でなくても処罰を受けてしまうわ！」

「え、ちょ、ええッ！　聞いてないんですけど!?」

エリムだって、そんなことは一言も。

「お店によっては、ちゃんと許可証を所持しているかどうか、感知する結界が張られていたりするの！　なんてこと。てっきり転生して来た時、一緒に持たされていたものだとばかり」

「これ、どうなるんですか!?　どうなっちゃうんですか!?」

「すぐにでも衛兵が駆けつけて来て拘束されるわ。ああ、どうしましょう。リーチちゃんが、サキュバスだってバレてしまう。もし、そのまま王都に連れて行かれでもしたら、……」

わっ、と泣き出すように、スミレナさんが顔を両手で覆った。

入国許可証を所持しておらず、しかも、それが魔物であるとなれば、いったいどれほど重い罰を受けることになるんだ？　最悪、殺されたり……なんて。

少し想像しただけで、目に涙が浮かんできた。

「逃げられないんですか⁉」

「もう無理よ！　間に合わない！」

「そ、そんな……。なんでもいいです！　何か手はありませんか⁉」

藁《わら》にもすがる思いでスミレナさんに泣きついていると、物陰に何者かの気配を感じた。

オレの焦りはピークに達する。

「こうなったら、一か八か、リーチちゃんに危険はないってことを伝えるしかないわ！」

「どうやってです⁉　話しただけでわかってもらえるんですか⁉」

背後から足音が近づいてくる。恐ろしくて、オレは振り返ることさえできない。

「よく思い出して！　アタシがリーチちゃんを信用した時のことを！」

スミレナさんが、オレを信用してくれた時のこと⁉

——て、あれか？　もしかしなくても、あれのことか⁉　マジであれのことなのか⁉

いや……でも……くそッ、迷っている暇はない。

ええい、今はスミレナさんを信じろ！

オレは羞恥心をかなぐり捨て、ワンピースの裾を両手で握りしめた。

いいぜ、やってやるよ。

オレの生き様、そして覚悟をとくと見さらせ‼

「オレは……怪しい者じゃありませえええええん‼」

振り向きざま、大声で叫びながら盛大にスカートを自分で捲り上げた。

もちろん、ノーパン状態で。ここまで矛盾した台詞と行動を、オレは他に知らない。怪しい者じゃないと自分で言っておきながら、この行為に怪しさ以外の何があるというのだろうか。今のオレは、紛れもなく変質者だと断言できる。

「やー、たまげたわー」

平坦な声でそう言ったのは、赤茶色の髪をショートにした若い女性だった。

ほとんど人間と変わらない姿をしてるけど、よく見れば、犬っぽい形をした耳と、お尻にもそれらしい尻尾がついている。そんな彼女が、得心がいったように頷いた。

「うん、信じたわ。サキュバスや言うから疑ってかかりはしたけど、スミレナの言うとおり、どう見てもこの子はシロやな。下は金色でも」

異世界でありながら、彼女の口調は関西弁に酷似していた。

それより、あれ？　なんかこの空気、おかしくない？　おかしいよね？

「騙すようなことしてごめんな。でもほんま、もう全然疑ってへんから。せやけもうええで。はよスカート下ろし。風邪引くよってな」

オレは言われるままに、持ち上げていたワンピースの裾から手を放した。

次いで、ギギ、ギギ、と錆びついた機械人形のように首を動かし、これはいったいどういうことだという目を後ろに向けた。そこでは——

「リーチちゃん……アナタという子は……。なんて……なんてアホ可愛いの……。完璧よ」

感動に打ち震えるスミレナさんが、不名誉極まりない賞賛を拍手と共に送っていた。


「んじゃま、自己紹介するわな。ウチは、この女性衣類専門店【モッコリ】の店主をやっとるマリー・モッコリいう者《もん》や。種族はクー・シー。見てのとおり犬人《いぬびと》な。そっちはサキュバスのリーチちゃんやったな。スミレナからあんじょう聞いとるで」

「……よろしく、お願いします」

オレは消え入りそうな声で挨拶を返した。……いっそ殺してくれ。

クー・シー。猫のケット・シーほど広くは知られていないけど、犬の妖精という意味だったはずだ。せっかくケモミミの女性と邂逅《かいこう》したってのに、喜べるだけのＨＰが残っていない。

「リーチちゃん、元気を出して」

その元気を根こそぎ奪っていった犯人が、しゃあしゃあと言った。

「酷いじゃないですか。オレ、死ぬほどビビったんですけど」

「ごめんね。だけど、リーチちゃんがアホ――じゃなくて、無害だってことを一発でマリーにわかってもらうためには、あれが最善の策だと思ったの」

「せやな。たとえサキュバスでも、こんなアホ――やなし、素直で可愛い子が、人様に迷惑をかけるような真似するワケあらへんて、ウチは確信できたで」

これが無駄に終わるならまだしも、なまじ結果がついてくるから怒りづらい。

「ちなみに、入国許可証たらいうもんは存在せんから安心しぃや」

「じゃあ、あの万引き防止のアラームみたいなのは？」

「あれな。あれは〝フェンリル級〟以上の客が店に入ったら鳴るんよ」

「フェンリル級？　オレのことですか？」

「んや、リーチちゃんは、見たとこ〝ギガンテス級〟やと思うわ。ほんまでっかいなあ。後で揉ましてくれへんか。御利益あるかもしれん」

にっしし、と少年のように悪戯《いたずら》っぽく笑うマリーさんの指の一本一本が、まるで別の生き物みたいにうねうねと蠢《うごめ》いた。

「マリーは〝ケルベロス級〟なんだから十分でしょ。贅沢《ぜいたく》言わないの」

「スミレナの〝エインセル級〟かてカワイイで。需要はあるさかい、気にしなさんなや」

「別に気になんてしていないわよ。ただ〝ブラウニー級〟くらいないと、ブラジャーをつける意味が感じられないってだけ。もうノーブラでいこうかしら」

「アホ言いなや。ノーブラで、そのまんま乳首見えるんより、ぶかぶかで、サイズ合ってへんブラの隙間から見える乳首の方が何倍もお得感あるやろ」

「さすがはマリーね。完全に論破されたわ。今度、リーチちゃんがどんな反応をしてくれるか試してみるわね。今日はアタシも〝ブラウニー級〟のブラを一つ購入することにするわ」

「まいどあり。勉強させてもらいまっせ」

話についていけないのは、これが女子トークだからなのだろうか。いや違うな。

「今日のところはリーチちゃんの下着を何着かと、あと、お店で着てもらう制服が欲しいんだけど。例の服を、この子用に縫製《ほうせい》してもらえないかしら」

「ああ、スミレナが、ブラウニー級に育ったら着る言うてたやつな。ええんか?」

「構わないわ。このままだと、いつになるかわからない。ううん、そんな日が来ることは生涯ないでしょうね。自分の体のことは、自分が一番よくわかっているから」

スミレナさんは憂《うれ》うようにして、そっと自分の胸に手を添えた。

「あいわかった。スミレナの思いは、リーチちゃんが立派に引き継いでくれるはずや。ウチが責任もって、今日の開店までに、きっちりギガンテス級に直したる」

「ありがとう。頼んだわ」

目尻に浮かんだ涙を指で拭うスミレナさんを、マリーさんが力強く抱きしめた。

感動的な遣り取り……なのかな。当人置いてけぼりで話が進んでいくんだけど。

「ほな、リーチちゃん、採寸するさかい、試着室行こか。スミレナは、この子に似合いそうなギガンテス級のブラを見繕《みつくろ》って来てくれるか」

手早く指示を出すマリーさんが、オレには戦場の指揮官のように見えた。

一旦スミレナさんと別れ、マリーさんの後ろについて、店の奥にある試着室へと向かう。

その間にも次々と目に飛び込んでくる、宝石のようにキラめくブラジャーやパンツの数々。

まるで下着の森だ。白ウサギを追いかけて不思議の国にでも迷い込んだ気分になる。

「リーチちゃん、転生者なんやってな。こっちの下着って、向こうの世界と比べてどない？」

比べてと言われても。正直、オレに女性下着を比較して評価できるほどの知識はない。

でも逆に言えば、比較できるほど、明確な違いは見当たらないとも言える。

まず、そのことをマリーさんに言ってから、オレ自身の感想を考えてみた。

この世界の服飾技術がどの程度の域にあるのか、オレは知らない。

ここに並んでいる商品は、似た物はあっても、全く同じ物は二つと無かった。

もしかしたら、大量生産する技術はなく、一つ一つが手作りなのかもしれない。

手作りが量産品に勝るとは限らないけど、展示されている下着に施されている意匠《いしょう》はどれも綺麗だと思った。芸術的だとさえ。

「いざ自分が身につける立場になったから、そう思うようになったのかもしれないですけど、下着って、こんなに綺麗だったんだなって思いました」

並べられた下着ほどに、自分の言葉を飾れないのが心苦しいと感じるくらいに。

「なはは。それは良かった。リーチちゃんはええ子やなあ」

「お世辞で言ったんじゃないですよ？」

「ちゃうねん。ていうか、まさにそれやねん。なんでやろか。言ってることが全部ほんまもんやなーって伝わってくるねん。あれかな。最初にどんな子か知れたからかもしれんな」

スミレナさんの手柄ってことになるのか。あの羞恥プレイが有用だと認めたくない。

「さ、入って入って」

縦横一五〇センチ四方の個室に、オレとマリーさんは二人して入った。

当然のように、そこには全身を映せる鏡があった。

……まだ慣れないな。

鏡に映った自分と目を合わせることに照れを感じてしまう。どうしても、これが今の自分の姿だと思えない。一日二日で割り切れって方が無理な話だ。

だけど、そんな繊細な心情を、マリーさんの言葉は粉々に破壊してくる。

「ほんじゃ、ワンピースやし、上だけはだけさせよか。おっぱいぽろんしてんか」

ビーッ、とメジャーを伸ばしながら、マリーさんが上機嫌で言った。

肩紐を一つ外すごとに恥ずかしさが倍増する。見られることと、見てしまうこと、どっちに恥ずかしがっているんだろうか。もうワケがわからない。

「お、おおおお……ギガンテス……」

上半身を露出させたことと、向けられる感嘆が、羞恥心をさらに掻き立てた。

極薄目になり、視界をぼやけさせることで、オレはどうにか踏み止まっている。

「こりゃあ、男に挟んでって言われそうやなあ」

「何をですか?」

「そう、ナニをや」

「何言ってるんですか?」

「そう、ナニがイッてまうんや」

この人が、スミレナさんと気が合う理由がわかった。完全に類友だ。

メジャーの冷たさと、肌をこするくすぐったさで、「うひっ」と変な声が出た。

「うん、目測とほとんど誤差はあらへんな。紛うことなきギガンテス級や。せやけど、自分の裸をまともに見れんとか、元男の子いうんもほんまやねんな」

「おかげで、苦労してます」

「こんだけのもん持ってたら、そらもう選り取り見取りやろに。好きな男とかおらんの?」

「いるわけないじゃないですか‼ 気持ちの悪いこと言わないでくださいよ‼」

何を言い出すかと思えば。意味不明すぎて心臓止まるかと思ったわ。

「今はそうかもしれんけど、この先はどうなるかわからんやん?」

「いいえ。恋愛とか結婚とか、そういうのはもう、全部諦めてますんで」

「それは女の快楽を知らんからやで。ぬふふ、お姉さんが教えたろか?」

「結構です」

「あっさり断らんといてーな。ちょっとへコむやん」

「その手の冗談は、スミレナさんで耐性がつきました」

「スミレナは冗談やろけど。リーチちゃんがほんまに興味あるんやったら相談乗ったるで? ウチは旦那もおるし、経験豊富や。スミレナよりは具体的なアドバイスができると思うし」

「そんなアドバイスをもらう機会は一生ないです。というか、既婚者だったんですか」

「あ、この女、犬だけに好きな体位は後背位やなと思たやろ? 当たりや。毎日お盛んやで」

「思ってない上に家庭の性事情を暴露しないでください！」

「想像した？　してもうた？」

「しししてませんけど⁉」

「顔めっちゃ赤いで。なはは、からかいがいあるなあ」

「――アタシも交ぜてもらっていいかしら⁉」

手に山盛りのブラジャーを抱えたスミレナさんが、試着室に乱入してきた。

「あら、リーチちゃん、幻肢勃起中？」

「その造語、本気で定着させるつもりですか⁉」

色取り取りの下着を足下に置いたスミレナさんが、その中の一つを手に取った。

「アタシね、リーチちゃんと出会って、一つ決めたことがあるのよ。リーチちゃんにとっては触れてほしくないことかもしれないけど……」

深刻そうな声で、唐突にスミレナさんがそんなことを言った。

このタイミングで、いったいなんだろう。聞けば、オレが傷つくようなことなのか。

ということは、またサキュバスの性質に関することなのかもしれない。

「……怖いですけど、大事なことなら言っておいてほしいです」

「アタシは一日一回、必ずリーチちゃんの生乳《なまちち》を触るわ」

「触るって物理的にですか⁉」

「もう我慢できないわ。童貞だったリーチちゃんは、当然、女の子のブラを外した経験なんてあるわけないわよね？　ましてや自分でつけるなんて無理よね？」

それはそうですけど……。て、あれ？　オレが前世で童貞だったなんて、スミレナさんには言ってないよな？　なんで決めつけられてんの？

「というわけで、ブラのつけ方は、アタシが手取り乳取り教えてあげる。厳しくてもしっかりついてくるのよ。モミモミイク——じゃなくて、ビシビシいくからね」

言うが早いか、流れるような動きで背後に回ったスミレナさんに薄いピンクのブラジャーをあてがわれ、ストラップを肩にかけられた。

「マリー」「了解や」

スミレナさんが名前を口にしただけで意図を理解したマリーさんが、正面からオレの手首を掴んで手前に引き、尻を突き出す形で腰を四十五度曲げさせられた。

完璧に息の合ったコンビネーションにより、オレは為す術もない。

「おっぱいがハミ出さないよう、ちょっと屈んだ姿勢で下乳とブラの底辺を合わせるでしょ。そうして胸をカップの中に入れる。で、この時に後ろでホックを留めるの」

荒い息で解説を続けるスミレナさんの指が、オレの胸を遠慮なく弄《まさぐ》ってくる。

「ちゃんと見てなきゃダメ。左手で左側のストラップの付け根を少し浮かせて、右手を左側のカップの中に入れる。それから生乳——じゃなくて、乳房全体を包んで、右肩の方向に向けて優しく引き上げるの。横に流れている胸や余分な脇肉もきちんと収めること。ハァ、ハァ」

「左？　右？　左？　右？　え？　え？」

もうこのあたりから、何を言われているのやらさっぱりだ。

マリーさんが引っ張るのを止めたので、オレは体を真っ直ぐに起こした。

「ここで一旦ストラップの長さを調整。ストラップと肩の間を人差し指がスッと入るくらいが理想かしら。長いと肩から落ちるし、短いと肩こりの原因になるわ。じゃあ、今度は右乳ね」

またしてもマリーさんに手首を引かれ、オレは腰を曲げさせられる。

「ここまでで、何か質問はあるかしら？」

右の乳房をぽにょぽにょと揉みしだかれながら、質問タイムを設けられた。

とはいえ質問しようにも、ここに至るまで何をされていたのか全然わからない。

なのでオレは、ふと思ったことを尋ねてみた。

「ブラジャーのホックって、前で留めたりしないんですか？　後ろで留めるの、見えないから難しそうなんですけど」

「ブラのホックを前で留める？　ハ、やれやれだわ。いかにも童貞をこじらせて処女になったリーチちゃんの考えそうなことね」

「童貞をこじらせても処女にはなりませんよ！」

「よく聞きなさい。確かに時間がない、面倒臭い、体が硬いといった理由で前留めをする人もいるわ。でも、前留めだと胸が綺麗にブラの中に収まらず、胸の形、特に谷間が歪《いびつ》になるの」

「な、なるほど」

「マイナスポイントはそれだけじゃないわ。前で留めたホックを背中へ回すことにより横乳が後ろに引っ張られて、横から見ると太って見えたりもするの。さらには血流やリンパの流れが滞って胸に栄養が行き渡らず、その結果、胸の成長を妨げてしまうという、最悪の事態に陥ることだってあるのよ‼」

最後が一番声に力がこもっていた。

「でもね、アタシがリーチちゃんに前留めを勧めない理由は他にあるわ」

軽くした質問一つでこんなにもヒートアップするなんて。ブラジャー怖い……。

「そのやり方はなんというか、カッコ良くないの。たどたどしさもアリなんだけど、せっかく教えるんだから、より美しいつけ方を覚えてもらいたいじゃない？　というか、というかね、着替えを覗いた時、そんな萌えないつけ方をされていたらゲンナリするじゃない。後ろに手を回している時、前屈みになることによって強調されるおっぱいが最高で最強なんだから」

「覗くのを前提にしないでください！」

「文句は一人でつけられるようになってからにしてもらえるかしら。それで、どう？　一通りやってみたけど、流れは覚えられたの？」

「あー、いや、それは……」

「あらあら。これは最初からやり直しね。体が覚えるまで繰り返すしかないわ」

「リーチちゃん、頑張りやー。はよ覚えんと開発されてまうでー」

鏡に映るスミレナさんの目は、完全に野獣、というか男、というかオッサンになっていた。

「それじゃあ、ブラを替えて二回戦、張り切ってイってみましょうか」

「ひ、ひあっ、ちょ、あは、んああああああああああああああああああっ⁉」

この後、自分でも幾度となく挑戦し、失敗する度にスミレナさんが襲い掛かってくるという地獄のサイクルが繰り返された。

幸いと言えるのかは甚だ怪しいところだが、自分の下着姿にドキドキするとか、そんな心の余裕は一切なく、オレは死に物狂いで練習した。そうして、揉まれまくった胸と夕焼けが赤く染まった頃、どうにかブラジャーを装備するスキルを覚えたのだった。

「ふう、堪能したわ」

最高にいい笑顔で、スミレナさんが額の汗を拭った。オレは燃え尽きたがな。

さすがに悪いことをしたと思ったのか、マリーさんは苦笑いだ。

「……なんかもう……一生分のショックを味わった気がします。今ならオレ……何があっても動じない自信があります……」

立ち上がる元気すらない。フリルとリボンの付いた可愛らしい純白のブラジャーを装備したまま、オレは試着室で体育座りをしている。

「じゃあ、最後にリーチちゃんが驚くようなことを教えてあげる」

「そんな気力はもう」

「マリーの旦那さんはぺぺよ」

「いやだから、その程度のことで今さらオレが驚くとでええええええええええええええ⁉」

今日一番の衝撃だった。

第十二搾　乳の間合い

「姉さん。帰ってきてから、ずっとリーチさんに元気がないというか、なんだか表情が死んでいるんだけど。買い物に出ていた時に何かあったの？」

「しばらくそっとしておいてあげて。知らなかったとはいえ、リーチちゃんてば、既婚男性に『ちんちん見せて』と懇願《こんがん》した挙句、そのままイカせてしまったのよ」

「ちん、イカ、え、ええっ⁉」

「しかも、すぐ近くには奥さんもいたのよ」

「何それ、完全に修羅場じゃないか！」

「ちょっとそこォオオオ！　相手が犬だって、ちゃんと言ってくださいよ！」

「そうね。リーチちゃんにとっては、一度イカせた男なんて、犬も同然よね」

「誰が見ても最初からずっと犬だったでしょうが‼」

　黙って聞いていれば好き勝手なことを。概ね事実ではあるんだけど。

「犬……あ、ああ！　もしかして、マリーさんとこの⁉　それならまだぎりぎり。よかった。僕はまた、てっきりリーチさんが行きずりの男の人と――」

　その先を言わせず、オレはエリムの顔面を鷲掴みに――しようとしたが、手が小さくて無理だったので、代わりにエリムの鼻を思い切り捩《ねじ》り上げた。

「すると思ったのか？　おい、答えろ。オレがそういうことをすると思ったのか？」

「ひだだだ！　めめ、滅相もございまへん！　全然、まっはふ思っへまへん！」

クソッ。こんなことが、もしこの先、二度、三度と続いてしまったら、硬派を売りにしてるオレのイメージが崩れ、とんでもなくビッチな奴だと思われてしまう……。

「マリーさんには、まだ言ってない……ですよね？」

「言ってないし、言うつもりもないけど、マリーなら多分、聞いても笑い飛ばすわよ？」

確かにそんな気はする。だけど、ぺぺは？　今にして思えば、ぺぺがあそこまで落ち込んでいたのも、奥さんに対して罪悪感があったからじゃないだろうか。

今も罪の意識に苛まれているであろう、ぺぺの気持ちを考えると……ああ……。

「くっ、ぺぺ、ごめんな」

でも、今は気持ちを切り替えないと。店を開ける十八時まで、あと一時間もない。

オレとスミレナさんを送迎する任を終えたミノコは、馬房――改め、牛舎で少し早い休息を取っている。次は、いよいよオレが働く番だ。

人生初仕事ということもあり、開店が近づくにつれて緊張が増していく。

スミレナさんとエリムは慣れたもので、淡々と開店準備を進めている。二人は特別畏まった恰好をしてはいないが、清潔感を重視した仕事着に着替えていた。対してオレは、買った下着こそちゃんとつけているものの、まだワンピース姿だ。

「スミレナさん、オレの制服っていうのは？」

「縫製が終わったら配達してもらうことになっているの。そろそろ届くかしら」

スミレナさんが、そう言った矢先だった。

酒場の正面入り口に、配達人――もとい、配達犬が現れた。

今まさに話題に上がっていたぺぺだ。背中にはリュックを背負っている。

……言葉はいらなかった。オレたちは、互いを慈しむような目で見つめ合った。

傍に寄ると、ぺぺは器用に前脚を抜いて背中のリュックを下ろしたので、オレは膝をついてそれを受け取った。

「忘れよう。お互いにとって、それが一番だと思う」

「ヨゥ……」

こちらこそ、妻帯者にあるまじき痴態を晒してしまい、面目次第もない。

言葉はわからずとも、ぺぺの目がそう語っていた。

「なんだか、不倫関係を内々に終わらせようとする男女の遣り取りみたいね」

スミレナさん、アナタは本当に雰囲気クラッシャーですね。

オレはリュックを開き、中身を取り出した。綺麗に畳まれているのでどんな服かわからないけど、白と黒のツートンカラーを基調にした衣装のようだ。黒いパンプスみたいな靴もある。

代金は前払いしていたそうなので、受け取りを確認してぺぺの仕事は終了した。

オレはもう一度、ぺぺにリュックを背負い直させてあげた。

「ありがとう、ぺぺ。マリーに急がせてごめんなさいと伝えて。後で店に来るなら一杯奢《おご》ると言っておいてくれるかしら」

　クライアントであるスミレナさんにぺこりと頭を下げたぺぺが、長い耳を引きずって帰って行く。その後ろ姿には、やはり隠しきれない哀愁が漂っていた。


「リーチちゃん、最高よ！　アナタ今、最高に輝いているわ！」

「素晴らしいです！　言葉では語り尽くせないほど、とにかく素晴らしいです！」

　母屋で着替え終え、再び酒場へと出てきたオレを待っていたのは、姉弟による過剰なほどの賛辞だった。割れんばかりの拍手喝采《かっさい》が耳に痛い。

　オレのために用意された制服は、肩口がふっくらとした袖――確かパフ・スリーブとかいう名前だ。そんな形の黒いワンピースに、白いエプロンドレスという組み合わせだった。

　スカート丈はずいぶん短く、膝の少し上にある。そして、マリーさんの手で改造を施された胸元は大きく開いており、買ったばかりのブラジャーによって見事な谷間ができている。

「これ、メイド服ですよね……」

　しかも、西洋のお屋敷なんかで見られる正式なものじゃなくて、萌えだけを追求したようなデザインだ。手首には、カフス――付け袖を巻いているけど、これって、食事時に袖が邪魔にならないようにするためのものじゃなかったっけ。この短い袖じゃ、付いてる意味ないよな？

完全に装飾品でしかない。

極めつきは、膝を隠してしまうくらい長い白色の靴下。靴下っていうか、まあ、ニーソだ。ニーソックスだ。そのニーソとスカートに挟まれた、わずかな肌面積──いわゆる絶対領域が生まれている。

テンプレという言葉が浮かんだけど、まさしくテンプレな展開だ。

それでもあえて、まさかと言わせてもらおう。

「まさか、異世界に来てメイド服を着て働くことになるなんて」

恥ずかしいことは恥ずかしい。が、地獄のブラ装着試練を乗り越えた今のオレにとっては、メイド服に身を包む程度のこと、取り乱す要因ではなくなっていた。

「最高です、リーチさん！　僕は、この瞬間を目に焼き付けるために、今日まで生きてきたのだと思います！　リーチさん、可愛い！　世界一可愛いです！」

「せ、世界一は言いすぎだろ」

「そんなことはありません！　リーチさん可愛いです！　可愛いひいいいい！」

「も、もうそのくらいで。声裏返ってんぞ」

なんか本気で言ってるっぽいし、さすがに顔が熱くなってきた。

「いいえ、リーチさんが自分の可愛さに自信を持ってくれるまで、僕はいつまででも可愛いと言い続けます！　リーチさん可愛い！　永久保存したいくらい可愛い！」

「や、わかったから……」

もうホント、そろそろ勘弁して。許容量《キャパ》が。

「可愛い！　可愛い！　可愛い！　可愛い！　可愛い！　リーチさん超可愛い！　ああ、その照れた顔も素敵です！　うわあ、うわあ、カーワーイーイー‼」

「わか、わかった、から」

「可愛い！　可愛い！　可愛すぎですよ！　リーチさんが可愛すぎて、僕は！　僕はもう！　ほら、姉さんも一緒に！　リーチさん超可愛んぐっふ⁉」

「わかったって言ってんだろうが‼」

あまりにもエリムがしつこくてウザいので、思わず鳩尾《みぞおち》に一発入れてしまった。

この姿が可愛いなんて……そんなこと、言われなくても……。

鏡に映ったメイド姿に、自分でも見とれてしまったくらいなんだから。

ぜえ、ぜえ、と肩で息をし、熱を帯びた顔を冷やしていると、いつの間にかスミレナさんは落ち着きを取り戻し、遠巻きにオレたちを傍観していた。

「自分よりも明らかにテンションのおかしい人を見ると、何故か冷静になるわよね」

そうなった時点でエリムを止めてくださいよ。

「お披露目を終えたところで、リーチちゃん、着心地はどう？　胸は苦しくない？」

「ええと、はい。問題ありません。ピッタリです」

「そう、よかったわ。……これがギガンテス級に進化した姿なのね。やっぱり、アタシの下《もと》を離れて正解だったわ。その制服も、リーチちゃんに着てもらえて喜んでいるはずよ」

別に涙なんて浮かんでいない目尻をスミレナさんが拭った。

「さ、愚弟は放っておいて、軽くミーティングをしておきましょうか」

店主であるスミレナさんが、拍手とは違う、柏手《かしわで》のように手を打ち鳴らしたことで、空気がピリッと緊張したものへ変わった。

「最初に言っておくわね。アタシは別に、リーチちゃんが何か失敗しても怒ったりはしない。初仕事で失敗しないなんてことは、土台無理な話だもの。何故失敗したのかは自分で考えて、自分で反省してちょうだい」

「わ、わかりました」

「初日で完璧に仕事をこなせとは言わないわ。だけど、明日明後日となれば、アタシは相応の働きをリーチちゃんに求めるわよ。理由は、言うまでもないわね」

「はい。お世話になっている身として、重々承知しています」

「リーチちゃんは家族も同然だけど、甘やかすつもりもない。もし、リーチちゃんの働きと、ミノコちゃんの食費を秤にかけて大赤字になるようなら、厳しいように思われるかもしれないけど、ミノコちゃんの分は森で狩りをするなりして食い扶持《ぶち》を賄《まかな》ってもらうしかないわ」

「当然のことだと思います」

「ミノコちゃんが大食らいでなければ、エリムの食事を抜けば事足りるんだけど」

エリムが「え?」と驚いた顔をした。

「そういえば、面接をしていなかったから、聞いていなかったわね」

「何をです?」

「リーチちゃんは、この世界で何をしたいの？　何かしたいことはあるの？」

「それは仕事と関係ある質問なんですか？」

「あると言えばあるかしら。目標を持って働いてもらった方が上達は絶対早いし、何より働くことが楽しくなるでしょう？」

それもそうだ。

自分のやりたいこと、か。

「実は、向こうの世界で友達だった奴も転生してくるかもしれないんです」

「タクト君というそうね。エリムから聞いているわ。ライバルがいるって」

「オレ、前世じゃ拓斗に世話になりっぱなしだったんです。でも転生したことをきっかけに、今度はオレがあいつを助けてやれるようになりたいって、そう思うようになって」

「うん、いいんじゃないかしら」

「そのためには、最低限、地に足のついた生活ができるようにならなきゃいけないですよね。拓斗がいつ転生してくるのかはわかりません。もしかしたら、明日かもしれないし、一ヶ月後なのかもしれません。というか、転生してくるっていう確証はないんですけど」

「タクト君がいつ転生して来てもいいよう、迎え入れられる準備をしておきたいのね」

異世界で生まれ変わったことに意味を見出すなら、オレは拓斗に恩返しがしたい。

それに――。

「他にもあるの？」

「え？　あー、えと、そうですね。ミノコに心配ばかりかけちゃってるんで、これ以上愛想を尽かされないようにしたいです。今のままだと、完全にミノコの方が主人ぽいので」

　ふとギリコさんのことが頭に浮かんだけど、この気持ちを上手く言葉にできなかった。

「ふふ、頑張ってね。アタシも協力するわ」

　頑張ろう。抱負を口にしたことで身が引き締まり、労働意欲が増した気がする。

「ところで話は変わるけど、そのタクト君と、ウチのエリム、どっちの方が好きなの？」

「姉さん、なんてことを訊いているのさ⁉」

「エリムだって気になるでしょ？　現時点で、ライバルとどれくらい差があるのか」

「それは、そうだけど」

　妙な話題で盛り上がる二人をよそに、オレはふるふると首を横に振った。

「友達に順位なんてつけたくありません。拓斗は大切な奴です。それは転生した今でも変わらない。でも、エリムのことも大切だと思っています。どっちが上とかじゃない。オレの中で、エリムはもう、掛け替えのない存在になっているんです」

「リーチさん……」

　感極まったのか、エリムが肩を震わせている。へへ、もう少し言わせてくれよ。

「そう、エリムは一生の友達と言っても過言じゃありません！　何があっても！　永遠に！この先、死ぬまで友達という関係は変わりません！　断言します！」

「うん、わかったわ。わかったから、それくらいにしてあげて」

よっぽど嬉しかったのか、エリムがはらはらと涙を流している。お前とはズッ友だぞ。

「とか言ってるうちに、もう開店時間ですね。うあー、やばいくらい緊張します」

「大丈夫よ。リーチちゃんならすぐにでも看板娘としてやっていけるわ」

残念ながら、看板娘という肩書きに一切魅力を感じないので激励にはなりません。

「それじゃ、最初の仕事よ。表の札は、リーチちゃんが反《かえ》して来てくれるかしら」

「はい！」

パシッ、と頬を挟むように叩き、気合いを入れた。

この世界でオレが一人前に生きていくための、本当の戦いがここから始まる。

「やるぞ。酒場【オーパブ】――営業開始だ」

気勢と共に、オレは【閉店】と書かれている札を裏返して【開店】に変えた。


「こんばんワン、来たったでー。儲かってまっかー？」

「いらっしゃい、マリー。ぼちぼちと言いたいところだけれど、正直ぼちぼちどころの話じゃないわ。確実に、普段の倍は注文があるわね」

「そりゃまた大繁盛やな。まあ、理由は一目でわかるわ」

新しいお客さん？　あ、マリーさんか。

直接カウンター前の席に行ったので、対応はスミレナさんに任せる。急ぎで仕立ててくれた制服の礼もあるし、挨拶しに行きたいとこだけど、こっちはこっちで死ぬほど余裕がない。

緊張でミスしたらどうしよう。そんな不安に駆られていた頃が、オレにもありました。

いざ接客を開始してみたら、息をつく間もない忙しさが待っていた。

緊張している暇があったら、一つでも多く注文を取れ。

開店してから二時間。自分にそう言い聞かせ、もはや営業スマイルなんて見る影もないが、とにかく手足を動かさないと店が回らない。それほど多忙を極めている。

「【ラバンエール】お待たせしました！」

「次は【シャブシャブ鳥の香草焼き】一人前追加で」

さっき一緒に注文しといてくれよ‼

お客に対して、こんな不満を抱いてはいけない。それくらい、今まで働いたことがなかったオレでも常識でわかる。でも、言いたくもなる。

なんの嫌がらせか、ちまちました注文ばかり繰り返されるのだ。まるで、一回でも多く酒や料理をテーブルに持って来させようとするかのように。

なんなの？　新人いびり？　オレがどこまでやれるか試してるの？

そんな陰湿行為が、一人や二人じゃなく、ほぼ全てのテーブルで行われている。

「店員さん、こっちお願い」「ねーちゃん、注文頼むぜ」「お水ちょうだーい」

「は、はひぃ！　ただいま！」

助けを求めようにも、スミレナさんとエリムは、それぞれの戦場で戦っている。

頑張っているのは自分だけじゃない。

喉まで上がって来ていた弱音を、オレは無理やり飲み下した。

フロアはオレの持ち場だ。ここがオレの戦場だ。負けねーぞ、お客様！

「食器はそのままで結構ですので！　お会計4，500リコになります！　ありがとうございました！　またのお越しを！」

次々と客の要望を捌いていくうちに、オレって意外と労働に向いているのかもしれないと、そんな風に思うようになっていた。目立ったミスもなく、変に自信をつけ始めていた。

それが良くなかった。そういう時こそが、一番危険なのに。

「空いたグラス、おさげしますね」

冒険者風の、野性味溢れる四人の男性客たちがテーブルを囲っている。でかい声で談笑している彼らの間から、オレは腰を曲げて空になったグラスに手を伸ばした。すると、

「ヌオ、オオオゥッ⁉」

最初、男が何に叫んだのかわからなかった。

気づいた時には手前のグラスが倒れ、客のズボンをビショ濡れにしていた。

誰がやったのかと思い顔を上げると、男たちの視線はオレ一人に注がれていた。

「……マジかよ」

接客中であるにもかかわらず、オレは素の口調で呆けたように呟いた。

初めての失敗だ。だけど驚いたのは、ミスしたこと自体にじゃない。

ミスした事実より、ミスの仕方が尋常じゃなかった。

それくらい信じられないことが起きていた。

だって、ぶつかるはずがない。それだけの間合いは確保していたのに。

肘がぶつかってグラスを倒す、なんてのはよくあることだ。オレも経験がある。

つまりオレは、わかっているようで、まだ全然わかっていなかったんだ。

男から女になったこと。

より詳細に言うなら、乳の無い男から、巨乳の女になったことを。

意識と体の決定的なズレが生んだ悲劇――
・・・
オレは自分の乳で客のグラスを倒してしまったのだ。


「オゥオゥ、姉ちゃん、なんてことしてくれやがるんだ！　冷てえじゃねかオオゥ⁉」

四人全員が一斉に立ち上がり、オレは瞬く間に取り囲まれてしまった。

「漏らしたみたいになってんじゃねえか、オオゥ⁉」

「す、すみません！　すぐに拭きます！」

「オオオゥ⁉　そんなことしたら、もっと大変なことになるだろォ、オゥオ⁉」

なんで？　早く拭かないと、もっと被害が広がっていくじゃないか。

「オゥ、とりあえず、ちょっと向こうで話しようか、オーゥ⁉」

「え？　え⁉　あの⁉」

突き飛ばされたわけでもないのに、壁のように迫ってくる男たちのプレッシャーに押され、オレはみるみる店の壁際へと追いやられてしまう。

「わ、わざとじゃないんです。本当に、ごめんなさい」

「わざとかどうかなんざ、どうでもいいんだよ、オゥオァ⁉」

ズボンを濡らした男が眉間《みけん》に皺《しわ》を寄せ、不良がメンチを切るようにして凄んでくる。

他の三人は自らが壁となり、周囲からこの状況を隠している。

揚々と仕事をしていたかと思えば、一転してこの有様。突然の状況変化にテンパり、オレはエサを求める魚みたいに口をぱくぱくと動かすだけで、まともに声すら出せない。

「オゥ、ちょっとジャンプしてみろや、オゥオゥ」

デジャブった。この展開、体育館裏で上級生数人にカツアゲされた時と同じだ。

「お、お金……持ってません……」

「オァア⁉　いいからジャンプしろって言ってんだろ、オゥオ⁉」

オレは半べそをかきながら、言われるままに、その場でピョンピョンと二回跳んだ。

一銭も持ってないんだから、硬貨がぶつかる音なんてするわけがない。

「こ、これでわかってもらえましたか？　それより、早く拭かないと」

「オァン⁉　誰がやめていいって言ったんだ、オォウ⁉」

男はまだ納得できないらしい。

オレはやむなく、ピョンピョンピョンピョンとラジオ体操みたいに跳ね続けた。

「うぅ、もういいですか～?」

「オゥ、ラスト五回だ! 頑張れぇオオゥ!」

なんか応援されてる?

最後までワケがわからないまま、計二十回ほどのジャンプを終えた。

乱れた息を整えながら、オレはさらに飛んでくるであろう罵声に備えたが——

「「「ありがとうございましたああああああ!!」」」

「は?」

飛んで来たのは罵声とは程遠い、試合後のスポーツ選手もかくやの爽やかな謝意だった。

男たちは表情に怒りどころか、恍惚《こうこつ》感に満ち満ちた笑顔をたたえている。

「いやー、いいもん見せてもらったぜ。オゥ、お嬢ちゃん、拭く物だけもらえるか? 忙しいだろうから、あとはこっちで片づけとくからよ。オゥ」

え、優しい?

男たちは何事もなかったかのように席へ戻り、さっきより上機嫌になって酒宴を再開した。

壁際に残されたオレは、頭の中が?《ハテナ》で埋め尽くされた。意味不明すぎて気持ち悪い。

そこでふと、バーカウンターに立つスミレナさんが、タオルを持って手招きしていることに気づいた。今の一部始終を見ていたようだ。

オレはマリーさんに会釈をし、スミレナさんからタオルを受け取った。

「飲みすぎて、酔っ払っていたんでしょうか」

「アタシには、彼らの気持ちがわかっちゃうわー」

「ウチも、よぉわかるなー」

スミレナさんに続き、マリーさんまでうんうんと頷いた。

「教えるのと教えないの、どっちがオイシイかしら」

「ウチは後者に一票やな」

「そうね。意識されすぎると、仕事にも差し支えるでしょうし」

なんだ？　なんの話だ？

「そんなことより。リーチちゃん、ここで振り返るべきなのは失敗した原因。それはちゃんとわかっているんでしょう？　大切なのは、同じミスを繰り返さないことよ。違う？」

「あ、いえ。……そのとおりです」

「一度の失敗でくよくよしないで。リーチちゃんのおかげで、確実に収益は上がっているわ」

「本当ですか⁉」

「リーチちゃんは、もはやウチの酒場のエースよ。三人しかいないけど」

「そこまで期待されて……。そんなことを誰かに言ってもらえたの、オレ初めてです。もっと頑張ります！　こうしちゃいられません！　仕事に戻りますね！　では！」

スミレナさんの激励に敬礼を返し、オレは客のいるフロアへ早足で戻った。

「やー、なんなん、あのカワイイ生き物」

胸が高鳴る。心が弾む。なんだか上手くはぐらかされ、後ろでマリーさんが何か呟いた気がしたけど、今は世界が拓《ひら》けたかのように晴れやかな気持ちとやる気に溢れている。

こんなオレでも店に貢献できている。この実感こそが、労働の喜びってやつだろうか。

悪くない。同時に、自身の成長も実感できる。気持ちの面だけでなく、体の面でも。

そう。初めての失敗を経たことで、オレは己《おの》が乳の間合いを覚えたのだ。


「リーチちゃん、こっちへ来て少し休憩なさい」

客席からブーイングが起こったけど、スミレナさんが目を細め、フロアに向かってにこりと微笑んだだけで、それはピタリと止まった。

酒場【オーパブ】の営業時間は日付が変わるまでだ。

まだようやく折り返しというところだが、オレは初勤労に手応えを感じていた。

そこから得られるのは、この世界でちゃんと生きていけるという自信でもある。

「よっこいしょ」とオッサンくさい掛け声で、バーカウンターを挟んだ一人用の席に座らせてもらった。隣では、ほんのりと顔に赤みを帯びたマリーさんが、背の低い円柱グラスに入った空色の液体をゆらゆらと遊ばせている。

「リーチちゃん、それはアタシへのサービスなの？　それとも無意識なの？」

「何がです？」

「ぬほー、乳がカウンターに載っとるで。それ食べていいん？　食べてもいいん？」

「…………ダメです」

完全に無意識だった。普通に荷物を置くような感じで、自分の胸をテーブルに載せていた。

「ああっ、いいのよ。降ろさなくて。というか降ろさないで」

「一個おいくらでっかー？　お持ち帰りおなしゃーす。なははは」

「マリーさん、酔ってますね。いや、この人はこれで平常運行なのかな」

「多少陽気になるくらいよ。飲み方を心得ているお客で助かるわ」

「やー、酒は美味い。店員さんは可愛い。【オーパブ】は安泰やな」

安泰か。スミレナさんとエリムの二人暮らしで、なおかつ、この繁盛ならそうかもだけど、規格外の大食らいが居候しちゃったからな。もっと働かないと。

「――リーチさん、お疲れ様です」

凝った肩を自分で揉み解していると、エリムが水と氷の入ったグラスと、温かいおしぼりを持って来てくれた。

「仕事、キツくありませんか？」

「ありがと。キツいっちゃ、キツいけど、やり甲斐があるよ」

「そう言っていただけると、同僚として、僕も気分がいいです」

受け取ったおしぼりで顔を乱雑に拭いた。これもオッサンっぽいかな。

「あーでも、この店に来る客って、皆あんな感じなのかな」

「オレが新顔だからか、どれくらい動けるのか、面白半分で探りを入れられてる気がしてさ。一度に注文せず小分けにしたり。わざと忙しくさせてるとしか思えなくて」

「あんな感じとは？」

「ん、んー、お客さんたちは、そんなつもりじゃないと思いますけど」

「じゃあどうして、どうでもいいような理由で呼ばれまくるんだ？　スプーンが落ちたとか、フォークが落ちたとか、ほっぺたが落ちたとか。数えるのもアホらしくなるくらい落ちた物を拾わされるし。なんの捕球練習かと思ったぞ」

「ほっぺたについては、ありがとうございますと言いたいですが」

「あれがわざとじゃないなら、行儀悪すぎだろ」

「リーチちゃん、お客さんのことを悪く言わないの」

ふんすと鼻息を荒くしていると、スミレナさんがオレをたしなめるように言った。

「すみません……」

「もうわかったと思うけど、接客業は重労働よ。それなのに、リーチちゃんの拙《つたな》い足運びは、見ていて不安になるの。アタシから見たってそう思ったんだから、より近くでリーチちゃんを見ていたお客さんたちなら見抜いたはずよ。ああこの子、足腰がなっていないなって」

「確かに筋力は、前よりずっと衰えましたけど」

「足腰の強さは日常生活でも基本中の基本よ。だからアタシはこう思うの。お客さんたちは、リーチちゃんを立派な店員に育てようと、あえて意地悪をしていたんじゃないかって」

「いやいや、スミレナ、その理屈はさすがにリーチちゃんでも――」

「全ては、オレを鍛えるため⁉」

「――信じるんやなあ、このアホ可愛い子は。お姉さん、ちょっと将来が心配や」

「マリーさんも、オレのことを案じて⁉」

「まあ、うん、間違ってはあらへんけど」

　なんてこった。金を払う客という立場でありながら、見ず知らずのオレの成長を助けようとしてくれていたのか。それなのにオレは、ただの嫌がらせだと……。

　なんたる未熟。このお詫びと感謝は、誠意を込めた接客で返すしかない。

「おーっと、リーチちゃん、ごっめーん、おしぼり落としてもうたー（棒読み）」

「あ、いいですよ！　任せてください、オレが拾います！」

　しゅば、という効果音が鳴りそうな機敏さで、オレはマリーさんが床に落としたおしぼりを拾った。意識すればするほど、効果的に下半身への負荷を感じる。

「……なるほど。お客さんたちが見ていたのは、この角度なのね」

「これオプションにして、金取れるんちゃうの」

　スミレナさんとマリーさんが、屈んだオレを見下ろして何やら納得している。

「スミレナさん、マリーさんに新しいおしぼりをお願いします」

「リーチちゃん、さっきはあんなこと言ったけど、屈む時は気をつけるのよ？」

「ぎっくり腰にですか？」

「なんでやねん。——と、思わずマリーの口調がうつっちゃったわ」

「ああ、そういうことですか。スミレナさん、オレだって馬鹿じゃありませんよ。昼間に痛い失敗をしましたからね。今はちゃんと足を閉じてしゃがんでいるので、パンツが見える心配は万に一つもありません。学びました」

「すごいわ。見てマリー。これが、アホの子が見せる会心のドヤ顔よ」

「こういうの、リーチちゃんのいた世界やと、なんや上手い言い方あるんかな」

「こういうのと言いますと？」

「一部を隠したんはええけど、他の大事なとこ隠せとらんことに気づいてへん、みたいな」

「〝頭隠して尻隠さず〟でしょうか」

「多分それや。〝パンツ隠して乳隠さず〟や」

「胸なら隠れてますよ？　制服と下着の二重装甲ですから、透けもぽっちもありません」

「うん、せやな。そのとおりや」

なんでそんな優しい目を？　ああ、そうか、これが成長を見守る目か。ありがたい。

「リーチちゃん、ブラの具合はどう？」

「凄いですね。正直、性能を侮《あなど》ってました。これだけ動いても痛くないです」

「ズレてきたりはしてない？」

「今のところ大丈夫ですけど、激しく動くとズレることもあるんですか？」

「男の子も、ちんポジを直したりするでしょ？　胸の大きな女の子もそれと同じでぱいポジが気になったりするの。アタシのように、ズレる胸が無ければ堂々としたものなんだけどね」

　アナタは別の意味で堂々としすぎだと思います。

　包み隠さないスミレナさんの言葉にいちいち反応してしまいそうになるのは、オレがまだ、このお姉さんに理想を求めているからなんだろうか。そろそろ諦めないと。

「おおきにやで。ウチの店で買《こ》うてくれた下着、ちゃんとつけてくれてるんやな」

「はい。でも、さすがに可愛らしすぎる気が……。オレはもっと地味な方が……」

「うふふ、これで洗濯物が華やかになるわ。女の子の下着はやっぱり手洗いよね。今から喉が――じゃなくて、腕が鳴るわ」

「自分でやります……」

　人の下着を、さも当たり前のように手洗いするつもりでいたこの人が怖い。

「あの、三人とも、近くに男子がいることを忘れていませんか?」

「おっと、悪い。エリムには退屈な話だったよな」

「退屈とか、そういうことではなく」

「なっははは。リーチちゃん、せっかくやし、エリム君に、どんな下着買《こ》うたか見せたれば? 男子の意見は貴重やでー」

「あ、そうですね。えっとな、こういうのを買ってもらったんだけど」

　メイド服の胸元に人差し指を引っ掛け、ぐいっと前に引っ張った。ふんだんに刺繍《ししゅう》の入った菫《すみれ》色のブラジャーがエリムによく見えるよう、身を乗り出す。

「スミレナさんとマリーさんで選んでくれたんだけど、ちょっとばかしデザインが凝りすぎな気がするんだよな。エリムもそう思わないか？」

「こ、こら、リーチちゃん、アナタ何してるの⁉」

「え？　マリーさんが見せてやれって」

「嘘やん！　冗談で言うてみただけやん！」

「まずかったですか？」

「「常識的に！」」

常識という単語が、この人たちから出てきたことに驚きを隠せない。

「でもスミレナさんたち、もっととんでもないことを普通にしてきますよね？」

「男と女では違うの！　バカ！　マリーが軽率なことを言うからよ！」

「堪忍や！　この子のアホっぷりをナメとった！」

「しかも見て、このキョトンとした顔！　事の重大さをまだわかっていないわ！」

「ほんまやばいで！　今みたいなん、よそでやらかしたらソッコーお持ち帰りや！」

「二人して、何を興奮してるんですか？」

オレは単に、「珍しい柄のトランクス穿いてみたんだけど」「お、粋だね」という遣り取りのつもりで、男友達のエリムに見せただけなのに。

「リーチちゃん、よく聞いて。アタシはね、リーチちゃんが口ではどう言っていたとしても、女の子として、本当の本当の本当に最低限の慎みだけは備わっていると思っていたの」

「最低限の慎み、ですか？」

「確認のために質問するわ。心して答えてちょうだい。女であるアタシやマリーにおっぱいを揉まれるのと、男のエリムに揉まれるの、抵抗が少ないのはどっち？」

「エリムです」

「やだこの子、即答で言い切ったわ！」

「スミレナ、大変や！　エリム君が鼻血出して死にかけとる！」

　エリムは立ったまま白目を剥き、鼻血を流してピクピクと痙攣《けいれん》していた。

「リーチちゃん、まだ営業時間なのに、なんてことを……ッ」

「ええ、オレのせいですか!?」

「ただでさえオ●禁――険しい苦難の道を歩もうとしていたエリムに、さらなる試練を課してしまったのよ。この様子だと、耐えられるかどうかは、今夜が峠でしょうね……」

　なに、エリム死ぬの？

「問題はリーチちゃんね。これは重症よ。お説教でどうにかなるとは思えないわ」

「やっぱりウチらで、自分は女の子やて自覚するまで開発するしかあらへんな」

「そうね。やむなしだわ」

「あ、そろそろ仕事に戻りますね。休憩ありがとうございました」

「リーチちゃん、待ちなさい！　まだ話は終わって――」

　身の危険を感じたオレは、逃げるようにして仕事に戻って行った。

第十三搾　保護指定種族

一風変わった見た目のそのお客さんは、閉店一時間前という遅い時間にやって来た。

マリーさんのように、ベースは人間で、部分的にアニマルチックな種族なら何人も来店していたけど、明確に人型ではない客は初めてだった。装いこそ、人間の冒険者が身につけているような銀色の薄い板金鎧を纏《まと》っているけど、光沢のある体躯は濃い緑色の鱗《うろこ》に覆われている。

日中に、大通りで会ったギリコさんだ。

両手に一つずつ持っていた【ラバンエール】を注文客に届けた後、早足で案内に向かった。

余談だけど、この国の名前は【ラバン】というらしく、王都【ラバントレル】の〝トレル〟には〝首都〟の意味があるんだとか。

「いらっしゃいませ。お一人ですか？」

「ずいぶんと盛況であるな。後から三人ほど追加で来るのだが、席は空いているだろうか？」

「大丈夫ですよ。それじゃ、テーブル席に案内しますね」

「かたじけない」

この武士口調、なんか好きだな。

「あ、そうだ。挨拶が遅れました。オレ、リーチ・ホールラインといいます。昨日からここでお世話になってます」

「これは丁寧に。では小生《しょうせい》からも。名はギリコと申す。見てのとおり、リザードマンである。冒険者の真似事のようなことを生業《なりわい》にしている」

「リザードマンっていうんですか」

「リザードマンを見るのは小生が初めてであるか？」

「はい。実は、他種族のいる町に出て来たこともないような田舎者でして」

「そうであったか。リザードマンを見分けるコツは、頭部に付いたトゲのようなイボである。個体によってイボの数はまちまちで、付いている位置も微妙に違う。小生みたく、トサカ状に真っ直ぐ並んでいるリザードマンはあまりいない。密かな自慢である」

リザードマンの豆知識を一つ教わり、ギリコさんをテーブル席へと案内した。

おしぼりと水を添え、注文を取る。

【ペロメナのゲソ焼き】と【エビル貝の酒蒸し】、【コング芋の火酒】をロックで」

「お通しと飲み物は、すぐにお持ちしますね」

スミレナさんから卑猥《ひわい》なモンスターとして紹介されたことのあるペロメナだけど、意外や、食材として重宝されているらしい。こういう危険な食材を集めてくるのも冒険者の仕事の一つなんだそうだ。エリムが冒険者を志すのも、自分で食材を調達したいからなんだとか。

スミレナさんに酒を、エリムに料理をそれぞれオーダーする。

「ギリコさんが来てくれたのね。もう挨拶は済ませた？」

「はい。すごく話しやすい人ですね。リザードマンって、皆あんなに穏やかなんですか？」

「そうとは限らないわ。ある程度の性質は種族で括れるかもしれないけど、それだって万人に当てはまるわけじゃない。リーチちゃんがいい証拠でしょ？」

確かに。スミレナさんの言葉を噛みしめ、注文されたお酒と、お通しの【栗豆の塩茹で】を丸トレイに載せてギリコさんのテーブルへ運んで行った。

「お待たせしました」

平鉢に入った【栗豆の塩茹で】を見たギリコさんの鋭い目が、さらに細まった。

「よほど繁忙を極めているのであるな。いつもなら、皮を剥いた状態で出てくるのであるが」

「それなんですけど、なんか、皮付きの方が美味しいってことになったみたいで」

何気ない、ちょっとした一言だった。

皮を剥いた物を見ても、オレはそんなことを思わなかっただろう。

まず、皮に包まれた栗豆を見て、オレは黄色い枝豆だと思った。ほんのりと甘味のある豆を塩茹でして味を引き締めることで、手軽なおつまみになるのだそうだ。

お通しの準備で、栗豆の皮を剥いていたエリムを見たオレが「こっちの世界では皮を剥いて出すんだな」と呟いた。きっかけはそれだけだ。

その一言を受けたエリムが、「もしかして……」という顔で、試しに皮付きの状態で塩茹でした栗豆を口に運んだのだ。その時にあいつが見せたリアクションは、少年誌の料理漫画かと思うほどにオーバーなものだった。

ギリコさんが、四本指の鋭い爪で栗豆の一つを摘まみ上げた。

「ふむ、こうであるか？」

「軽く咥えたら、皮は食べずに中の豆を口で引っ張り出すように食べてください」

「もむ、もむ。……なるほど。確かにこの方が、皮に含まれている塩も出汁のように口の中へ染み出し、より味わい深くなっているのである」

自分の発案ということもあって、その感想がとても嬉しかった。

「働くのは今日からだと聞いていたが、問題ないようで何より。表情が活きているのである」

「もしかして、気になって様子を見に来てくれたんですか？」

「酒のついでである」

酒のついで。渋い台詞だな。オレも飲める年になったら言ってみたい。

「しかし、初日からこれでは明日以降も大変であろうな。この時間であれば、いつもは空席も目立つのであるが」

「やっぱ大入りなんですね。昨日、臨時休業にしていたからでしょうか」

「さにあらず。可憐なリーチ殿を眺めるのに夢中で、つい長居してしまうからであろう」

「か、可憐⁉」

初めて言われる表現だ。スミレナさんたちのせいで、可愛いと言われるのは腹いっぱいっていうか、もうやめてっていうか、いい加減にしろって言いたいけど、可憐はなんか、容姿だけじゃなく、立ち居振る舞い全部を含めて表す言葉というか、だからその、ええと、なんだ。

「……ほ、他の料理も、できたらお持ちしますね！」

ぺこりとお辞儀をし、オレはそそくさとその場を退散した。

うへぁ。なんか、めっちゃくちゃ恥ずかしかった。オレ今、絶対顔赤い。

ギリコさんの言葉は、身内の欲目でも、お世辞でもなかった。

ただ事実を口にした。そんな感じがしたから、余計に気持ちを揺さぶられた。

「あれ？　マリーさんは帰られたんですか？」

熱くなった顔にトレイを押しつけながらバーカウンターに戻ると、マリーさんの姿はなく、空になったグラスをスミレナさんが片づけていた。

「ええ。もう遅いから、ぺぺが迎えに来てくれたの」

「いい旦那さんですね」

「『今夜は気分がええから、趣向を変えて騎乗位でガンガン攻めまくったるで』と意気込んで帰って行ったわ」

それ、ぺぺが潰れませんかね……。

「あら、リーチちゃん。少し顔が赤くない？　まさか、今のでまた幻肢勃《げんしぼつ》――」

「それはそうと！　今さらなんですけど、ギリコさんって男性ですよね？」

「ええ。人間で言うなら、二十五歳くらいだって言っていたと思うわ」

言われて、オレは改めて店内をぐるりと見渡してみた。

「どうかしたの？」

「思ったんですけど、この店って、男性客が多いですね」

女性客も来るには来るが、見た感じ、客層の八割方が男性だ。

「そうなのよねえ。上品なお店というわけでもないし、仕事帰りに、ちょっと一杯ひっかけて行くか、みたいな感じで立ち寄る男性が多いかしら」

スミレナさんの口振りは、そのことを良くは思っていないようだった。

「何か問題があるんですか？」

「あまり偏りすぎるのはどうかと思うのよ。店の中に男性しかいなかったら、新規で女性客が入って来にくいでしょ？　ただでさえ、今後はさらに男性客が増えていくはずだし。なんとかしたいと思っているのよ」

「男性客が増えていくって、なんでですか？」

「そこにおっぱいがあるからよ」

「おっぱい？　ああ、ミノコのミルクを目玉商品にしていくって話ですね」

今日のところはオレを仕事に慣れさせることを第一に考えてくれているため、お酒と一緒に新商品のミルクはいかがですか？　といった営業はしていない。

「あれ？　でも、ミルクを目玉にすると、なんで男性客がふにょわあああ⁉」

言い切るよりも早く、スミレナさんが、真正面からオレの両胸を鷲掴みにしてきた。

「ミルクじゃなくてこれよ。このおっぱいがあるからよ。いくらアタシでも、リーチちゃんのボケを全部通すと思ったら大間違いよ」

「ちょ、スミレナ、さん、揉ま、揉まないで、あ、んあ！」

男の時だったら、絶対に出ないような声がオレの口から勝手に漏れる。

「アタシね、さっきので気づいちゃったの。あ、ウチにはツッコミが不在だって。この環境はリーチちゃんの情操教育に良くないなって。エリムに期待したいところだけど、ヘタレすぎて頼りになるのか怪しいじゃない？　だから、リーチちゃんがボケた時は、こうやってアタシがちゃんと拾ってあげることにしたの」

「ま、待って、くださ。さっきのって、いうのは、エリムにしたこと、ですか？」

「他に何があるの？」

「でも、スミレナさん、言ってくれたじゃない、ですか。オレを、家族同然だって」

「言ったわ。もちろん本心よ。それがどうしたの？」

「なら、エリムも家族、ですよね？　家族に下着を見せたって、別に変なことは」

「あらあら、それって暗に、アホなオレが心の底から反省するまで、もっと激しくいやらしくテクニカルに、足腰が立たなくなるまで揉みしだいて叱ってくださいとリクエストされているのかしら？　それならご期待に応えないといけないわね」

「反省してます超してます！　家族でも男女間では気を遣えってことですね⁉」

「一〇〇点の解答とは言えないけど、とりあえずはそれで良しとしましょう」

むぎゅ、とわずかに痛みを伴うひと揉みを最後に、スミレナさんが手を離してくれた。

「ええと、なんの話をしていたかしら」

「ハァ……ハァ……男性客ばかり、増えすぎるのは、問題だって……」

「そうだったわね。今朝、ミノコちゃんにお酒の試飲をしてもらっていたでしょ？　女性客に人気が出そうなお酒を作れないかって考えていたからなの。あれも出来は悪くないんだけど、もうひと工夫欲しいところなのよね。お通しの時みたいに、何かいい案はないかしら」

そう言われても、酒に関して、未成年のオレにアドバイスできることなんて。

「ああ、そういえば、スミレナさんは、新しいお酒とミルクの販売を別々に考えているみたいですけど、ミルクを使ったお酒は作らないんですか？」

「……え？」

「エリムはオレのために、ミルクを使った料理を再現しようとしてくれてるじゃないですか。お酒では試さないのかなって。どのみち、オレは飲めませんけど」

「お酒とミルク？　え、合うの？　向こうの世界にはあったの？」

「飲んだことないですけど。なんて名前だっけな。うーん、出てこないや」

「待って待って待って！　名前はなんでもいいとして、あるのね⁉　ミルクを使ったお酒で、女性にも人気が出そうなものが！」

「すみません。人気があるかどうかは知らないです」

「構わないわ。可能性を示してくれただけで十分よ」

スミレナさんの瞳が燃えている。本職の血が騒いだようだ。

そこでエリムが、ギリコさんの注文した料理が完成したことを報せた。

【ペロメナのゲソ焼き】と【エビル貝の酒蒸し】、どっちも食欲をそそる香りだ。

それらをトレイに載せると、熱々の湯気が直接鼻腔《びこう》をくすぐってきた。

「ペロメナって、イカみたいな匂いがするんですね」

「ペロメナが、イカの匂い？」

ほんのちょっぴりですけどね。サキュバスになったことで、嗅覚が微妙に鋭さを増したからこそわかる程度だ。だからオレの感想に、スミレナさんが首を傾げたのも不思議じゃないのだけど、何故かスミレナさんは、次いで驚愕《きょうがく》の表情をエリムに向けた。

「エリム……アナタまさか、リーチちゃんのブラ見せに興奮して、さっきトイレに行った時、早速解禁してきたんじゃ⁉　それで、手にべったりついたまま料理をして、そのせいで⁉」

「いきなりとんでもない疑いが飛んで来たよ⁉」

何やら急に騒ぎ出したけど、この姉弟のスキンシップはよくわからないからな。

「それじゃ、料理を運びますね」

「リーチちゃん、待って！　その料理、持って行って大丈夫なの⁉」

「姉さん、飲食店でその冗談は洒落にならないよ！　リーチさんも言ってやってください！」

なんか知らんが、後にしてくれ。せっかくの料理が冷めちゃうんで。

料理に続き、酒の分野でも活躍できたことが嬉しいオレは、そろそろ客にラストオーダーを告げる時間になって、ようやく自然なスマイルで接客に当たれるようになった。

「リーチちゃん、さっきからギリコさんに熱い視線を送ってるけど、どうかしたの?」

「あの人と、もう少し話をしてみたいなと思いまして」

「あまりこんなこと言いたくないんだけど、サキュバスとリザードマンでは子供を作ることはできないわ。何故かというと、サキュバスは胎生《たいせい》、リザードマンは卵生なの」

「なんの話をしてやがりますか」

「うふ、冗談よ。もうラストオーダーも取り終わったし、行ってらっしゃい。リーチちゃんの社会勉強にもなるし。もちろん、ギリコさんが構わないって言ってくれたらだけど」

スミレナさんが「ちょっと待ってね」と言い、新しいグラスを用意した。そこへ、コロンと鈴の鳴るような音を立てて氷を入れ、無色透明な【コング芋の火酒】を注いだ。

「これ、ギリコさんに持って行ってあげて」

「スミレナさんって、過保護ですよね。でも、ありがとうございます」

「過保護なのは義理の妹限定よ。その分、実弟に厳しくして帳尻を合わせるわ」

すまん、エリム。シワ寄せはお前に行くらしい。

オレはトレイに酒を載せ、いそいそとギリコさんのテーブルへ向かった。

ギリコさんは、追加注文した【コカトリスの出汁巻き卵】を食べている。その対面に立つ。

「すみません、もしお邪魔でなければ、ここ座ってもいいですか?」

「どうかされたのであるか?」

「少し、話をさせてもらえたらと」

「小生と?」

まずは手土産に持たされた酒を、「どうぞ」と言って差し出した。

「注文した覚えはないのであるが?」

「スミレナさんからのサービスです」

ギリコさんが、カウンターにいるスミレナさんに、ちらりと鋭利な視線を向けた。

スミレナさんは、にこやかに微笑み、ひらひらとこちらに手を振っている。

「これはまた、なんともわかりやすい袖の下であるな」

グラスを手に取り、くすりと笑ってくれた。

「小生、婦女子を楽しませられるような話題など持ち合わせていないのであるが?」

「あ、いいんです。そんな話をされても、オレの方がついていけないと思いますし」

意気揚々と自分の座るイスを引っ張ってきたはいいが、いざ話をするという段階になって、わずかばかりの不安が頭をもたげてきた。

「ギリコさんに訊きたいことがあるんです。だけど、その質問は、ギリコさんの気分を害して怒らせてしまうようなことかもしれません。その判断が、オレにはまだできなくて」

それに、どう取り繕っても楽しい話にはならないと思う。

酒を一口含んだギリコさんが、もむもむと噛むようにして味わい、喉を通した。

「人は酒と同じである。種類によって、味も違えば適量も違う。飲んでみなければ本当の良さなどわからないのである。それが初めて飲む酒であれば、痛い目を見ることも多々あろう」

踏み込んだ質問をする気なら、痛い目を見る覚悟もしろと言われた気がした。

しかし、表情を硬くするオレを見たギリコさんが、また笑みを浮かべた。

「ここまで前置きされ、しかもスミレナ殿のお膳立てまでされているのである。小生が気分を害することなどありえないのであるよ。何より、リーチ殿がリザードマンという種族のことを好意的な意味で知ろうと考えてくれているのであれば、それがどんな質問であっても、喜びが怒りに勝るのである。どのような問いをされても、小生は受け止めるのであるよ」

ちょ、この人のメンタル、イケメンすぎやしませんか⁉

「どうかしたのであるか？」

「や、やりますね。危うく（漢《おとこ》らしさに）惚れてしまうところでした」

「む、そのような発言は相手に誤解を与えかねないので、慎むべきであるな」

ギリコさんの濃緑の肌が、ほんのりと紅を差した。

オレは居住まいを正し、改めてギリコさんの目を真っ直ぐに見据えた。

「不躾《ぶしつけ》な質問をします。リザードマンは、保護指定されていない種族なんですよね？」

「いかにも」

オレの訊きたいことというのは、リザードマンみたいに人間の保護下にない種族が世間から具体的にどんな扱いを受けているのかだ。スミレナさんに訊いてもよかったけれど、実体験を伴っている人の話を聞ける機会が巡ってきたので、席を設けてもらったという次第だ。

「魔物指定されているわけでもないんですよね？」

「種族全体としては中立を表明している。中立といえば、平穏を重んじているように聞こえるかもしれないのであるが、実際は、人間と魔王、どちらの勢力にもいい顔をしたいだけなのであるよ。中立であれば、とりあえずは種族が滅ぶ心配もない。もし、どちらかの勢力が完全に倒れれば、残った方に尻尾を振るのである」

不服そうに、ギリコさんは鱗《うろこ》に覆われた太い尻尾を一度だけ波打たせた。

「リザードマンは、特に掘削や建築といった作業を得意としている。そのため、仕事自体には事欠かない。人間と魔王、どちらの勢力からも仕事の依頼があるからである。報酬が出れば、人間の城、魔王の城、どちらであっても築く。プライドを持たぬ種族なのである」

自身を嘲弄《ちょうろう》するように言って、ギリコさんはちびりと酒を舐めた。

リザードマンに仕事を依頼する以上、魔物指定にはできない。かと言って、魔王の勢力にも手を貸している相手を保護指定にもできない。そんなところか。

「リザードマンに幻滅したであるか？」

「いいえ、全然。ギリコさんは、プライドを持たない種族だって言いましたけど、それって、面倒な争い事に巻き込まれたくないだけなんじゃないですかね」

「物は言いようであるが。リーチ殿は、どちらつかずでふらふらしている種族を腹立たしくは思ったりしないのであるか？」

「むしろ気持ちがわかりますよ。勢力とか、派閥とか、本当面倒臭い。勝手にやってろよって感じですよね」

「……勝手にやっていろ、であるか」

「うあ、ごめんなさい。こういうところなんです。何が失礼に当たるのか、相手の反応を見るまで考えが及ばないっていうか」

「否、感銘を受けたのである」

カン、とテーブルにグラスの底が打ちつけられ、小気味いい音が響いた。

「一つだけ、言い訳をしてもいいであるか？」

「言い訳？」

「リザードマンは、人間による保護指定など、別に受けなくてもいい。ほとんどの個体がそう考えているのである。腹が減れば、森で、川で、いかようにでも生きていけるからである」

「おお、たくましいですね」

「こういう考えは、リザードマンに限ったことではないのである。例えば、実際に保護指定を受けているエルフやドワーフ。彼らほどの能力があれば、逆に人間の方が矮小《わいしょう》な存在に見えているはず。多くを語らないだけで、人間に保護されているなどとは考えていないのであるよ。人間だけが、静謐《せいひつ》を好む彼らを同胞に加えた気になっているのである」

「人間……カッコ悪いですねえ」

「ただ、保護指定による恩恵に魅力を感じないわけでもないのである」

「恩恵。何かあるんですか？」

「まず、保護指定されていなければ、人間の町で店を構えることはできないのである」

マリーさんは店を持っている。てことは、クー・シーは保護指定されている種族なんだな。

「あとは、冒険者として登録ができないのである」

「あ……」

思い返せば、ギリコさんは「冒険者の真似事のようなことを生業《なりわい》にしている」と言った。

「登録できない以上、ギルドから任務を受注できない。そうなると、他の冒険者を介したり、パーティーに入れてもらったりするしかない。ぼったくられることも少なくはないのである」

何それ。能力給と言わないまでも、せめて均等割りにしろよ。

「リーチ殿、思い切り顔に出ているのである」

「だって、そんなことされたらムカつくじゃないですか」

「クアッ、クアッ。これには腹を立ててくれるのであるな」

喉を震わせるように高い声を出し、ギリコさんが愉快そうに笑った。

リザードマンって、こういう笑い方をするのか。

「先にも言ったように、リザードマンは稼ぎ口に事欠かない。小生がしている傭兵稼業などは引く手数多であるし、リーチ殿の心配には及ばないのである。とはいえ、小生のために不満を覚えてくれたことには感謝するのである」

ギリコさんはそう言うが、オレは尖らせた口を元に戻せないでいた。

「納得できないといった顔であるな。しかし、この程度のことは実際、些事《さじ》なのである」

その言い方は、比較にならないデメリットが他にあることをほのめかしていた。

「人間の目から伝わってくる温度が、全く違うのであるよ」

「……それって、差別ですか？」

「と言えるかもしれないであるな。場合によっては商売敵にもなる冒険者からならまだしも、そうでない一般人からも、そんな視線を向けられるのは意外とこたえるのである」

想像して、ぞっとした。

ギリコさんが言ってるのは、保護指定されていないだけの種族への態度だ。それが魔物指定された種族へ向けられるものであれば、そこに殺意が混じったとしてもおかしくない。

「リーチ殿、これは警告に近い助言だと思っていただきたい」

物騒な物言いにドキリとし、オレは下を向きかけていた顔を上げた。

「何があろうと、王都に行ってはならぬ。【メイローク】の領主の意向はともかく、この町の寛容さは、他の都市と比べて破格である。どういう経緯があったかまでは知らぬが、ここまで世事に疎《うと》いリーチ殿が、真っ直ぐスミレナ殿の庇護下《ひごか》に入って来られたのは、信じ難いまでの幸運であったと言える」

大げさだとは、全く思えなかった。ギリコさんの言葉は、それくらい真に迫っていた。

「やっぱり、オレが人間じゃないって気づいていたんですね」

「種族まではわからないのである。あの不思議な動物を連れていなければ、気に留めることもしなかったであろう」

「リザードマンには見えたりするんですか？　人間とは違う、その、オーラみたいなものが。

人間か、そうじゃないかって、案外簡単にバレちゃったり？」

もしそうだとすれば、これからは下手に外を歩けなくなってしまう。

それどころか、こうして働くことすら……。

「クァッ、クアッ、安心されよ。そんな大それたものではないのである。あの時、リーチ殿は小生から目を逸らすことなく見返していた。小生の強面《こわもて》を見ても脅えぬ女人が、ただの人間であるはずがないのである。おっと、スミレナ殿は例外であるな」

「そうでしょうか？　ドラゴンみたいでカッコイイとオレは思いますけど」

「ド、ドラゴンであるか？」

「ちょっと鱗《うろこ》に触ってみてもいいです？　実は、さっきから気になってたんです」

包容力に溢れたギリコさんのことだから、てっきり気の済むまで触ればいいと言ってくれるかと思いきや、ただでさえ小さな黒目を、さらに小さくしてぽかんとしてしまった。

「ギリコさん？　あれ？」

動かなくなったけど、触っちゃっていいのかな。

オレは恐る恐る、ギリコさんの、前に突き出た口に手を伸ばしていった。

その瞬間、ギリコさんが、ガバァッ！　と大口を開け、ギザギザに並ぶ歯を見せた。

さすがに、ちょっとビビッた。

「クアッ、クアッ、クアッ！　まさかのドラゴンとは、これはまた最上級の世辞をいただいてしまったのである。リーチ殿、礼と言うわけではないが、好きな場所を好きなように、好きなだけ触ってくれて構わぬ。ちなみに、小生の鱗《うろこ》で一番硬くて艶のある部位は尻尾である」

ドラゴンに例えられたのがよほど嬉しかったのか、ギリコさんは上機嫌を絵に描いたような高笑いをした。喜んでもらえたのなら、言ったオレも気分がいい。

何はともあれ、お言葉に甘えまして。

ギリコさんの尻尾を撫でさせていただこうと、オレはうきうきして席を立った。

その時――

ダン！　と大きな音を立て、テーブルに無骨な手が載せられた。その拍子にグラスが倒れ、ギリコさんがまだ食べていた【コカトリスの出汁巻き卵】を水浸しにしてしまう。

叩きつけたのは、これまた冒険者風の体格のいい男だった。

その後ろには、仲間と思しき男が二人。

「ロドリコ殿、遅かったであるな」

「悪いな。クエストの達成報告に時間を食っちまった」

待ち合わせしていたってことは、ギリコさんが今日一緒だった冒険者パーティーか。

「それより、ずいぶんと楽しそうじゃないか、トカゲ。俺たちも交ぜてくれよ」

男の、どう解釈しても友好的ではない絡み方で、心地良かった雰囲気は霧散してしまう。

なんとなく気づいていた。

――トカゲ。

その呼び方が蔑称《べっしょう》であることを。下卑た笑みと口調でギリコさんをトカゲと呼ぶこの男は、それを明確な侮蔑《ぶべつ》と知りながら言い放っている。

そんな悪口を浴びせられたギリコさんには、狼狽《うろた》えた様子も、気分を悪くした様子もない。見上げていた顔を下ろし、オレに向けて柔らかく微笑んだ。

「リーチ殿、話せて楽しかったのである。そろそろ仕事に戻られよ。なに、小生の尾は切れてなくなったりはせぬ。触れるのは、またの機会にするのである」

「おいおい、待てよ。俺は交ぜてくれって言ったんだぞ？　勝手にお開きにするなよ」

「ロドリコ殿。彼女は本日が初仕事であるからして、客の無理に付き合わせるのは可哀想なのである。今日のところは代わりに小生が酒を注がせていただくゆえ、ご容赦願うのである」

「笑わせるな。トカゲの注いだ酒なんか飲めるわけないだろう。というか、いつまで居座っているつもりだ？　席取りご苦労さん。お前はもう帰っていいぞ」

そんな暴言を吐いておきながら、ロドリコと呼ばれた男は仏頂面を一変させ、でれっと鼻の下を伸ばした顔をこっちへ向けた。ここまで露骨だと、一種の顔芸だ。

「尻尾がどうのと言っていたけれど、ええと、店員さんの名前はリーチちゃんでいいのかな？リーチちゃん、トカゲの尻尾なんて触っても楽しくはないだろう？　そんなつまらない物より、俺の尻尾を触ってみないか？　ちなみに俺の尻尾は後ろじゃなく、前に付いてます（笑）」

笑えねーよ。くだらなすぎて、金玉蹴り上げてやろうかと思った。

奴の仲間二人もゲラゲラと笑って囃《はや》し立てている。こいつら、既に酔っていやがるな。

「それくらいにされよ。これ以上は、店の迷惑になってしまうのであるよ」

対してギリコさんのリアクションは、どこまでも大人だ。

「後のことは小生がやっておくので、リーチ殿はスミレナ殿の所へ行くのである」

「でも、ギリコさんが……」

面倒事を一手に引き受け、オレを遠ざけようとしてくれている。でもオレは、ギリコさんが心配だという以上に、自分だけ安全地帯に避難するということに抵抗を覚えた。

「うおーい、そういうことするのはやめてほしいな。俺は悪者かい？」

悪者かはともかく、嫌な野郎であることは間違いない。

「そう悪い意味に捉えないでほしいのである。気に障ったことがあったのなら謝ろう。なんであれば、小生が一杯奢《おご》らせていただくのである」

穏便に事を収めようとするギリコさんの態度を受け、男は、今まさに気に障ったとでもいうように舌打ちをした。

「俺はただ、トカゲの相手をしたんだから、俺たち人間の酌もしてくれたって、バチは当たらないだろうって、そう言っているだけなんだがな」

やはり相当飲んでいるらしく、男の目は据わっている。

まともに話が通じるのかも怪しいが、オレは男の発言に対して言葉を返した。

「勘違いしないでください。オレがギリコさんの相手をしていたんじゃなくて、ギリコさんがオレの相手をしてくれていたんだ。です」

一旦接客モードが切れてしまうと、つい油断して口調に地が出てしまう。

「そのあたりのことはどうでもいいんだよ。いいから、こっち来て酒を注いでくれ」

腕を掴まれ、ぐいっと力任せに引かれた。

「こらこら。女性に手荒な真似はいかんのである」

「うるっさい！　トカゲが人間様に偉そうな口をきくな！」

掴まれていない方の手で引き剥がそうとするが、例によってビクともしない。

ギリコさんが慌てて立ち上がり、男に引かれて行くオレを助けようとする。

——が、それよりも早く、男の前に立った人物がいた。

「リーチさんから手を放せ！」

エリムだ。リングに上がったレスラーがマントを外すように、エプロンを投げ捨てた。

「出て行ってください。店員に乱暴を働くような人は、客とは認められません」

その瞬間、腕を握る力に遠慮がなくなり、オレは手首に痛みを覚えた。

「……ああそう。じゃあ、このまま持ち帰らせてもらおうか」

男の纏《まと》う空気が変わった。客と認めない。出て行けと言われたことで、ここまで悪フザケの範疇《はんちゅう》に収まっていた理性のタガが外れたようだ。要するに、本気にさせてしまった。

「わ、ちょ、引っ張るな！」

キャリーバッグでも引くように、オレは店の入り口近くまで引きずられて行く。

「リーチさん！　この、いい加減にしろ！」

男の腰にしがみつく形で、エリムが勢いをつけたタックルをかけた。

さすがに男も前のめりになる。オレはその隙をつき、掴まれていた手を振り払った。

「エリム、無茶するな！」

「迷惑な客を追い払うのも、リーチさんを守るのも、僕の使命なんです！」

そんなの聞いてないんだけど。いつ決まったの？

「このヤロ……やってくれやがったな！」

まだテーブルの半分以上を客が埋めているけど、傍観を選んだのか、誰も止めに入ろうとはしない。ギャラリーに見守られたエリムと、スイングドアを背にする男が睨み合う。

言っちゃ悪いが、戦力差は大人と子供くらい歴然だ。相手は防具をつけているし、そもそも体格からしてエリムでは勝負にならない。

「やめとけって！お前の敵う相手じゃないだろ！」

「エリム少年、無謀である！」

オレの制止にギリコさんの声も加わった。

「……男には、やらなきゃならない時があるんです」

エリムは俄然やる気だ。

オレは店長であるスミレナさんに目をやった。しかし、スミレナさんはバーカウンターから出てくることもなく、微笑を浮かべたまま両手を前方に広げて見せた。

え、プレーオン？

「トカゲは偉そうだわ。店員のサービスは悪いわ。おまけに悪者扱いされて最悪の気分だぜ」

「先に問題のある行為に出たのはそっちでしょう」

エリムが強気に返すと、男は怒り心頭でこめかみに青筋を立てた。

「人間様を無視して、トカゲなんぞを優先する方が問題なんだよ！」

「ギリコさんはウチの大事なお客さんです！　トカゲなんて言うな！」

男を店の外に押し出そうと、エリムが果敢に掴みかかっていく。

対する男が、エリムに向けて最短の前蹴りを放った。

「――がっ⁉」

体重差も大人と子供だ。紙屑みたいに後方へ飛ばされたエリムが、近くのイスやテーブルを巻き込んで、盛大に背中から倒れた。客のいないテーブルだったのが幸いし、被害は最小限で済んだが、エリムのダメージは甚大だ。

「今ごめんなさいって謝れば、許してやるぞ？」

男の嘲《あざけ》りにも揺さぶられることなく、よろよろと立ち上がるエリムの目に灯る戦意は衰えていない。だからこそ、これ以上は危険だ。

「エリム、もうやめろって！　お前じゃ勝てねーよ！　オレが酌でもなんでも――なんでもはしないけど、相手の機嫌を取るくらいならするから！」

オレはエリムに駆け寄り、腕を取った――が、あっさりと振り解かれてしまう。

「勝てないなんてことは、僕が一番よくわかっています。……それでも、やるしかないんだ」

いつの間にか、客はエリムに声援を送っていた。

行け！　頑張れ！　お前ならやれる！　そいつをやっつけろ！　お前が頼りだ！

無責任にも聞こえるそれらの声は、確かにエリムを支えていた。

「勝てる勝てないじゃなく、ここで僕は、立ち向かわなくちゃいけないんだ！」

なんか、漫画で見たことがありそうな台詞だ。

雰囲気に酔っている感があることも否めないエリムが足を前に出す。

技も策も何も持たず、ただぶつかっていく。自殺行為とも取れる特攻だ。

「ぬぅおおおおおおああああああッ‼」

どう見ても無謀――だけど、エリムの気迫、エリムへ向けられた声援。

もしかしたら、番狂わせの大逆転が――

「――っぁ……ぅ」

などという期待を嘲笑《あざわら》う男の無情な拳が、エリムの顎《あご》を打ち抜いた。

「無駄でしたぁ」

白目を剥いたエリムの体から力が抜け、うつ伏せに崩れ落ちた。

「わっはは、ざまぁないな！」

とてもナイスファイトとは言えない、呆気なく、一方的な戦いだった。

倒れたエリムと、それを抱き起こすギリコさんを覗き込むようにして男は腰を曲げた。

その表情には、勝者として相手を見下す性格の悪さが張りついている。

「エリム少年！　エリム少年！」

「おいトカゲ、わかっているのか？　お前のせいだぞ？　これに懲りたら、せいぜい人間様を立てることを覚えるんだな。そのガキも人間だが、トカゲの味方なんかするから自業自得だ。トカゲはトカゲらしく、一生日陰でちょろちょろしているか、せこせこと穴でも掘っていればいいんだよ。得意だろ？」

　プチッ、と。

　頭の中で何かが切れた気がした。

　気づけばオレは、中腰になっていた男の顔面に向かって拳を振り被っていた。

「うお――っと!?」

　男は立ち上がったり退《さ》がったりはせず、膝を床についてさらに体勢を低くした。

　その頭上をオレの拳が空振りしていく。

　重量のある防具を纏《まと》った身でありながら、完璧にかわされた。

　それを計算していたわけじゃない。

　だけど、オレにはわかってしまった。

　骨格から肉質、何から何まで変化した自分の体。

　その間合いを知ったオレには、この後に起こる結果が瞬時に予想できた。

　オレの懐に潜り込んでしまったのが、男の運の尽き。

　残念だが、そこは安全圏にあらず。

　それは放った拳に、コンマ一秒遅れてやって来る。

「──ッがっはッ⁉」

これぞ隙を生じぬ二段構え。

腕の動きに連動して勢いよく振られた乳が、男の横面を殴打した。

完全に意識の外で受けた攻撃に対応できず、男は無様に背中から倒れた。

そして首だけを持ち上げ、信じられないものを見る目をオレに向けてくる。

「ば、馬鹿な……。おっぱいビンタ……だと？」

言葉にされると、あれだ。死にたくなる。

あと、飛天●剣流・双乳閃なんて技名を頭に浮かべてしまった自分を殺したい。

男は口をわななかせ、続けて言った。

「母親にも……ぶたれたことないのに」

知らんわ。そんな鬼クソどうでもいいことは捨て置き、オレはどうしても我慢ならず、男に言わなければならないことがあった。ギリッ、と歯を噛みしめてから、それを口にする。

「人間が、そんなに偉いのかよ」

店内は、しん……と水を打ったように静まり返っている。

オレの声は、この場にいる客全員に届いた。

質問をぶつけられた男が、ほんの二、三秒を思考に当てた。

「す、少なくとも、リザードマンよりは──」

「昨日のことだ」

男の台詞に、オレは言葉を被せて遮った。

「オレは男四人に押さえつけられて、乱暴されそうになった。ぎりぎりのところで助けられたけど、もう少しで犯されるところだった。アンタと同じ人間にだ！」

ともすれば、自分が人外であることを告白しているようにも聞こえるかもしれない。

それでも言わずにはいられなかった。

「そ、お……俺と、その連中とは関係ないだろう！」

「そうだ！　関係ないんだ！　アンタはアンタで、ギリコさんはギリコさんだ！　人間だからなんだ⁉　リザードマンだからなんなんだ⁉」

男は尻もちをついたまま、立ち上がることもせずオレを見上げている。

「種族じゃなくて、その人をちゃんと見ろよ！　見てくれよ！　何も悪いことしてないのに、なんで酷い扱いをされなきゃいけないんだ⁉　アンタだって、一緒にされたの嫌だったんじゃないのか⁉　だったらわかるだろ⁉　わかれよ！」

オレは、ギリコさんに自分を重ねて訴えかけた。

悲しみより、今は怒りの方が勝っているのに、感情が高ぶりすぎて涙が浮かぶ。

「自分から敵を作るようなことするな！　なんで仲良くできないんだよ⁉」

「お、俺は……」

男が何かを言おうとするが、その先が出てこない。

他の客たちも、誰一人として口を開かない。開ける空気じゃない。

そんな中でギリコさんが発した言葉は、耳を疑うようなものだった。

「小生には、ロドリコ殿の気持ちがよくわかるのである」

「な、何言ってるんです？　わかるって、他の種族を見下すことがですか⁉」

「そうではない。小生は、こんなにも気高くて可憐な女性を、わずかな時間とはいえ独り占めしていたのである。これで恨まれない方がおかしいのであるよ」

「え、は？」

何を言うかと思えば。この状況を、酒の席で起こった戯《たわむ》れとして済ませるつもりなのか。

「ギリコさんは、この人のことを怒ってないんですか？」

「……正直に申すならば、思うところがないわけではないのである。であるが、今宵の酒は、いつになく美味い。その理由は、この店にいる誰もがわかっていよう。些細なことで気持ちを荒立てて、舌を鈍らせてしまうのは忍びないのである」

言って、ギリコさんは男にも手を差し出した。

「ロドリコ殿も、酔いが醒《さ》めてきた頃であろう？」

「あ、ああ……」

様々な感情がない交ぜになっているのか、立ち上がった男の表情には戸惑いが色濃く映っている。その中で一つ汲み取るとすれば。……罪悪感、だろうか。

かし、と弱々しく頭を掻いた男が、仲間たちと顔を見合わせてから面《おもて》を上げた。

「本当に酔いは醒めたが、酒を言い訳にはしない」

直接は絡んでいない者も含め、男たちが一列に並んだ。

そして、「すまなかった」と、全員がオレに頭を下げた。

「リーチちゃんに、殴られて目が覚めた」

それ、できることなら忘れていただきたい。

「オレの前に、謝る相手がいるだろ」

「わかっている。トカ――ギリコ……お前にも詫びを入れさせてくれ。一杯奢《おご》らせてほしい。リーチちゃん、彼に【ラバンエール】を出してくれないか」

「それは断るのである」

和解を目前にして、ギリコさんが男の申し出をすげなく撥《は》ね除《の》けてしまった。

ふい、と連中に背を向けたギリコさんが、店内に緊張を残したまま何を思ったのか、自分のテーブルに歩み寄り、まだ少し残っていた【コング芋の火酒】を傾けて一気に飲み干した。

「小生、この火酒に目がない。そしてたった今、空になってしまったのである」

ギリコさんの鋭い三白眼が、ハの字に垂れるほどの笑みを形作った。

それを見た男が、ホッとしたように顔を緩め、すぐに破顔した。

「は、わははは！　リーチちゃん、あの酒をこいつに頼む！」

「は、はい！　喜んで！」

オレは飛ぶようにしてスミレナさんに追加注文を通した。

「もうラストオーダーの時間は過ぎているんだけど」

「そんな固いこと言わず！　お願いします！」

「やれやれね。閉店は一時間だけ延長かしら。後でいいから、エリムを回収しておいてね」

全く仕方なくはなさそうに、スミレナさんは肩を竦《すく》めた。

まるで、最後にはここへ行き着くことがわかっていたみたいに。

スミレナさんに作ってもらった【コング芋の火酒】をギリコさんに渡す。

「何やら小生が音頭を取る流れであるな」

恐縮するギリコさんだが、店内の視線は一つ残らず彼に集まっている。

では、と一拍置いてから、ギリコさんがグラスを掲げた。

「ここに御座《おわ》すリーチ殿の魅力を肴《さかな》に、しばし酒宴に興じるのである。乾杯！」

日付も変わろうという遅い時間にあって、今日一番の発声が響き渡った。音頭の内容に一言物申したいところではあるが、この和やかな空気に水を差してしまうのはもったいない。

「あの……リーチちゃん」

従業員という立場上、宴に交ざるわけにもいかないので、少し離れて喧騒を眺めていると、騒ぎを起こしていた男――ロドリコさんが、申し訳なさそうに話しかけてきた。

「さっきは本当にすまなかった。このとおりだ。許してくれ」

非を認めて、ちゃんと反省してくれる。この人も、悪い人じゃないんだろうな。

オレは上辺の言葉を並べる代わりに、ふるふると首を横に振った。

そして一言だけ添えた。

「嫌いにならなくてよかったです」

人間という種族を。

怖かった。もしかしたら、エリムとスミレナさんだけが特別で、人間の多くは差別を当然のことのように思っているんじゃないか。そんな風にも思った。

でも、そうじゃなかった。たとえそうだったとしても、理解し合えないなんてことはない。

種族が違っても仲良くできる。それがわかっただけで、自然と笑顔になってしまう。

オレに構わず楽しんできてください。そう言おうとするが、目の前のロドリコさんが、突然ズボッ！　と顔を真っ赤に染め上げた。キツい酒でも飲んだんだろうか。

「じ、自分はロドリコ・ガブストン、冒険者をしている三十二歳独身！　好みのタイプは芯が強くて笑顔の可愛い女の子です！　以後、お見知りおきを！」

「あ、はい」

なんで今頃自己紹介？　てか、独身とか、好みのタイプとか、誰得情報？

酔いが醒めたと言っていたわりに、宴に戻っていくロドリコさんはふらふらの千鳥足だ。

これは、酒を飲める年齢になった時の教訓にしなきゃならないな。

酒は飲んでも飲まれるな。

「ああはなるまい」

祭りの後の静けさとでもいうのかな。お客さんたちが全員帰り、従業員だけになった店内を見渡してみると、「こんなに広かったたっけ」と、つい物思いに耽《ふけ》ってしまった。

「お疲れ様。お仕事初日から大変だったわね」

指を絡ませた両手を高く上げ、んー、とスミレナさんが伸びをした。

「お疲れ様です。大変でしたけど、充実した時間だったなって思います」

店の隅にある掃除用具入れからモップを取り出しながら、オレは初仕事を振り返った。

「そう言ってもらえると、店長としても嬉しいわ。あんなことがあって、ここでの仕事が嫌になっていないか、少しだけ心配していたの」

「それは大丈夫なんですけど。ただ、お客さんたち、誰も止めに入ってくれないんだなって。ちょっと冷たい気がしました」

「お客さんたちに悪気があるわけじゃないのよ。少し悪ノリはしていたけど。ああいうことがあれば、普段はアタシが仲裁するの。皆それをわかっているから、余計な手出しはしないっていう暗黙のルールができちゃっているのね」

「それってつまり、この店には、何があろうと即行で解決してしまう無敵の店長がいるから、手を出すまでもないと?」

無敵は大げさよ。みたいな否定は返ってこなかった。マジか。

「そもそも、揉め事なんて滅多に起こらないんだけど、たまーにね。困ったものだわ。お店の女の子にセクハラしていいのは店長の特権だっていうのに」

店長が一番しちゃダメだろ。本気なのか冗談なのか、この人の場合、判断に困る。

「それはそうと、リーチちゃん、ずっと嬉しそうね」

「あ、わかります？　ギリコさんたちを見ていたら、オレもいつか、サキュバスだってことを隠さないで暮らせる日が来るんじゃないかって、そんな希望がわいてきたというか」

「種族間意識は難しい問題よね。でも、来るといいわね」

スミレナさんは、軽々しく「その日は必ず来る」とは言わなかった。

「夢は大きくよ。リーチちゃんなら、何百年も続いている人間と魔王の戦争だって終わらせることができるかもしれないわ。というのは言いすぎかしら」

「言いすぎです。魔王がどんな奴なのかもわからないんですから」

「あら、それってフラグ？」

やめてくださいよ。魔王とか、ファンタジーの象徴みたいな存在だし、興味はあるけど。人間に転生して勇者にでもなるのならまだしも、サキュバスは魔物だし、オレはどちらかというと魔王寄りだもんな。会ったらややこしいことになりそうだ。

「何はともあれ、リーチちゃんの仕事ぶりは上出来よ。ミスらしいミスも一回だけだったし、初めてとは思えない接客だったわ。前世で引きこもりだったなんて信じられないわね」

それに比べて――。嘆息しながら言ったスミレナさんが、隅っこで細々とテーブルを拭いているエリムを横目に見た。

「不甲斐ない弟でごめんなさい。結局、リーチちゃんが一人で解決しちゃったわね」

明らかに聞こえるように言っている。ホント、弟に容赦ないですね。

布巾をぎゅっと握りしめたエリムが、悔しさを表情に滲ませ、オレの前に歩み寄って来た。

「リーチさん、またしても力になれず、すみませんでした！」

「や、エリムが謝るようなことじゃないだろ。自分より強そうな相手に立ち向かえるだけでも大したもんだよ。それより平気なのか？　思い切り殴られてたろ？」

「全然平気です。痛いのは慣れていますから」

お前、意外と丈夫だよな。打たれ強さは姉による教育のたまものか。

「意識が戻った後、お客さんに聞きました。僕がやられて、リーチさんがすごく怒って相手に向かって行ったたって。とても嬉しく思いました。……けど、そんな風に思ってしまった自分が情けないです」

「大切な人を傷つけられたら、怒るのは当たり前だろ」

大切は大切でも、オレがキレたのは、尊敬するギリコさんを馬鹿にされたからなんだけど、ヘコんでいるエリムに本当のことを言うのは気が引けるな。黙っていよう。

「こんな頼りない僕に、そこまで言っていただけるなんて……」

ぐぐ、と拳を握り、奥歯を噛みしめて俯いてしまう。

具合でも悪いのかと尋ねようとすると、溜めを作っていたエリムが勢いよく顔を上げた。

「リーチさん、僕は！　僕はアナタのことが……ますます好きになってしまいました！」

「へへ、さんきゅ」

「……軽いですね」

「軽いって何が？」

「ああ、いえ、こういうのは人それぞれだと思いますし。……なんでもないです」

「エリム、相手はちょろそうに見えて、実は強敵よ。精進なさい」

そのうちロドリコさんにリベンジでもするつもりなのかな。頑張れよ。

「ところで、どうやってあの場を収めたんですか？　そこのところを詳しく聞いていなくて。なんか、リーチさんが一発で倒したとかなんとか」

「あー、どう言えばいいのかな」

口ごもっていると、全ての成り行きを知るスミレナさんが、ズズイと前に出て来た。

「リーチちゃんの必殺技が炸裂したの。おっぱいビンタよ」

「お、おっぱ……!?　ハッ、もしや、それが特能――【一触即発】の正体!?」

「違うから。スミレナさんも、あんなもん勝手に必殺技にしないでください」

「リーチちゃん、真面目な話をしてもいいかしら？」

「どうぞ？」

「アタシにもやってみてくれない？　やってくれるなら、特別ボーナスを出してもいいわ」

「…………女性には、手を上げない主義なんで」

信じ難いことに本気の目だ。

「誰も手を上げろだなんて言ってないわよ。おっぱいよ、おっぱい。おっぱいで顔をはたいてほしいの。おっぱいの重量と感触と威力を肌で感じたいの。もしそれで首が折れたとしても、おっぱいと共に死ねるのならアタシは本望だから」

「おっぱいを連呼しないでください！　こっちだってそれなりに痛かったんですからね！」

「……そう。残念だけど、そういう理由なら無理にとは言えないわね。巨乳を雑に扱う者に、おっぱいを愛でる資格はないもの」

しゅんとしたスミレナさんが、大人しくカウンターの方へ引き下がっていった。

小さじ一杯分程度の罪悪感はあるものの、ここで折れてはいけない。

おっぱいビンタはともかく、【一触即発】って、実際どんな特能なんだろうか。

素振りでも、手から何かが放出された気配はないし。

無機物に触れて適当に力を込めても何も起きないし。

だからと言って、何が起こるかわからない以上、生き物で試すわけにはいかない。

「ま、そのうちわかるだろ」

自分でも楽観的だと思わなくもないけど、今は初仕事をやり遂げた余韻に浸ろう。

サキュバスなどというワケのわからない形で異世界転生なんて目に遭わされたりしたけど、ここでなら自分を変えていける気がする。向こうの世界に残してきた家族たちに恥じることのない自分を手に入れられる気がする。

蓬莱利一、改めリーチ・ホールライン。

酒場【オーパブ】の一員として、これから新しい人生を歩んでいきます。

第十四搾　初仕事の先に得たものは

清々しい朝がやってきた。

ベッドの上で伸びをしたり、腰を捻ったりすると、みしみしと関節が軋んだ。

中でも、ミノコの乳しぼりで酷使した前腕の筋肉痛がひどい。

だけど、すこぶる目覚めはいい。なんていうのか、住む場所を手に入れて、仕事も始めて、自分がこの世界に根を下ろせたという実感を、ようやく持てた気がする。

「うおっし、今日も一日頑張るぞ！」

そういや、疲れてすぐ寝ちゃったから、ステータスを見るのを忘れていた。今確認するか。

オレが期待しているのは【職名】の項目だ。まだ一日しか働いてないけど、もしかすると、早くも〝無職〟から別の何かに変わっているかもしれない。

スミレナさんが、「リーチちゃんは酒場のエースよ」なんて言ってくれたし。

酒場のエース。

悪くない響きだ。そのまま【職名】に使ってくれてもいいな。

オレは逸る気持ちでステータスを展開させた。

「お、やった。〝無職〟じゃなくなって——」

職名：酒場の看板娘

……………まあ、予想してなくはなかったよ。

別に嫌だとは言わない。〝無職〟より、ずっといいと思うし。

でも、これならただの〝酒場の従業員〟の方がよかったかなって……思うわけです。

贅沢は言うもんじゃないか。サキュバスに転生してしまったことを除けば、自分は恵まれている境遇にいると思う。それはギリコさんの話を聞いてよくわかった。

オレは目を覚ます意味も込めて、パチンと頬を叩いた。

そうしてステータスを閉じようとする。——が、

「まさか……いや、多分……上がってる……よな」

【職名】から少し視線をズラせば、それは表示されているはずだ。

昨日の時点で、あと1ポイントだったし。

スミレナさんも、魔性のおっぱいに一度でも触れたことがある者ならどうのと言ってたし。

だとしたら、おっぱいビンタを喰らわせたロドリコさんとか、かなり怪しいよな。

必要な経験値は、レベルアップする度、倍々になっていくんだっけか。

レベル1から2に上がるためには、一人でよかった。

レベル2から3に上がるためには、さらに二人。

レベル3から4に上がるためには、さらに四人。

「て、そこまで考える必要はないな」

レベル2（1／2）――これが最後に確認したステータスだ。

まずは大きく深呼吸して気持ちを落ち着かせる。

そして覚悟を決める。たとえレベル3に上がっていようと、オレはその事実を受け止める。

みっともなく叫んだり、ベッドからズッコケたりなんかしない。

「よし！」

レベル：5（10／16）

「ひぎゃあああああああああああああああああ‼」

オレは喉を潰しかねない勢いで絶叫し、もんどり打ってベッドから転げ落ちた。

今日も一日頑張るぞ？　誰だ、そんなこと考えた奴。

無理です。オレは引きこもります。

「……サキュバスやめたい」

こうして異世界生活三日目は、最悪な目覚めと共に始まった。

【メイローク】の領主――ザブチン・カストールには野心があった。

自分は、こんなちっぽけな町の領主に収まるような器ではない。

功を積み重ね、ゆくゆくは王都議会の一席を賜《たまわ》るのだ。

そのためには、法の上では人間と対等とされる保護指定種族をも服従させられるカリスマを誇示し、統治者として有能であることを王都に証明する。保護指定対象にすら成り得ない下等種族には、自分たちが家畜同然であることを理解させなければならない。

明言こそしないが、人間を最上位種族に据えたいというのが王都の意向なのだ。

だというのに。

「忌々しいですねぇ。あの店さえなければ……」

領主の思惑とは裏腹に、【メイローク】は大陸の中でも他に例を見ぬほどに、多様な種族のるつぼとなっていった。平等とは言わないまでも、保護指定されていない種族が自由に町中を闊歩している。このような光景は、王都――【ラバントレル】では見られない。

王都からすれば、領主の管理能力を疑うには十分だった。

そして、その要因を作っている中心にあるのが、スミレナ・オーパブを主人とする酒場――【オーパブ】なのである。

「あの女さえいなければ……」

【オーパブ】それ自体に力があるわけではない。ただ種族に上下をつけず、寛容に受け入れるスミレナが圧倒的な支持を得ていた。それこそ、彼女を【メイローク】の領主に据えるべきだという囁きが、町のあちこちから聞こえてくるほどに。

いつしか、カストール領主は自身の栄進を目指す以上に、どうにかしてスミレナの求心力を失墜させたい。そんな妄執に強くとらわれるようになっていた。

「――領主様、次の者で最後になります」

【メイローク】と【ラバントレル】の境にある遺跡にゴブリン一党が棲みついた。魔物であるゴブリンは、残忍で狡猾《こうかつ》。好んで人間を襲う。既に被害も出ている。

そこで逸早くカストール領主が傭兵を募り、討伐隊を編成することにしたのだ。もちろん、これも王都へのアピールに他ならない。現在、その面接を行っているのだが。

「ずいぶんと酷い怪我をされていますねぇ」

傭兵を志願している男は、右腕を包帯で吊っており、首も補装具で固定されている。とてもではないが、ゴブリン討伐の任が務まるとは思えない。カストール領主は、相手の自己紹介を待たずに「お引き取り願いましょう」と不採用を突きつけた。

「そう言わんでくださいよ。実は領主さんに、耳寄りな話があるんですわ」

「耳寄りな話?」

「なんでも領主さんは、とある店、とある女を目の敵《かたき》にしていらっしゃるとか?」

それは周知のことであったが、私怨に走っているなど、自らが認めるわけにはいかない。

三十代半ばの自分が、二十代そこそこの小娘に嫉妬しているなど、おくびにも出すまいと、カストール領主は努めて興味ない振りをした。

「なんのことかわかりませんねぇ。冷やかしなら追い出しますよ？」

「【オーパブ】を確実に潰すネタがある。と言ったらどうします？」

無表情は続かなかった。

カストール領主の眉がピクリと動き、男の真意を探るように半眼で睥睨《へいげい》する。

「……それが本当なら、ぜひともお話を伺いたいところではありますねぇ」

「個人的にも、ちょいと思うところがありまして。まあ、俺の目的は別の女なんですがね」

経験上、純粋な善人よりも、腹黒さを抱えた悪人の方が信用に足ることをカストール領主は知っていた。利害が一致している限り、こちらの善悪にかかわらず共存できるからだ。

ここで初めてカストール領主が男に素の表情を見せた。それは醜悪で、民を守るべき立場にありながら、他者を貶《おとし》められることに悦びを覚える悪党そのものだった。

「まだ、アナタのお名前を聞いていませんでしたねぇ。教えていただけますか？」

男もまた、眼帯をしていない方の目を獰猛に光らせ、交渉の手応えに歓喜した。

——あのサキュバスを、死ぬよりも辛い目に遭わせてやる。

動機は完全に逆恨み。だが、自分本位なこの男にとっては関係なかった。

「名はグンジョー・マツナガ。しがない冒険者ですわ。まずは、そうだな。【ルブブの森】でオークを追い詰めたところから話しましょうか」

To be continued.

あとがき

ほとんどの読者様は初めましてかと思います。木野裕喜です。

本作は、第五回ネット小説大賞を介して書籍化していただけることになりました。

突然ですが、ＴＳという言葉をご存じでしょうか。

これは性転換（transsexual）という意味なのですが、ＴＳは、ライトノベルでは取扱いの難しいジャンルだと言われています。

理由としては、性転換した登場人物に共感しづらい。現実に性別で悩んでいる方がいるので軽々しく扱うべきではない。そもそも性転換とか生理的にダメ。などなど。

そんなことないだろ。ラノベでも、わりと性転換を扱っている作品を見かけるけど？

そう思われた方も大勢いらっしゃると思います。実際、たくさんあります。

ただ、絶対に性転換させないと物語が成立しない。キャラを引き立たせるためだけでなく、性転換という題材を物語の根幹に据えたものというと、驚くほど少なくなります。極端な話、性転換の手順を踏まず、元からその性別だとしても物語を進められるものが大半です。

ですが、そうせざるを得ないんです！

ＴＳを主題にした企画は、見るまでもなく編集部会議を通らない。そんな残酷な事実を突きつけられたこともありました。それでも諦めきれず、出版社の評価以上に、読者からの評価が重視されている「小説家になろう」に望みをかけ、投稿を始めました。

ちなみに、TS主題の話とはどういうものかというと、一つは性転換したことにより、恋愛対象の性別が変わるものではないかと考えています。そしてここに、スカイツリー並みに高いハードルが立ちはだかってきます。中身男なのに男と恋愛するの？　精神的BL気持ち悪い。などと言われることも……。

だけど、TSは本当に面白いジャンルなんです‼　魅力が詰まっているんです‼

誤解している方たち、食わず嫌いな方たちに、どうにかしてそれを伝えたい……。

本作は、念願のTS主題の物語なのですが、別段TSに興味のない方、むしろTSを苦手としている方にこそ読んでもらいたい。それを念頭に置き、一巻では性転換する主人公の人柄を掘り下げ、まずは一個のキャラとして受け入れてもらうことを第一に考えました。そのため、ガチなTS好きの読者様からすれば、若干物足りないと感じられたかもしれません。

TS成分の不足は、巻数を進めることで解消に努めさせていただきます！

まだまだ至らぬところが多いですが、担当様をはじめ、書籍化に携わってくださった皆様。エロ可愛いイラストを、投稿時からつけてくださっていた雪月佳様。何より本作を手に取ってくださった読者様。TSをライトノベルのメインストリームに乗せるという大願成就のため、どうかこれからも、何卒、力をお貸しください‼

木野裕喜

MONSTER bunko

サキュバスに転《てん》生《せい》したのでミルクをしぼります①

2017年8月1日　第1刷発行

著者　木《き》野《の》裕《ゆう》喜《き》
発行者　稲垣潔
発行所　株式会社双葉社
〒162-8540
東京都新宿区東五軒町3-28
電話　03-5261-4818（営業）
03-5261-4851（編集）
http://www.futabasha.co.jp
（双葉社の書籍・コミック・ムックが買えます）

印刷・製本所　三晃印刷株式会社
フォーマットデザイン　ムシカゴグラフィクス

ISBN978-4-575-75147-5　C0193
Printed in Japan

Mき03-01